태양의 탑 4
Tower of the Sun

ⓒ이 책은 저작권법에 의해 보호받고 있습니다. 이 책의 저작권은 저자에게 있으므로
어떠한 용도로도 저자의 허락없이 내용 일부분 혹은 전체를 인용, 전재, 모방할 수 없습니다.

태양의 탑 4

초판 1쇄 | 2010년 7월 22일
초판 10쇄 | 2017년 5월 22일

지은이 | 전민희
펴낸이 | 서인석
펴낸곳 | (주)제우미디어
출판등록 | 제 3-429호
등록일자 | 1992년 8월 17일
주소 | 서울시 마포구 상수동 324-1 한주빌딩 5층
전화 | 02-3142-6845
팩스 | 02-3142-0075
www.jeumedia.com

ISBN | 978-89-5952-209-5
ISBN | 978-89-5952-195-1(SET)
파본은 구입하신 서점에서 교환해드립니다

| 만든 사람들 |

출판사업부총괄 | 손대현 **책임 편집** | 이상모(이야기날개) **기획** | 전태준, 하일구, 김용진
제작 | 김금남 **영업** | 김한호, 김소영, 이창배, 설종원
디자인 | 이라란 **커버 일러스트** | 군요(kunyo) **맵디자인** | 장근철 **도움주신 분** | 김창원

TOWER OF THE SUN

태양의 탑 4

전 민 희

제우미디어

등 장 인 물

키릴로차 르 반 주인공. 키릴, 또는 키릴츠로도 불림.
노틀칸 아스칼과(괴인) 지하 감옥에서 만난 키릴의 스승.

사샤 아르나브르의 부랑아.
비주 아리나즈미 네이판키아 족 소녀.
지지에 카니크 여자 점쟁이.
아라비카 아라빈다 비카르나 족 남자. 산길 안내인.

아탈라 소금 캐러밴 소녀.
그라이티라와 아르마티스 족의 족장.

일츠 브릴모 키릴로차와 형제처럼 자란 친구.
칼드 로존디아의 궁정 수석 마법사.
클라리몽드 프랑슈콘느 키릴로차의 옛 연인.
주드마린 아미냑 로존디아의 여왕.

카로단 마이프허 세르무즈의 장군.
라고트 로존디아의 궁정 마법사.
아스트로 라고트의 일행인 정체불명의 인물.
오일란드 카로단을 보좌하는 마법사.

Ⅱ. 잔스노플의 황금 장미

오프닝. 열 장의 카드

5. 힘 카드

검은 거인 아라비카 18
붉은 피부의 고산족 55
사라진 힘 108
혼의 폭풍 128

6. 악마 카드

강철 여왕 186
어머니의 미궁 209
재회, 죽은 자의 눈동자 258
뼈의 도시 280

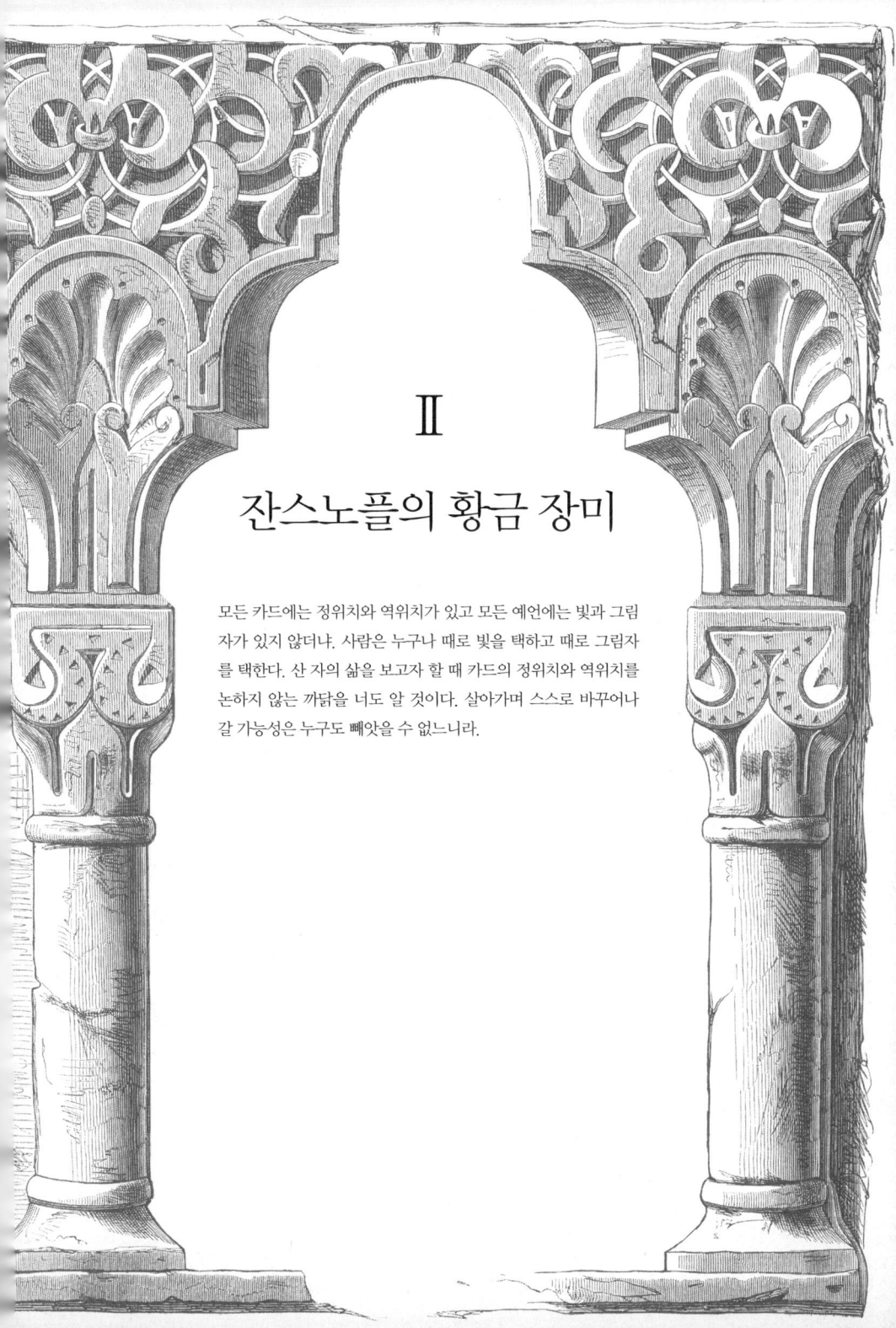

II
잔스노플의 황금 장미

모든 카드에는 정위치와 역위치가 있고 모든 예언에는 빛과 그림자가 있지 않더냐. 사람은 누구나 때로 빛을 택하고 때로 그림자를 택한다. 산 자의 삶을 보고자 할 때 카드의 정위치와 역위치를 논하지 않는 까닭을 너도 알 것이다. 살아가며 스스로 바꾸어나갈 가능성은 누구도 빼앗을 수 없느니라.

오프닝.

열 장의 카드

 그날 백발의 엘프 마법사 아스트라한 데바키는 몇 년간 머무르던 이 조르칸트의 '마음의 궁전'을 떠났다. 친구 몇 명만이 그의 출발을 알았으나 널리 알리지 않았다. 떠나려 결심했을 때 붙잡는 자가 없는 기쁨을 알기 때문이었다.
 늦은 밤, 마음의 궁전을 무거운 걸음으로 나서는 아스트라한의 모습은 시골에서 흔히 마주치는 영감들과 별다르지 않았다. 아름답게 굽이치는 흰 수염만이 눈에 띌 뿐이었다. 아들이자 제자인 스노이켈 데바키가 뒤를 따랐다. 첫 목적지는 이진즈 강변의 앙글라제일 것이다.
 하늘 맑은 여름밤이었다. 바스락거리는 바람과 이따금 별 사이를 떠가는 구름만이 살아 있는 듯했다. 무성한 풀이 깊은 주름을 그으며 휘어졌다. 들판 가운데 초승달 같은 호가 생겨났다가 멀찍이 밀려가기를 되풀이했다.

밤도 깊어졌을 무렵 아스트라한은 들판 가운데 솟은 큰 떡갈나무 아래에서 발걸음을 멈췄다.

"여기서 잠시 쉬어가자."

두 마법사가 걷는 모습은 보통 사람과 비슷했지만 실제로 이동한 거리는 수십 배가 넘었다. 만일 행인이 그들과 엇갈렸다면 둘의 모습을 보는 대신 머리 위로 구름 그림자가 언뜻 드리워졌다가 사라졌으며, 바람이 약간 세어졌다고 느꼈을 것이다. 엘프 마법사들의 특기 가운데 하나로 '바람 신발'이라 불리는 마법이었다.

둘은 나무 밑에 앉았다. 잠깐 사이에 사람들이 밤새 걸어야 할 거리를 움직였지만 피곤한 기색은 없었다. 늙은 마법사와 나이든 마법사는 마주 앉아 말없이 하늘과 들판을 바라보았다.

스노이켈이 입을 열었다.

"앙글라제에는 얼마나 머무시렵니까?"

"이틀이면 족하리라."

"그럼 그 다음에는 어디로 가실 생각이십니까?"

"음."

아스트라한은 아들 쪽으로 고개를 돌렸으나 눈은 그를 보고 있지 않았다. 아버지가 생각에 잠겼음을 안 스노이켈은 기다렸다. 잠시 후 아스트라한이 대답했다.

"이스나미르로 들어갈까 한다."

"달크로즈로 가시겠습니까?"

"마지막으로 들른 지도 수십 년이 흘렀으니 이제 왕립 학교에도 나를 알아볼 자는 많지 않겠지."

스노이켈이 젊은이 같은 웃음소리를 냈다.

"마주한 일이 없다 한들 스승님의 이름을 모를 마법사가 있겠습니까? 그곳은 타로핀 홀을 간직한 순백의 달크로즈인걸요."

아스트라한은 꽃이 떨어져 초라해진 블루엣의 꽃대를 내려다보다가 불쑥 말했다.

"호수는 어떻겠느냐. '영혼의 눈동자'를 한번 구경해 보고 싶지 않으냐?"

'영혼의 눈동자'는 이스나미르 북부의 아라스탄 호수를 가리키는 말이었다. 북쪽 호반은 '칼리엔 다 아이에', 즉 '섬의 바다'라 불리는데 수백 개의 바위섬이 펼쳐져 장관을 이룬다 했다. 스노이켈은 아직 그곳에 가본 일이 없었다. 그는 빙그레 웃으며 답했다.

"꼭 한 번 가볼 만한 곳이겠지요."

그러나 스노이켈은 아버지가 유람 여행을 하러 떠나오지 않았음을 잘 알고 있었다. 잠시 후 그는 정색을 했다.

"그자를 언제 만나보실 생각이십니까?"

"……"

아스트라한은 하늘을 우러러보며 별자리를 눈으로 더듬었다. 그러다가 손가락을 쳐들어 가리켰다.

"키티아니가 서쪽으로 가는구나."

키티아니는 키티아 아룬드의 수호성이며 '노란 고양이'라고도 불리는 예지의 별이었다.

"키티아니가 기울어질 계절이 아닙니까?"

"그래. 하지만 가기 전에 그자에게 충분한 예지를 남겼을 것이다. 예지를 따라 서쪽으로 가고 있겠지."

"그가 스조렌을 넘어가겠습니까?"

"멜헬디의 주인들이 왔던 길을 거슬러 가게 되겠지."

멜헬디는 이스나미르 왕립 학교와 나란히 대륙에 이름을 떨쳐온 마법 교육 기관이었다. 그 학교는 처음 발견되었을 때부터 '서쪽에서 왔다'는 사람들이 이미 훌륭한 마법을 알고 있었던 일로도 유명했다. 아직까지 스조렌 산맥 너머에 다녀왔다는 사람이 없어 그들이 정말로 그쪽에서 왔는지는 밝혀지지 않았다.

"서쪽에는 무엇이 있습니까?"

아스트라한이 웃었다.

"가보지 않았으니 난들 알겠느냐. 아는 이나 장소도 전혀 없느니라."

'마법 시선'과 같은 마법도 기준점이 없으면 쓸 수 없었다. 스노이켈이 슬며시 미소를 거두며 말했다.

"그가 서쪽으로 가면 그땐 알 수 있겠군요."

"그럴지도 모르지."

입을 다문 둘은 똑같이 며칠 전 마음의 궁전에서 두 번째로 배열해

보았던 타로 카드의 모양을 떠올렸다. 그들이 기다리던 자, 도전자이자 이해자가 될 자는 이미 태어났다. 마법도 손에 넣었다. 그러나 그의 삶을 비추던 빛이 큰 굴절을 겪어 그는 속을 짐작할 수 없는 자로 변해버렸다. 언젠가 만나기야 하겠지만 대화할 만한 상대일지는 의문일 수밖에 없었다.

"그때 스승님께선 그자를 일찍 죽은 아드님에 비교하셨지요. 그의 삶도 그토록 짧을까요?"

죽은 아들이란 스노이켈의 형이기도 했지만 그는 단지 정중하게 언급했다.

"오래 살지 못한다 하여 목적이 미루어지지만은 않지. 인간은 짧게 사는 만큼 성취도 빠르다. 그러나 모든 인간이 원하는 만큼 이루거나 살아갈 수는 없느니. 때로는 천년의 삶도 짧은 자들이 있는 법."

"그렇다면 그를 빨리 만나보아야 하지 않겠습니까?"

"때가 올 테지."

지금도 오래 기다린 셈이었다. 태어나기도 전에 유년기 전부를 예언받았던 자다. 모두 열다섯 장 가운데 다섯 장이 열렸고, 그날 유보되었던 예언은 며칠 전에 이어졌다. 다시 다섯 장의 카드.

힘(Strength).

악마(The Devil).

연인들(The Lovers).

마법사(The Magician).

황제(The Emperor).

그 지점에서 예언의 카드를 멈춘 아스트라한은 마음의 궁전을 떠나기로 결정했다. 그 마음속은 스노이켈조차 다 읽을 수 없었다.

처음 다섯 카드를 열어본 후로 그자의 존재를 추적하지 않던 아스트라한이 수 년 전 마지못한 듯 알아본 예언의 주인공은 당시 순진하고 행복한 소년이었다. 그러나 예언은 어김이 없어서 유년의 행운은 유리처럼 부서지고 그는 나락에 처박혀 완전히 다른 사람이 되어버렸다. 아스트라한은 그 모든 과정을 지켜보았다.

"그자는 마법을 완성하러 가는 것이겠지요. 그것을 이뤄 복수를 할 생각일 테고요. 그의 삶을 좌우할 여인은 나타났습니까? 그는 결국 마법을 잃거나, 재능이 모두 꽃피기도 전에 죽음을 맞게 됩니까?"

"모든 카드에는 정위치와 역위치가 있고 모든 예언에는 빛과 그림자가 있지 않더냐. 사람은 누구나 때로 빛을 택하고 때로 그림자를 택한다. 산 자의 삶을 보고자 할 때 카드의 정위치와 역위치를 논하지 않는 까닭을 너도 알 것이다. 살아가며 스스로 바꾸어나갈 가능성은 누구도 빼앗을 수 없느니라."

"그는 몇 번이고 그림자를 택했습니다. 이번에는 빛을 택할까요?"

아스트라한은 손바닥을 펴 너울거리는 마법 시선을 만들어 냈다. 그에게는 매개자가 필요 없었다. 스노이켈의 눈이 빨려들 듯 그 속으로 향했다.

거친 산줄기 아래 청색 로브의 남자가 걷고 있다. 그 곁에는 검은 머리를 반짝거리며 유쾌하게 뛰어 다니는 소년과 말없이, 소리도 없이 걷는 여인이 있다. 대로를 택해 걷고 있는 그들은 약간 지쳐 보인다.

그 길 너머로 산 어귀에 자리 잡은 마을이 나타날 것이다. 그곳에서 한 사람이 운명적으로 그들을 기다리고 있으며, 그들 간에 어떤 인연이 맺고 풀릴지는 그자의 빛과 그림자에 달려 있다.

이윽고 일행은 마을에 도착한다. 작지만 대로를 끼고 있어 활기가 넘치는 그곳은 타마리알, 고대 이스나미르어로 '슬픈 노래'라는 뜻의 이름을 가지고 있다.

힘 카드(Strength)

약간 떨어진 곳에 비주가 서 있었다.
뭔가가 보이는 것처럼 산 아래를 굽어보며 시선을 거둘 줄 몰랐다.
땋은 머리는 헐거워지고 빠져나온 귀밑머리 곳곳에 붉은 핏자국이 말라붙어 있었다.
뺨에 튄 핏방울조차 지우지 않았다.
비주는 자신과 달라서 작은 상처쯤에는 구애받지 않는 것 같았다.
아르마티스 족이 고통을 알지만 그것을 참아내는 초인적인 능력을 가졌다면,
네이판키아 족인 비주는 필요하다면 완전한 무(無)로 느낄 수 있는 것 같았다.
중대한 일에 집중하는 순간 모든 작은 사실은 사라지고 오직 한 가지 빛만을 바라보는 그녀.
얼마나 아름다운가.

검은 거인 아라비카

"타마리알은 '슬픈 노래'라는 뜻이지."

"우우, 도시 이름이 그게 뭐야. 이래서야 살고 싶은 맛도 안 나겠어요. 슬픈 일만 일어날 것 같잖아."

사샤는 언제부턴가 반말과 존댓말을 교묘히 섞어 쓰는 재주를 터득해 잘도 써먹는 중이었다. 키릴도 어쩌다 보니 익숙해져서 요즘은 지적하는 것도 잊고 있었다.

사샤가 불쑥 손가락을 뻗었다.

"아, 저기 섭섭한 도시 이름쯤은 날려버릴 만한 간판을 가진 술집이 보이네요."

키릴은 그쪽을 보지도 않고 대꾸했다.

"조그만 녀석이 눈에 보이는 건 술집밖에 없다니."

사샤는 꿀밤이라도 얻어맞은 것처럼 머리를 문지르며 투덜댔다.

"데리고 다니는 사람이 매일 가는 데가 그런 곳뿐이라서 말이죠. 어디까지나 내 탓이 아니고……."

"좋아. 그럼 오늘은 우유라도 마셔."

"으씨, 우유 같은 건 아기들이나 마시는 거라고요!"

"좋은 보호자의 역할을 상기시킨 게 누구였지?"

"괘, 괜찮으니 다시 나쁜 보호자가 되어 줘요!"

키릴이 사샤를 흘끔 보더니 대꾸했다.

"보호자? 내가 언제부터 네 보호자였다고 그래? 그런 덴 취미 없어."

실랑이를 계속하는 둘 대신 비주가 술집이 어디 있는지 살펴보았다. 그러나 불행히도 그녀는 글자를 읽을 줄 몰랐다. 그녀는 대뜸 키릴의 손목을 잡아당겨 그가 앞을 보게 했다.

사샤와 실랑이를 벌이던 키릴은 적도 아닌 동료한테 말없는 습격을 당해 넘어질 뻔하고는 간신히 자세를 추스르며 중얼거렸다.

"동료 복은 어지간히도 없군……."

"맥주 한 잔, 물 한 잔, 그리고 우유 한 잔."

"키릴!"

키릴은 우아한 동작으로 사샤를 돌아보더니 당돌하게도 남들 앞에서 그의 이름을 외친 녀석의 머리를 꾹꾹 눌러 주었다. 사샤는 이마를 테이블에 박으면서도 입을 비죽거렸다.

"……칫."

비주는 언제고 순수한 물 외에 다른 음료를 마시지 않았다. 물이 부족한 지역에서는 종종 깨끗한 물을 구하기가 어려울 때도 있었는데 바로 이곳도 그랬다. 그녀는 키릴이 마법으로 정화해 준 물을 한 모금 마시면서 고개를 돌려 간판을 내다보려 했다. 키릴이 말해준 이 술집의 이름은 '유쾌한 껄껄' 이었는데 그녀는 그 글자를 머릿속에 새겨두려는 듯했다.

"비주 누나, 글 배우려고?"

"……."

사샤도 많이 늘었다. 비주가 입을 열어 대답하지 않아도 눈빛과 태도로 어느 정도 대답하고 있음을 간파한 것이다. 사샤는 고개를 끄덕거리더니 말했다.

"그럼. 배워 두면 좋지. 나도 처음엔 편지 심부름하려고 배웠는데 쓸모가 많았어."

그러는 동안 키릴은 우유를 자기 앞으로 끌어당겨 한 모금 마셨다. 사샤는 키득거리면서 맥주잔을 자기 몫으로 확보하고 홀짝거리기 시작했다.

술집에는 손님이 많았다. 특히 홀 가운데 널찍한 바가 있었는데 수많은 사람들이 테이블 자리는 내버려두고 그곳에 달라붙어 앉아 있었다. 여럿이 일행으로 온 사람들도 마찬가지였다. 바 안쪽도 의아할 정도로 넓었다. 별 생각 없이 테이블에 앉아 있던 사샤는 곧 본능적으로 뭔가 근사한 건수에서 소외되고 있음을 느끼고 코를 킁킁거렸다.

"저 사람들, 재미있는 거라도 기다리는 걸까요?"

"글쎄."

키릴은 늘 그렇듯 남들에게 관심이 없었다. 사샤는 슬그머니 일어나 바 근처로 가서 기웃거렸지만 별다른 구경거리는 없어 보였다. 바에 앉은 사람들은 저마다 술잔을 하나씩 앞에 놨을 뿐 요리를 시킨 사람은 없었다.

사샤는 이야기를 엿들어 보려다가 왠지 허무해져서 그냥 자리로 돌아왔다. 이어 손가락으로 나무 맥주잔을 톡톡 치다가 말했다.

"당신 같은 사람한테도 친구가 있었다니 신기해요."

키릴은 대꾸 없이 우유를 단숨에 마셨다. 잔이 비자 비주의 잔을 가져다가 물을 약간 붓더니 속까지 헹구어 마셔버렸다.

"윽, 그걸 보니 왠지 속이 좋지 않은데."

키릴이 내려놓은 잔을 받아든 비주가 자기도 물을 단숨에 마셔버리더니 빈 잔을 헹구듯 흔들었다. 사샤가 키릴에게 속삭였다.

"우린 행동을 조심해야 돼요. 비주 누나는 우리 행동을 기준으로 모든 일을 배우고 있다고요."

"내 행동이 뭐 어때서."

"그야 뭐, 소녀답다고는 할 수 없잖아요?"

키릴은 웃지도 않고 되물었다.

"넌 비주가 소녀로 보여? 난 괴물로 보이는데."

검은 거인 아라비카 **21**

"난 당신이 괴물로 보이는데요. 눈빛으로 사람을 죽일 수 있다면 분명히 당신이야."

키릴은 비주를 바라봤다. 비주가 똑같이 키릴을 물끄러미 봤다. 잠시 마주보고 있더니 키릴은 자기 생각이 맞았다는 것처럼 고개를 끄덕끄덕했다. 지금껏 비주가 죽지 않고 멀쩡히 있으니 사샤의 말이 틀렸음을 증명한 거나 다름없다는 투였다.

그때 술집 문이 덜컥 밀렸다.

사실 술집 문은 아까부터 열려 있었다. 여름 대낮에 술집이 문을 꼭꼭 닫아 놓을 이유는 없었다. 그러나 들어선 사람은 입구가 좁다는 것처럼 두 팔로 양쪽 문을 밀면서, 그리고 머리가 부딪칠세라 고개도 숙이면서 들어섰다. 역광 때문에 얼굴은 잘 보이지 않았다. 그러나 그를 기다리던 사람들은 금방 알아보았다.

"왔군!"

"왔어! 야! 얼른 저기 좀 봐!"

휘파람 소리와 환호성이 홀을 메웠다. 키릴 일행은 어리둥절해져서 낯선 방문객을 쳐다보았다.

"휘익! 어이, 아라비! 오늘도 한바탕 보여 줘!"

역광 속의 방문자가 미소를 짓자 흰 이가 가지런히 드러났다. 어찌된 셈인지 얼굴은 여전히 알아보기 힘들었는데…….

"그럼 오늘도 한바탕 해 봅시다!"

성큼성큼 들어서는 그자의 보폭은 보통 사람보다 반 보는 컸고, 키는 천장에 매달린 램프를 조심해야 할 정도였다. 그리고 역광 속에서 얼굴이 보이지 않았던 이유도 명확해졌다. 키릴 일행은 그가 아는 사람과 손을 마주치며 반가움을 표시할 즈음에야 상황을 알아차렸다.

비카르나 족이었다.

"한참 기다렸네!"

"얼른 시작하세!"

검은 표범처럼 부드럽게 움직이는 자였다. 푸른 윤기가 도는 피부는 상상보다 훨씬 더 검었다. 빛을 빨아들였다가 새로운 것으로 바꿔 내뿜는 것처럼 경이로운 빛깔이었다. 비카르나 족의 전통대로 그 역시 장식을 좋아하는지 귓바퀴에 은고리를 두 개씩 끼웠고 팔꿈치 위쪽에도 폭이 넓은 팔찌가 반짝였다. 머리에는 여자들의 티아라처럼 보석이 붙은 장식을 둘렀다. 두 겹으로 된 긴 목걸이 끝에는 파란 빛깔의 자잘한 원석들이 꿰어져 있었다.

그자가 키릴 일행의 앞을 지나쳐 바를 향해 가자 겹겹이 둘러쌌던 사람들 중 몇이 비켰다. 그는 거대한 몸을 고양이처럼 날려 바를 뛰어넘었다. 그러면서 놓여 있던 컵 하나, 병 하나를 건드리지 않았다. 몸 날래기로는 누구한테 뒤져 본 일이 없는 사샤조차 은근히 놀라 눈을 가늘게 떴다.

일하는 꼬마가 달려가더니 4파인트는 들어갈 큼직한 잔과 몇 개의 병, 그리고 희한하게 생긴 길쭉한 통을 꺼내 바에 늘어놓았다. 술집 주인이 싱글거리며 한쪽에 달려 있던 작은 종의 줄을 잡아당겼다. 뎅뎅,

경쾌한 소리가 울리자마자 검은 피부의 남자는 긴 팔을 뻗어 두 개의 병을 집어 들었다. 아니, 낚아챘다.

"오늘의 술은 스조렌 랑그티(산악 지방 증류주의 일종) 되겠습니다!"

두 개의 길쭉한 병을 떨어뜨리려는 것처럼 스르륵 미끄러뜨리다가 다시 홱 잡아챘다. 시작이었다. 관객들의 입에서 약속이나 한 듯 같은 노래가 터져 나왔다.

왔다! 왔다! 흙먼지를 풀풀 날리며
왔다! 왔다! 미치광이 목동이 왔다!

머플러는 펄럭펄럭 모자는 덜렁덜렁
바지 무릎은 떨어지고 장갑은 거꾸로 꼈네!

잠시 후 사샤는 눈이 휘둥그레져서 일어났다. 검은 손바닥 위에서 병 두 개가 살아 있는 것처럼 빙글빙글 돌아갔다. 위를 잡았다가 다시 던져 아래를 잡고, 쳐 올렸다가 미끄러뜨리고, 반 바퀴 돌려 손목을 꺾어 교차시키는 손놀림은 눈으로 따라갈 수 없을 정도로 현란했다.

간다! 간다! 얼룩말을 거꾸로 타고
간다! 간다! 너른 초원을 달려간다!

양떼들아 기다려라, 오늘 하루 달려보자!
술 한 잔 하고 보니 새끼양도 사슴같이 뛰네!

"간다! 간다!"
 바를 둘러싼 손님들이 박자에 맞춰 손뼉을 치며 소리를 지르자 검은 거인의 얼굴에서 활기찬 미소가 흘렀다. 더 빠르게! 던져 올렸던 병이 떨어지는 동안 왼손은 재빠르게 오른팔을 쳤고, 떨어지던 병은 잡히자마자 빙글 돌아 다시 허공을 날았다. 그러는가 했더니 어느 새 코르크를 뽑고 길쭉한 통에 술을 따르고 있었다. 통 안에는 어느 마법사한테 구해왔는지 몰라도 얼음이 자그락거렸다.
 "갑니다, 가요! 랑그티 1온스에 레몬주스 반 온스! 달콤한 시럽이 곧 갑니다, 가요!"
 검은 사내는 무대 기질이 풍부했다. 사샤와 키릴, 심지어 비주의 시선까지 잡아 놓았을 정도였다. 움직일 때마다 여러 가닥으로 묶은 머리카락이 허공을 갈랐다. 머리와 눈은 비카르나답게 검푸른 빛이었다.
 술과 주스 등이 섞인 통의 뚜껑이 닫히자 한층 눈을 의심케 하는 볼거리가 펼쳐졌다. 통을 든 채 두 팔을 노래에 맞춰 흔들어대다가 때맞춰 던져 올려 핑그르르 돌렸다. 그 사이 한 바퀴 회전하며 손을 등 뒤로 돌리자 그 손안으로 통이 안전하게 착지했다. 통이 열리고, 꼬마가 엎어 놓은 좁은 잔에 액체가 마지막 한 방울까지 똑 떨어졌다. 비카르나 사내는 탁자를 휩쓸듯 잔을 낚아채 주인 앞에 가져다 놓았다. 공연을 개시하기 위해 주인에게 먼저 예의를 보인 것이었다.

주인은 기사처럼 손을 내두르며 과장된 인사를 하고 잔을 들어 한 모금 마시더니 엄지손가락을 치켜 올렸다. 그러자 술집 전체가 들썩댈 정도로 환호가 일어났다.

좋다! 좋다! 운 때도 횡재도 없어도
좋다! 좋다! 한바탕 살만하니 좋다!

귀리빵도 구수하고 맹물도 시원하고
한잠 푹 자고 보니 마누라도 생각보다 미인이네!

긴장해서 구경하던 사샤가 아랫입술을 빨더니 싱긋 웃었다.
"우와, 저거 재밌겠는데. 나도 해볼까."
하고 싶다고 쉽게 끼어들 수도 없었다. 검은 남자의 묘기는 점점 더 빨라졌다. 탁자 위에 십여 개나 되는 잔이 삼각 탑으로 쌓이더니 맨 위에서 따르는 술이 작은 폭포를 이루며 아래 잔들로 흘러갔다. 초록색 리큐르가 잔마다 찰랑거리는 것을 보자 묘한 흥분이 일었다. 남자는 맺고 끊는 순간을 잘 알아서 한 방울도 헛되이 낭비하지 않고 병 주둥이를 들었다. 닫힌 병도 한 바퀴 돌려 내려놓는 것을 잊지 않았다.
"좋다! 좋다!"
관객들이 요란하게 외치는 가운데 잔이 죽 돌아갔다. 사샤는 자기도 가서 한 잔 얻어 마시고 싶었지만 맥주도 아니고 리큐르가 든 술을 애들한테 내줄 리 없다 싶어서 꾹 참았다. 귀찮은 일을 싫어하는 키릴과 다니면서 사건을 일으키지 않는 쪽으로 행동하는 데도 나름 요령이 붙었다.

손님들과 비카르나 족 남자는 함께 잔을 쳐들고 건배를 외친 뒤 한 모금씩 마셨다. 단숨에 비우지는 않았다. 잠시 조용해진 틈을 타서 사샤는 슬그머니 바 안쪽으로 기어들어갔다. 바닥에 쪼그린 채 손만 올려 병을 하나 집어 들었다.

잠시 후, 관객들은 검은 거인 옆에서 반 박자 느리게 병을 던졌다 받았다 하는 꼬마 녀석을 발견했다. 가장 나중에 눈치 챈 사람은 검은 남자 자신이었다. 그는 관객들이 눈을 굴리는 걸 보고 뒤를 돌아보고는 눈이 둥그레졌다.

"어, 넌 어디서 나타났어?"

사샤가 싱긋 웃더니 병의 위쪽을 잡았다 아래쪽을 잡았다 하는 것을 서투르게 흉내 내어 보였다. 처음엔 놀랐지만 금방 흥이 난다 싶었는지 남자도 씩 웃었다.

"한바탕 해볼까? 어디, 네 이름은 뭐냐?"

"사샤!"

"난 아라비카야!"

키릴은 비주가 몸을 일으켜 바 안쪽을 구경하려 하는 모습에 고개를 갸웃했다. 아직껏 이런 일이 그녀의 흥미를 끌었던 적은 없었다. 지금까지는 분노 외에 다른 감정은 없지 않은가 생각했을 정도였다.

　흥에 겨운 사람들이 너도나도 일어서는 바람에 구경도 쉽지 않았다. 안쪽에선 한창 신나는 묘기가 속출하는 중이었다. 사샤와 아라비카는 술 만들기를 잠시 중단하고 던졌다 받는 묘기에 열중했는데 나란히 선 사샤는 마치 아라비카의 작은 그림자 같았다. 가끔 병을 떨어뜨릴 뻔하면 오히려 관객들이 박수를 쳐서 격려해 주었다. 사샤의 손놀림은 점점 더 좋아졌다.

　아라비카는 물론 실수하는 일이 없었다. 그는 사샤가 쉽게 따라할 수 있도록 마주서서 정확한 몸짓을 보여 주었고 사샤 역시 놀랄 만큼 빠르게 배웠다. 신기하게 호흡도 잘 맞아서 협동 동작도 즉흥적으로 만들어 냈다. 한 걸음, 두 걸음, 다가가서 손을 마주 치고, 자리를 바꾸고, 던져 올린 병을 주고받았다가 다시 던지고, 다른 팔을 뻗어 딱, 손바닥을 마주쳤다. 받아든 병을 흔들고, 누르고, 턱을 번쩍 들어 서로 반대쪽으로 고개를 돌리고!

　"아……."

　비주의 입에서 난 소리는 감탄사에 가까웠다. 벌써 몇 번째 되풀이되는 노랫소리는 천장을 뚫을 기세였다. 절정에 오른 두 사람의 손이 허공에서 교차하며 병과 잔을 잽싸게 바꿨다. 사샤의 얼굴이 달아오르고 아라비카의 이마도 흥건하게 젖었지만 둘은 그칠 줄 모르고 신나게 뛰어다녔다.

　"멋져! 대단한데!"

"언제 제자를 키웠나?"

"끝내줘! 오늘 제대로 구경을 하는데?"

"이런 건 보다보다 처음이군! 내 평생 처음이야!"

마지막으로 아라비카가 쥐었던 쉐이커—그 길쭉한 통의 이름이었다—가 열리고, 재빠른 손이 일렬로 놓인 스무 개나 되는 잔에 똑같은 양의 술을 붓자 놀랍게도 한 방울도 남지 않았다. 소년과 청년은 등을 마주 댄 채 두 팔을 펼쳐 잽싸게 병을 바꾸었고, 사샤가 짧은 묘기를 보여주는 동안 아라비카는 스무 잔의 혼합주를 완성하면서 그 위에 똑같은 체리까지 하나씩 빠뜨려 넣었다. 관객들이 동시에 외쳤다.

"자하르 모랑드(타오르는 구슬)!"

아라비카가 마주 외쳤다.

"다 같이 건배합시다!"

이번엔 사샤도 기회를 놓치지 않았다. 뒷골목에서 잔뼈가 굵은 이 녀석은 본래 술을 좋아했다. 아라비카가 잔을 집어 드는 틈을 타서 잽싸게 하나를 낚아챘다. 다들 높이 쳐드는 걸 따라하고는 한 모금 꿀꺽 삼켰다.

"으…… 화아……."

유감스럽게도 그건 정말로 타오르는 맛이었다. 사샤가 기묘한 표정을 지으며 혀를 내미는 걸 보고 아라비카가 싱글거리더니 주스를 한 잔 따라 주었다. 이어 어깨를 툭툭 치며 말했다.

"멋진 짝이었는데. 넌 어디서 온 거야? 술집에 온 손님인가?"

아라비카가 그렇게 말하자 그제야 손님들도 둘이 본래부터 짝이 아님을 알고 놀라 얼굴들을 마주보았다. 사샤는 피식 웃으며 귓가를 문질렀다.

"그런 셈이야."

대꾸하며 고개를 빼서 사람들 너머에 있는 키릴의 동정을 살폈다. 키릴은 이미 그쪽을 보고 있지 않았다. 사샤는 코를 찡그리며 설마 화가 난 건 아니겠지, 하고 생각했다.

"정식으로 인사나 할까. 난 아라비카 아라빈다. 보다시피 비카르나 족이지."

"난 그냥 사샤야. 그거 말고는 별로 해줄 말이 없겠는데. 참, 아르나 브르에서 왔어."

"그건 그렇고 너도 이런 걸 해본 거냐?"

아라비카가 한 손에 병을 든 채 왼손을 펼쳐 보였다. 사샤가 고개를 저었다.

"아니. 그냥 네가 하는 걸 보고 재밌어 보여서 따라한 것뿐이야. 너야말로 대단하던데. 이게 직업이야? 서커스?"

아라비카가 곤란한 표정으로 웃었다.

"아냐, 인마. 서커스라니, 우리 아버지가 들었으면 하르마탄에서 몽둥이를 들고 쫓아오셨겠다. 이래봬도 직업이 많지. 워낙 다재다능해서 말이야."

얼굴도 붉히지 않고 그렇게 말하는 아라비카를 보며 사샤도 똑같이 대꾸했다.

"그건 나도 그래. 워낙 다재다능하지. 그래서 이거 말고도 할 일이 많아."

아라비카는 사샤가 잘난 체 해도 귀엽게 보이는지 큼직한 손으로 사샤의 머리를 흐트러뜨려 놓았다.

"그건 그렇고 반말은 네 버릇이냐?"

"응, 내 신중한 버릇."

손님들도 아라비카도 한창 기분이 좋았으므로 사샤의 말을 농담으로 받아들였다. 그래서 한바탕 웃음이 일어났다. 사샤도 따라 웃었다. 오랜만에 많은 사람들에게 주목을 받아서 그도 한껏 들떴다.

그때 주인이 다가오더니 사샤의 손을 덥석 쥐었다.

"우리 가게에서 일해 보지 않겠나? 보수는 넉넉히 줄 텐데."

"응?"

그제야 사샤가 주위를 보니 구경하던 사람들 사이로 그릇이 돌아가고 다들 만족한 만큼 돈을 던져 넣는 모습이 보였다. 그제야 아라비카의 묘기가 이 술집의 명물이고 장사의 일환이라는 생각이 떠올랐다. 사샤는 입 꼬리를 올리며 고개를 저었다.

"아니. 그냥 재미삼아 한 것뿐이라니까. 난 갈 데가 있는 사람이야."

주인은 몹시 아까워하는 표정이었다. 손님들도 그랬다. 검은 청년과 흰 소년이 펼치는 묘기는 평소 혼자 보여주던 것보다 훨씬 재미있는 구경거리였다. 이렇게 박자가 잘 맞는 짝을 다시 구하기도 힘들 테고, 사샤는 사내애치고 얼굴도 귀염성 있어서 틀림없이 인기를 끌 수 있을 터였다.

바 한쪽에서 물을 마시던 아라비카가 다시 물었다.

"어딜 가는데?"

"음……."

물론 사샤는 잘 몰랐다. 저절로 눈이 테이블에 앉은 키릴을 찾았고, 아라비카도 눈치를 채고 그쪽을 보았다.

"일행이야?"

"응. 성격 더러운 일행."

아라비카가 껄껄 웃었다.

"나도 너하고 한번 일해 본다면 재미있겠다 싶었는데, 아깝다. 가야 한다면 할 수 없지."

"나도 재미있었어."

사샤는 아라비카와 한 번 더 손바닥을 마주 친 다음 사람들을 헤치고 키릴에게 갔다. 곁에 서고서야 이상한 분위기를 눈치 챘다. 키릴은 단지 묘기를 외면하고 있었던 것이 아니었다. 그는 비주를 빤히 보고 있었다.

"뭐해요?"

사샤가 의아해서 눈을 깜빡거렸지만 키릴은 비주의 얼굴에서 눈을 떼지 않았다. 사샤가 두 번 더 부르고서야 간신히 그쪽을 보았다.

"왜 그래요?"

다음 순간 사샤도 상황을 알아차렸다. 비주가 사샤를 바라보며 입술을 뗐다.

"재미있었어."

이때 사샤의 표정은 방금 전 키릴의 표정에 비할 바가 아니었다. 입을 벌리다 못해 턱이 빠질 뻔했다. 비주가 말을 하다니! 아, 아니, 본래 벙어리는 아니었으니까……. 그렇지만 키릴도 아니고 사샤한테 말을 하다니!

……뭔가 잘못된 게 아닐까?

비주의 목소리는 오래 전 키릴에게 이름을 말하던 때 이후로 들어보지 못해 거의 잊고 있었다. 그러나 다시 듣는 순간 기억이 되살아났다. 달리 더한 표현을 떠올릴 수 없는 샘물 같은, 음악 같은 목소리였다. 입 밖으로 나온 모든 단어를 노래로 만들어버렸다.

"에…… 그게…… 뭐냐……. 왜 지금까진 말을 안 했어?"

간신히 제대로 된 질문이 나왔다. 비주는 사샤 쪽으로 몸을 돌려 앉으며 말했다.

"미안."

사샤는 말이 통하는 걸 보고 한층 더 놀랐다. 이상한 생각인지 몰라도 그는 비주의 첫 마디가 상황과는 무관하게 우연히 나왔을 뿐일지도 모른다고 생각했었다. 그러나 비주는 상대의 말을 이해하고 대답하고 있었다.

"그럼 앞으로 계속 말할 생각이야?"

"최소한은."

참 짧고 효율적인 대답이었다. 게다가 단어 선택도 영리했다. 지금까지 비주를 완전히 잘못 본 것은 아닐까 하는 생각까지 들었지만 그런 소리를 할 수야 없는 노릇이었다.

결국 이렇게 말할 수밖에 없었다.

"아…… 그래. 잘 됐네. 음…… 앞으로도 잘 부탁해."

"나야말로."

딱 끊겨 울리는 또렷한 발음을 들으며 사샤는 고개를 갸웃거리다가 키릴을 봤다. 그리고 동병상련을 느끼며 슬그머니 입가에 미소를 올렸다.

그날 밤 세 사람은 '유쾌한 껄껄' 술집 옆의 여관에 들어가 잠을 청했다. 키릴은 금세 잠들어 버렸다. 사샤는 낮의 일을 생각하며 뒤척이다가 잠들었는데 평소 잘 꾸지도 않는 꿈을 다 꾸었다.

꿈속에서 사샤는 검은 얼굴의 아라비카를 다시 만났다. 아라비카는 손님처럼 혼자 바 앞에 우두커니 앉아 있었다. 얼굴도 어딘지 모르게 슬퍼 보였다. 사샤는 다가가 이렇게 물었다.

"슬픈 노래를 한 거야?"

꿈속이 아니면 나올 수 없을 엉뚱한 질문이었지만 아라비카는 천천히 고개를 끄덕이더니 앞에 놓인 술잔을 들어 홀짝였다. 사샤는 다시 물었다.

"무슨 노랜데?"

"키릴에게 물어봐."

아라비카는 키릴의 이름을 몰랐을 테지만 꿈속이니까 알고 있었다. 사샤는 그래야겠다 싶어 키릴이 있을 테이블로 가려고 몸을 돌렸다. 그런데 갑자기 눈앞에 바다가 나타났다.

거친 파도가 눈앞에서 용마루를 쌓으며 춤을 추었지만 꿈답게 휩쓸리기는커녕 물 한 방울 튀지 않았다. 실은 진짜 바다를 한 번도 보지 못했기에 상황이 비현실적인지도 몰랐다. 사샤가 빤히 보고 있자니 바닷물은 점차 하얗게 되더니 이윽고 수많은 점들로 변했다. 마치 말라서 소금으로 변해 가는 것 같았다. 점점이 가루가 되어 가라앉다가, 그대로 모래사장이 되었다.

모래사장 저 멀리 비주가 있었다. 이쪽으로 다가왔다. 점점 가까워졌다. 열 걸음쯤 남았을 즈음 비주는 갑자기 몸을 돌렸다. 그러자 그녀의 왼쪽 귀 뒤에서 하얀 날개가 쑥쑥 돋아나더니 허공에 펼쳐졌다.

아…… 하고 입을 벌렸을 뿐 사샤는 아무 말도 하지 못했다. 순백의 날개는 깜짝 놀랄 정도로 눈부셨다. 그러나 한쪽뿐이라 날아오르지는 못했다. 날개만이 하늘을 바라듯 펄럭였다. 비주의 키보다도 크고, 아름다운만큼 위엄 있는 날개였다.

다음 순간 사샤는 잠에서 깼다.

깨고 보니 아침이었다. 키릴은 침대에 없었다. 오랜만에 늦잠을 잔 모양이었다.

"무슨 꿈이 이래……."

발딱 일어나 문을 열고 밖으로 나갔다. 여관은 작아서 세수는 밖에 나가서 해야 할 듯했다. 대강 눈을 비비고 계단을 세 개씩 뛰어 내려갔다. 키릴은 일층 홀에 앉아 있었다.

"잘 잤어요?"

키릴은 어깨를 으쓱할 뿐 대꾸하지 않았다. 사샤는 세수를 생략하고 마주 앉으며 물었다.

"뭘 기다려요? 식사? 비주 누나?"

둘 다 아니었다. 여관 주인이 다가와 머리를 흔들면서 곤란한 표정을 지었다.

"한 명 있긴 한데 좀 비싸겠소. 수입이 좋은 자라서 말이지."

사샤는 고개를 갸웃했다. 키릴이 대꾸했다.

"만나보고 결정하겠소."

"그럼 데려다 주지. 아침이나 들고 계시오."

잠시 후 비주가 내려왔다. 그녀가 평소처럼 물을 한 잔 다 마시는 동안 사샤는 키릴을 쳐다보며 세 번쯤 되풀이해서 물은 끝에 겨우 대답을 얻어냈다.

"안내인."

"뭘 안내하는데요? 지금까지 우리끼리도 잘 왔던 것 같은데."

더 물을 것도 없이 밖으로 나갔던 주인이 돌아왔다. 그 뒤를 따라 들어오는 자가 소개해 주려는 안내인인 모양이었는데…….

"어, 아라비카!"

"여, 사샤로군."

아라비카는 별로 놀라지도 않은 것처럼 싱글거리며 손을 들어 보였다. 이른 아침인데 차림새도 말끔하고 어제와는 또 다른 장신구도 알뜰하게 챙겨서 달고 있었다. 두 겹 고리로 된 큼직한 귀걸이가 특히 눈에 띄었는데 고리 아래로 다시 작은 고리가 대여섯 개나 달려 있었다.

사샤가 불쑥 말했다.

"당신은 어느 모로 보나 광대란 말씀이야."

"무슨 섭섭한 소릴. 오늘은 안내인이란 말씀이다."

"직업이 많다더니 정말이었네."

"그럼. 직업은 많을수록 좋아. 인간의 삶에는 꽤 많은 돈이 필요하거든. 열심히 벌지 않으면 안 돼."

거기까지 말했을 때 키릴이 입을 열었다.

"돈은 몰라도 꽤 많은 목걸이나 귀걸이가 필요한 것 같긴 하군."

아라비카는 성큼성큼 다가와 의자를 당겨 앉았다. 다리가 하도 긴 나머지 의자를 테이블에서 좀 떼어놓아야 했다. 그는 다리를 아무 데로나 적당히 뻗치고 기지개를 켰다.

"맞았어. 반지들과 팔찌들도 필요하지."

발목을 약간 들어 보이며 덧붙였다.

"발찌도."

아라비카의 발목엔 정말로 구슬 몇 개가 꿰어진 이국적인 발찌가 달려 있었다. 옆에 섰던 여관 주인이 키득키득 웃어댔다. 그나마 오늘은 이마에 티아라 대신 간소한 끈을 하나 매고 있었다. 검푸른 눈매는 서글서글했고 이목구비가 모두 커서 느껴지는 위화감만 극복하면 사실 괜찮은 인상이었다. 새카만 피부도 어제 한참 봤기 때문인지 그리 낯설지 않았다.

딱히 인사를 시킬 필요가 없어져 주인이 돌아가자 키릴이 말했다.

"스조렌 산맥의 지리를 잘 아는 사람을 찾는데."

아라비카가 엄지손가락을 들어 스스로를 가리켰다.

"내가 바로 그 사람이지."

"여기 오래 살았나?"

"글쎄, 한 해는 넘었지."

"겨우 한 해 가지고 잘 안다고 할 수 있나?"

"오늘도 한 바퀴 돌고 온 참이거든."

키릴은 탁자 아래를 내려다보았다. 바지 안쪽으로도 팽팽한 근육이 느껴지는 사내였다. 소매 없는 셔츠 아래 드러난 팔도 마찬가지였다. 매일같이 산을 탄다는 말이 거짓은 아닐 것 같았다.

이번엔 아라비카가 물었다.

"그나저나 어딜 가는데?"

"아르마티스 부락을 찾고 있어."

사샤는 한층 의아한 표정이 되었다. 아라비카는 키릴을 잠시 바라보다가 두 번째 떠온 물을 마시고 있는 비주를 보았다.

"대륙의 인간족을 하나씩 수집하자는 건 아닐 테고."

비주가 네이판키아 족임을 알아본 모양이었다. 사샤가 물었다.

"어떻게 알았어?"

"어제 아가씨 목소리를 들었는데 듣던 대로 정말 곱더군. 네이판키아 족이 노래하지 않는다는 사실이 이렇게 유감일 줄이야. 당신들이라도 꼭 한 번 가르쳐봐. 그럼 나도 일행이 되는 걸 고려해볼지 몰라."

그걸로 대답이 된 셈이었다. 그러나 키릴은 냉랭하게 대꾸했다.

"당신을 수집하려 한 일은 없는데."

아라비카는 한쪽 입 끝만 올려 웃었다.

"그럼 아르마티스 족은 왜 찾는데?"

"알 거 없지 않나."

"그야 물론. 그렇지만 길이 힘들 텐데."

"안내만 있다면 힘들 거 없어."

아라비카는 '과연'이라고 말하는 것처럼 빙그레 웃더니 키릴을 슬쩍 훑어봤다. 육체적 단련과는 거리가 먼 체격을 보아하니 험한 산을 잘 탈 가능성은 매우 낮아 보였다.

그러나 그는 곧 말했다.

"뭐, 좋아. 돈만 제대로 주고 한 가지 조건만 지켜 준다면. 의뢰인을 가리는 성격은 아니라서."

"조건은?"

"그러니까, 만일 내가 수프인데 네가 그 속에 든 큰 감자라고 생각해

봐."

 잠시 침묵이 흘렀다. 아무도 방금 들은 말을 이해하지 못해 심오한 뜻을 찾아 머리를 굴리는 중이었다. 아라비카는 무지를 깨우쳐 주기라도 하려는 것처럼 엄숙하게 말을 이었다.

 "수프는 아무 죄도 없는데 감자를 걸머진 거야. 만약 네가 산길이 힘들어서 중도에 포기한다 해도 나는 수프가 될 생각은 없어. 난 곧장 돌아올 거고, 선불한 금액도 돌려주지 않는다 그 말이야."

 비유 치고는 너무 엉성해서 키릴과 사샤는 어이가 없었다. 그래서 환불 불가 어쩌고 하는 내용은 다 잊어버리고 황당한 표정으로 그를 쳐다보았다. 그러나 아라비카는 농담을 했다는 표정이 아니었다.

 "알았어? 수고비는 반액 선불, 반액은 도착한 후에 지불하면 돼. 만일 내가 열흘하고 반나절 안에 아르마티스 부락을 찾아내지 못하면 선불한 금액은 돌려주겠어."

 열흘이면 열흘이지, 열흘하고 반나절은 또 뭔지 알 길이 없었다. 키릴은 이 어이없는 안내인을 데려갈까 말까 고민하는 얼굴이었고, 사샤는 키릴의 고민을 십분 이해한다는 표정을 짓고 있었다. 그러다 문득 고개를 들어보니 카운터에 앉은 주인이 싱글싱글 웃고 있었다. 들리지 않아도 이들 사이에 오갈 대화를 다 짐작하는 모습이었다. 보아하니 하루 이틀 일이 아닌 듯했다.

 그렇다면 겉모습만큼 이상한 자는 아닐지도 모른다. 타마리알에서 한 해 넘게 살면서 최소한의 신용을 유지하고 있는 것을 보면.

"얼마지?"

"앞뒤 합쳐서 155메르장. 반액인 77메르장 5데장을 선불하면 지금 당장 출발합니다."

마치 말이라도 빌려주는 말투였다. 몸값을 올려보려고 흥정하는 성미도 아니었다. 앞뒤라는 건 선불 후불 합쳐서라는 말이겠지만 150도 아니고, 160도 아니고, 155메르장은 또 뭐란 말인가?

키릴은 품속에서 백 메르장 금화를 꺼내 올려놓았고, 아라비카는 신중하게 거스름돈을 셌다. 두 번이나. 사샤가 두 번째로 동전을 세는 아라비카에게 물었다.

"그럼 '유쾌한 껄껄'에서 하던 묘기는 어떡해?"

"잠시 쉬어야지. 걱정마라. 난 가고 싶으면 가고 오고 싶으면 오는 사람이라 아무도 억지로 잡진 못해."

사샤는 입을 비죽였다.

"누가 걱정한다고 그래?"

"아, 물론 그럴 필요가 없지. 사실 네가 걱정해야 할 사람은 네 친구야. 스조렌의 산길은 평지만 걷던 사람들의 상상하고는 천지차이야. 뭐, 난 돈 받았으니 이제 신경 끌 거지만."

'유쾌한 껄껄'의 주인은 아라비카의 말처럼 호락호락하지 않았다. 그러나 화를 내거나 억지로 붙들진 못했다. 세상없는 불운을 당한 것처럼 각종 헛소리를 늘어놓았고, 짐을 챙겨 나오면서 '너무 상심하지 마서. 이러다가 보름쯤 후에는 다시 올지도 모르잖아' 하고 남의 일처럼 말하는 아라비카를 슬픈 당나귀 같은 눈으로 쳐다보고 있었다.

안내인답게 아라비카의 짐은 많지 않았다. 심지어 그게 그의 전 재산이었다. 사샤는 저 가방 속의 절반은 아마 장신구겠지 생각하며 피식 웃었다. 소지품 중에서 단 하나, 희한한 지팡이만은 눈에 띄었다. 사샤는 물론 키릴도 그런 지팡이는 처음 보았다.

언제고 키릴의 궁금함을 앞장서서 해결해 주는 사람은 사샤였다.

"그건 뭐라고 불러?"

아라비카는 '이게 뭘?' 하는 표정으로 시큰둥하게 대답했다.

"글쎄. 이거라면 난 엘디라고 부르는데."

그건 아마 지팡이의 본 명칭이라기보다 아라비카가 자기 지팡이에 붙인 애칭이었을 것이다. 사샤는 그런가보다 했지만 키릴이 갑자기 피식 웃었다.

"왜 웃어요?"

사샤는 몰랐지만 '엘디'는 고대 이스나미르 어로 '너'의 높임, 즉 '그대'라는 의미였다. 다시 말해 마치 연인을 부르듯 자기 지팡이를 부르고 있는 셈이었다.

사샤는 곧 코를 문지르며 말했다.

"치, 물은 내가 잘못이지. 말 안해도 돼요. 관심 없어요. 아, 관심 없다니까."

보기만 해도 무거워 보이는 이 무쇠 지팡이는 아라비카의 키와 비슷한 길이였고, 가운데 폭이 서너 뼘쯤 되는 손잡이가 있었다. 편의상 손잡이라고 했지만 실은 그리 적당한 말이 아닐지도 몰랐다. 지팡이를 무쇠로 만드는 것도 이상하지만 거기에 손잡이가, 그것도 잡기 쉬운 위쪽이 아니라 가운데 있는 까닭이 뭔지 짐작도 가지 않았다.

어쨌든 그 손잡이는 움푹 들어가 지팡이보다 가늘었고 검의 자루가 흔히 그렇듯 장식도 있었다. 그러거나 저러거나 휴대하기 좋은 지팡이로는 보이지 않았다. 혹시 산에 올라갈 때면 저런 지팡이가 필요한 걸까?

"그럼 가볼까."

아라비카는 문제의 엘디를 정말 지팡이처럼 짚으며 걸음을 옮기기 시작했다. 어깨를 으쓱하며 눈썹을 올려 보인 사샤가 곧 뒤를 따르고, 키릴과 비주도 걷기 시작했다.

좋은 날씨였다. 여름의 세 아룬드 중 약초 아룬드(7월)의 날씨가 가장 산뜻하다. 싱그럽게 핀 잎들이 위압적으로 솟은 산맥을 향해 나아가는 네 사람을 갸웃이 지켜보았다.

닷새 후, 낯선 기사들이 폭풍우 같은 기세로 타마리알에 들이닥쳤다. 타마리알 사람들이 근 몇 년간 본 중 가장 큰 군대였다. 서쪽으로 산맥에 바짝 붙은 이곳은 근래 중부 지방에서 빈발하는 크고 작은 내전에 휘말릴 일이 거의 없었다.

"모두 물러서라!"

한동안 마을사람들은 갑자기 전쟁의 한복판에 떨어진 것처럼 혼비

백산했지만 지휘관이 병사들을 마을 밖에 머물게 하자 어느 정도 정신을 차렸다. 그렇더라도 불안감은 가시지 않았다. 어림짐작으로도 5백은 넘는 군대였고 모두 기병이었다. 마을사람들은 이들로 인해 마을 안에 갇히다시피 했기 때문에 그 너머에 얼마나 많은 군대가 있는지 정확히 알 방법은 없었다. 보이는 것의 두 배나 세 배, 실은 열 배일지도 모른다는 소문이 사람들의 입과 귀를 타고 돌아다녔다.

지휘관 급으로 보이는 자는 세 명이었다. 하나는 줄곧 선봉에 섰던 젊은 지휘관이었다. 호박석 빛이 나는 머리에 눈매도 날카로웠고 태도도 기세등등했다. 칼로 자른 것처럼 딱딱한 목소리는 어디서든 잘 들렸다.

"제대로 찾아왔소. 나는 그놈을 단박에 알아볼 수 있소이다. 흥, 결코 잊어버릴 수 없는 얼굴이지."

그와 나란히 선 두 번째 사람도 젊었으나 대조적으로 온후하고 침착한 인상이었다. 마법사인 듯, 갈색 로브를 걸친 채 무기는 갖고 있지 않았다. 그가 씁쓸하게 미소를 지었다.

"당신보다는 내가 더 그를 잘 알아보오, 마이프허 경."

카로단 마이프허의 목소리가 다시 날카로워졌다.

"그럴지도 모르지. 어쨌든 그 이름은 부르지 마시오. 여긴 로존디아니까 그냥 이름을 불러 줬으면 좋겠소. 라고트 씨."

"좋을 대로 하시오."

마법사 라고트는 싸움을 피하려는 듯 방어적인 태도였다. 여기까지 오는 동안 이미 한두 차례 다툼이 있었던 듯싶었다.

"그럼 내가 직접 탐문을 하겠소이다. 병사를 몇 차출해 갈 테니 당신은 이곳에서 기다리시오."

마법사는 고개를 돌려 세 번째 남자에게 손짓하더니 카로단에게 말했다.

"아스트로와 함께 가시오."

"……."

카로단은 불만스러운 표정으로 말에서 내려섰다. 아스트로라는 자도 이어 말에서 뛰어내렸다.

우아하고 날렵한 솜씨였다. 금발이 어깨를 넘어 포도송이처럼 늘어졌고, 눈썹 아래 수려한 선으로 뻗은 눈매와 콧날이 섬세한 외모를 짐작케 했다. 다만 보이는 곳은 거기까지였다. 비단 천이 복면처럼 입을 가리며 턱까지 늘어져 있었다. 그것만 제외하면 이들 중 가장 신분이 높아 보이는 사람은 바로 그였다.

그러나 그는 말이 없었다.

카로단과 아스트로는 병사 서른 명을 뽑아 몇 개의 조로 나누더니 곧 마을 안쪽으로 사라져 갔다. 라고트는 남은 병사들에게 잠시 쉬라는 손짓을 보내고는 말에서 내려섰다.

서른쯤 되었을까. 나이보다 이른 주름이 진 눈초리에 우울한 기색이 서렸다. 라고트는 본래 군사를 지휘할 예정이 아니었다. 지휘관은 어디까지나 카로단이었고, 그와 아스트로는 표면상 동일한 권한을 행사했지만 실제로는 보좌역이었다. 그러나 여기까지 오는 동안 그런 상태를 유지할 수 없는 때가 몇 번이나 있었다. 그래도 잘 버텨냈다. 언젠가 올 순간까지는, 그는 어디까지나 고문이자 협력자의 역할을 충실히 수행할 생각이었다.

고개를 들자 하늘을 찌를 듯 솟은 스조렌 산맥의 위용이 눈에 들어왔다. 높기만 한 것이 아니라 부챗살 같은 골짜기와 능선이 벅차도록 꽉 찬 산이었다. 가로막고 선 거인. 바다가 그렇듯 산도 처음 온 자들의 눈을 압도해 종종 휘청거릴 정도로 취하게 하곤 한다. 아무도 넘지 못했다는 저 산 속에는 산 자의 발이 닿은 곳보다 닿지 않은 곳이 더욱 많으리라. 비록 닿았다 해도 흙과 바위들은 얼마 안 가 방문자를 잊을 것이다. 태고의 고요를 깨는 것도 순간일 뿐, 저들은 곧 아무 일도 없었던 것처럼 저들만의 완결된 세계로 돌아가겠지.

라고트는 이 산맥이 동서남북 사방에 펼쳐진 곳에서 젊은 날 한 시절을 보냈다. 잊을 수 없는 일들이 일어났었다. 잊을 수 없는 사람들도 만났었다. 그가 지금 이곳에 있는 이유도 그곳에서 얻은 인연 탓이었다.

"……."

라고트는 말없이 산맥 쪽으로 몇 걸음 나아갔다. 얼마 전까지 지내던 아르나브르는 사방이 평지여서 산맥을 이렇듯 가까이 보는 것은 오랜만이었다. 그는 씁쓸함을 되씹으며 자신에 대해 생각했다. 자신은 잘 하고 있는 것일까. 이곳까지 온 것은 잘 하는 일일까.

하지만 대가였다. 얻은 것을 위해 대가를 치르는 중인 것이다. 그는 깔끔한 거래를 좋아했다. 비록 마음속에서는 회의가 일어날지라도 이미 보수를 받은 뒤에 해야 할 일을 게을리 할 사람이 아니었다.

그러나 고민하는 마음만은 자유였다. 누군가와는 달리 그는 그래도 마음의 자유를 얻은 운 좋은 사람이었다.

"선배, 뭘 그리 생각하십니까?"

등 뒤에서 들려온 목소리에 라고트는 퍼뜩 정신을 차리고 대꾸했다.

"선배라고 부르지 말라 했을 텐데."

냉담한 반응에도 불구하고 라고트 곁에 와서 선 목소리의 주인공은 싱글싱글 웃었다.

"중간에 퇴학당한 녀석 따위를 후배로 여기고 싶지 않은 마음은 이해하지만 달리 마땅한 호칭이 있어야 말이죠. 그럼 뭐라 하는 게 좋은데요? 마법사님? 라고트 씨?"

세상에 닳아 유들유들해진 태도가 오히려 달갑지 않았다. 전에는 어리석고 자기중심적이긴 해도 고집쟁이다운 순진함도 있던 자였는데, 지금 모습은 전형적인 지조 없는 떠돌이 마법사였다. 자기 능력을 사겠다는 자만 있으면 그자가 하려는 일이 뭐였든 속 편하게 힘을 빌려주는 치들이야말로 마법의 길에 몸담은 자들이 가장 경멸하는 부류였다. 그러나 그런 자들은 꾸준히 늘어나고 있었다. 여러 가지 이유로 정식 마법 교육의 길에서 밀려난 자들, 개인 수련의 길을 걷는 자들은 마법을 포기하지 않는 이상 사실상 그런 일에 뛰어들 수밖에 없는 구조였다. 이조르칸트에서 그런 자들의 경력이나 능력을 전혀 인정해주지 않기 때문이었다.

그렇게 자수성가한 마법사들은 이조르칸트의 마법사 회의에 한 번 참가해 보는 것을 일생의 꿈으로 품고 사는 가난한 마법사들을 비웃으며 남들이 꺼리는 평판 나쁜 세력가나 군인의 밑에 들어가 목돈을 만지는 데 몰두했다. 그러다가 때로 자기가 택한 주인이 성공을 거두어 함께 이름을 떨치기도 했다. 이자도 그런 운을 기대하며 스조렌을 떠나 카로단 마이프허 밑으로 들어갔을 것이다. 스조렌처럼 정체된 나라에서 출세할 만한 야심가를 찾기란 어려웠을 테고, 가문의 위세는 있되 지금은 입지가 불리한 카로단 같은 군인이야말로 잘 되면 큰 이익이 나는 투자처라 할 수 있었다.

"라고트 씨 쪽이 좋겠군."

끝내 차갑게 대꾸하고 말았다. 정식 교육에서 밀려난 마법사가 그런 길을 갈 수밖에 없는 구조를 잘 알면서도 이런 곳에서 마주친 상황을 달갑게 받아들일 순 없었다. 아니, 실은 참기가 힘들었다. 정식 교육과정을 밟아 온 자신도 원치 않는 일을 하며 참아야 하는 상황은 똑같기 때문일 것이다. 그를 보고 있으면 자신도 그와 마찬가지인 기분이 들어 내가 이곳까지 와서 뭘 하고 있는가 한심해졌다. 잠시 쉬긴 했지만 결국 멜헬디를 수석 졸업하고 로존디아의 궁정 마법사가 된 자신과, 질투심으로 터무니없는 일을 벌이다가 학교에서 쫓겨나 떠돌이가 되어버린 플로엔 오일란드가 그날 실종 사건의 주인공을 나란히 뒤쫓는 꼴이라니.

"그럼 전 오일란드 씨라고 불러주시면 좋겠군요, 라고트 씨. 그리고 그렇게 방어적으로 대하실 필요 없습니다. 귀찮게 할 생각은 전혀 없으니까. 저 같은 놈이 무슨 짓을 한들 궁정 마법사님의 안중에나 들어가겠습니까? 걱정 마세요."

오일란드는 말을 맺는 즉시 돌아서려다가 빠뜨린 게 생각났는지 다시 돌아봤다. 그 사이 뺨이 움푹해져서 예전처럼 잘생긴 얼굴은 아니었지만 짓궂은 미소를 짓자 어린 시절의 얼굴이 약간 돌아왔다.

"참, 그런데 카 교수님은 어떻게 지내시나요? 학교는 떠나셨다고 하던데 그 뒤로 소식을 몰라서 말이죠. 라고트 씨라면 아실 법도 한데."

로존디아의 왕실 수석 마법사 칼드가 예전의 카 교수라는 사실은 함구령까지는 아니어도 본인이 극도로 밝히기를 꺼리는지라 라고트 같은 사람도 선뜻 입 밖에 낼 사안이 아니었다. 라고트는 답을 주는 대신 딱딱하게 되물었다.

"자넨 아몬 교수님의 안부가 더 궁금해야 하는 것 아닌가?"

오일란드의 한쪽 입술이 삐딱하게 올라갔다. 뺨이 한층 움푹하게 들어갔다.

"아몬 교수님은 이미 예전에 찾아뵀었습니다. 참 안타깝긴 하지만 그래도 규칙은 규칙이라서 저한테 조수 자리 하나도 주선해 주실 수 없다고 하시더군요. 뭐, 옛날 생각 하고 찾아간 제가 어리석었지만요. 어쨌든 그렇다 보니 그 뒤의 안부는 더 궁금하지가 않네요. 카 교수님 소식은 모르시나보죠? 뭐, 알겠습니다. 라고트 씨야 이렇게 잘 나가시는데 저처럼 옛날 스승님 찾아다니며 자리 구걸을 할 필요는 없을 테니 모르시는 것도 무리는 아니죠. 그럼."

오일란드는 괜스레 절까지 하더니 몸을 돌렸다. 라고트는 그가 멀어지는 모습을 보며 잠시 생각했다. 오일란드는 한때 키릴을 지독하게 미워했는데 지금도 그 마음이 남아 있을까? 원인이었던 '천사'는 둘 다의 손이 닿지 않는 곳으로 날아가 버렸는데.

"좋은 소식이야!"

저만치 마음에 들지 않는 세르무즈 인이 돌아오고 있었다. 원하는 정보를 얻은 듯 밝은 표정이었다.

"누군가가 뒤쫓는 줄은 생각도 못 하는 모양이지? 이렇게 가는 곳마다 정보를 흘려 놓고 가는 걸 보면 말이야. 그자도 그리 대단한 인간은 아닌 것 같군 그래."

라고트는 카로단의 말에 기분이 나빠진 자신을 발견하고 쓰게 웃었다. 쓸모없는 옛 기억에 이끌려 적과 아군도 분별 못할 정도로 어리석은 자신이 아니었다. 그렇지만 우습게도 카로단보다 그가 비웃는 자 쪽을 옹호하고 싶은 마음이 불쑥 드는 것이다. 라고트의 기억 속에서 그 사람은 카로단처럼 불쾌한 인간은 아니었다.

카로단은 라고트의 표정 아래 감춰진 감정을 전혀 읽지 못했다. 이럴 때면 그는 단순한 사람이었다. 즐거운 일이 하나 있으면 다른 일은 아무래도 좋았다.

"그 잘나신 친구가 닷새 전에 안내인을 구해서 저 산에 올라갔다는군. 듣자니 아르마티스 족의 부락을 찾는다고 했다는데 지금쯤은 도착했으려나?"

카로단은 문득 산을 한 번 올려다보고 질린다는 듯 고개를 저었다.

"말을 타고 오를 만한 길은 없겠는데."

"따로 닦인 길이 있어도 말로는 쉽지 않은 곳이오."

라고트는 스조렌 산맥을 오간 일이 있어서 잘 알고 있었다. 저런 지형에서는 말보다 나귀가 훨씬 쓸모가 있었다.

"그럼 말은 두고 가야하나?"

카로단은 단순하게 고개를 끄덕이며 병사들을 둘러보았다. 기동성을 생각해서 기병으로만 주문했기 때문에 말은 매어둘 곳이 부족할 정도로 많았다. 그는 산으로 올라갔다 해서 키릴을 잡지 못하리라는 생각은 전혀 하지 않았다. 그자가 산을 넘어가는 것도 아닐 테고, 내려오는 길만 안다면 길목에서 포위하는 편이 더 쉽겠다 싶기도 했다. 그러나 어느 쪽으로 내려올지 어찌 알겠는가. 지형이 험하니만큼 산속의 길은 몇 줄기 안 되는 반면 기슭 쪽으로 내려올수록 여러 갈래가 되었다. 따라서 아르마티스 부락이 어디인지 몰라도 내려올 때 택할 만한 길은 셀 수 없이 많았다.

카로단은 '이거야 정말' 하는 얼굴로 어깨를 으쓱거리더니 라고트에게 손짓하며 바위 하나에 걸터앉았다.

"조금 있으면 병사들이 아르마티스 부락을 찾아낼 안내인을 구해올 거요. 그러니 앞으로의 계획을 좀 짜봅시다. 당신 생각은 어떻소? 이 많은 병사를, 그것도 기병들을 다 끌고 산맥으로 올라가는 일은 어째 좀 부적절하게 느껴지지 않소?"

라고트가 고개를 끄덕였다.

"그런 것 같소. 대안이라면 소규모 부대를 짜서 추적하는 방법도 있겠고, 내려오기를 기다리는 방법도 있겠지만 어느 쪽도 그다지 현명한 방법 같진 않소."

"그럼 달리 좋은 생각이라도 있소? 난 잘 모르겠소이다."

무례한 자이지만 이럴 때는 묘하게 솔직하다. 자신한테 복안이 있을 때는 남의 말에 귀도 기울이지 않지만, 좋은 생각도 없으면서 있는 척하는 법은 없었다. 그 한 가지만 봐선 그럭저럭 괜찮은 인간이었다.

"우선 안내인의 말을 들어봅시다. 그 부락이라는 곳이 얼마나 먼지부터 알아야겠소."

그리하여 안내인이 불려왔지만 그리 유능한 자는 아닌 모양이었다. 카로단이 특유의 거친 어조―화가 나서가 아니라 버릇일 뿐인―로 몇 마디 다그쳐 묻자 자꾸 횡설수설하며 말을 바꾸었다. 라고트가 잠시 카로단을 제지하고 부드럽게 물은 후에야 겨우 쓸 만한 대답이 나왔다.

"……다, 닷새 전에 추추추, 출발했다면 아, 아직 도착하지 못했을 겁니다요, 마법사님. 그게 어디까지나 짐작이지만…… 사실 저는 거기 가본 일은 한 번밖에 없어서…… 예에, 예! 저는 본래 안내인이 아닙니다! 그냥 한 번 가봤다는 거 때문에 이렇게 불려 왔습죠. 그런데 그자들을 안내한 놈은 베테랑입니다. 그놈이라면 그 부락에도 수십 번은 가보았을 겁니다. 아침저녁으로 몇 시간씩 저 산을 누비던 자니까요. 그러니 어쩌면 생각보다 빨리 도착했지도 모르겠습니다."

말을 할수록 침착해져서 마지막에는 꽤 정확한 발음이 되었다. 라고트는 고개를 끄덕이며 다시 물었다.

"그렇다면 그곳까지 가는 길은 어떤가? 말을 타고는 갈 수 없을 정도로 험한가?"

"음…… 험한 곳이 분명 몇 군데 있습니다. 그런 곳에서는 말에서 내려 걸으면 될 겁니다. 길이 좁긴 해도 기사들이 못 갈 길은 아닙니다. 다만 십여 일은 걸릴 계산을 하고 준비를 철저히 해야 합니다."

"그리로 가는 길은 하나뿐인가?"

"아뇨. 그렇지만 이 근방에서 출발하는 것이 가장 낫습니다. 왜냐면 아르마티스들도 물물 교환을 하러 올 때 이 도시를 표지로 삼는 모양이니까요."

라고트가 카로단을 보았다.

"역시 이 병력을 모두 데려가는 것은 무리겠소. 반으로 나눕시다. 반은 여기서 기다리며 혹시라도 내려오게 될 때를 대비하고, 추적대는 속보가 가능하도록 편성하는 편이 좋겠소. 다행히 여러 부대로 나눌 필요는 없을 것 같소이다. 나는 그자를 앞에 두고 우리가 백 명 이하로 줄어드는 것은 원치 않으니 말이오."

카로단이 눈에 띄지 않게 고개를 끄덕였다. 그도 알고 있었다. 키릴의 마법이 병사 기십 명쯤은 마른 들판에 풀 베듯 해치울 수 있음을 몸소 체험한 그였다.

아스트로가 다가왔다. 그를 본 안내인이 눈에 띄게 두려워하며 라고트 쪽으로 다가붙었다. 대충 짐작이 갔다. 아스트로는 말이 없는 대신 잔인한 행동도 서슴없이 하는 잔혹한 면이 있었다. 그건 설득으로 제지되는 일이 아니었다.

"그런데 우리에겐 좋은 안내인이 없으니……."

카로단이 그렇게 입을 열자 라고트가 안내인이라고 붙들려 온 남자를 바라봤다. 그 남자는 카로단의 말을 들으며 열렬히 고개를 끄덕였다. 낯선 군대에게 붙들려 산 위로 올라가고 싶지 않은 것이 분명했다. 라고트는 알 듯 말 듯한 미소를 떠올리더니 고개를 끄덕였다.

"좋소. 그가 있는 장소는 내가 찾도록 하겠소. 최근 본 일이 없다 해도 그자라면 어느 정도 연상할 수 있을 거요."

마법을 써서 추적하겠다는 의미였다. 카로단도 그 대답을 바랐던 듯 동의를 표했다.

"좋소. 왕실 마법사의 마법이 내가 거느린 자들보단 낫겠지. 그럼 준비를 해 봅시다."

라고트는 아스트로의 옷에 벌써 핏자국이 있음을 봤지만 일부러 외면했다. 그러나 잠시 후, 그는 다른 쪽을 보는 아스트로를 못내 우울한 눈빛으로 바라보고 있었다.

붉은 피부의 고산족

"으씨, 난 처음부터 경고했어. 이런 사태가 올지도 모른다고 분명히 말했단 말이야."

물론이었다. 누구나 알고 있는 사실이었다.

"그러니까 난 벌써 너희를 버리고 돌아갔어야 한다고. 알아? 지금 상황은 이미 계약 위반이란 말이야."

마찬가지였다. 백 번 옳은 얘기였다.

"어쩌다가 이렇게 된 거야? 처음부터 거절했어야 했는데 내가 워낙 성격이 좋다 보니 이 꼴이지. 으휴, 이게 무슨 고생이야."

듣다 못한 사샤가 참견했다.

"비주 누나를 봐."

아라비카는 기세등등하게 소리쳤다.

"저 아가씨는 네이판키아잖아!"

"……쳇, 말도 안 돼. 어느 모로 보나 네 쪽이 키도 훨씬 크고, 팔다리도 튼튼하게 생겼잖아. 어딜 봐서 비주 누나가 너보다 힘이 세 보여?"

처음에 일행은 짐을 똑같이 나누어 들었다. 열흘 이상 견딜 식량과 산속의 추위를 견딜 방한용구들이 그것이었다. 처음부터 적지 않은 양이었던 데다 험한 길을 가느라 지칠수록 점차 더 힘든 짐이 되어갔다. 그런데 키릴과 사샤가 나누어 진 식량은 먹으면서 줄어들었는데 아라비카와 비주가 짊어진 취사도구 및 모포는 당연히 눈곱만큼도 줄어들지 않았다. 닷새 넘게 걷고 나니 키릴과 사샤는 처음에 비해 빈손이나 다름없어졌다. 그러면 당연히 다른 사람의 짐을 나누어 가져가야 했는데 최근 몸에 이상이 오기 시작한 키릴은 며칠 동안 등산까지 하고 나니 반 탈진 상태였다. 그나마 초반에 무거운 짐을 위해 근력 마법을 써야 했기 때문에 그것도 체력을 상당히 소진시킨 모양이었다. 사샤는 지구력이 뛰어나긴 해도 아직 나이가 어린지라 지나치게 무거운 짐은 무리였다.

아라비카는 이 상황이 자기가 출발하기 전에 얘기한 '수프가 죄 없이 감자를 책임지는 일'과 같다고 주장하기 시작했다. 짐을 직접 지고 갈 수 없을 지경이니 자기가 없었으면 산행을 포기했지 않았겠느냐는 논리였다. 그놈의 수프와 감자 얘기가 나올 때마다 사샤가 피식피식 웃어댔지만 아라비카는 여전히 진지하게 그 비유를 고수했다.

알고 보니 말도 안 되는 비유를 만들어 내는 것은 아라비카의 취미이자 특기였다. 이를테면 그가 짐을 져 주고 있는 것은 꿀벌이 밤에 돌아다니며 꿀을 모으는 것과 같고, 묵은 빨랫감을 단번에 세탁하는 것과 비슷하며, 금화의 표면을 칼로 깎는 것과 마찬가지라고 했다.

"도대체 그게 무슨 상관이 있다는 거야!"

아라비카가 하는 비유에 유일한 공통점이 있다면 자기 자신 말고 다른 사람들은 영원히 그 함의를 이해할 수 없다는 점뿐이었다.

"게다가 당나귀를 허브 밭에 몰아넣고 나오지 못하게 하는 것하고도 같거든?"

키릴이 무미건조하게 대꾸했다.

"……그렇겠지."

"그렇지?"

한데 사실을 말할 것 같으면 아라비카는 그리 힘겨워하지도 않으면서 입으로만 불평을 쏟아냈다. 또 하나, 그는 불평을 하면서도 불쾌해하지는 않았다. 딱히 할 말도 없고 해서 아무 소리나 지껄이는 게 아닌가 싶을 뿐, 정말로 이들을 내버리고 돌아갈 생각은 없어 보였다.

"난 안내인이지 짐꾼이 아닌데 말씀이야!"

사샤도 간단한 대답을 준비해 뒀다.

"그래, 네 말이 맞아."

"그렇지?"

불평은 자기가 늘어놓은 주제에 가볍게도 동조하고는 가뿐하게 앞장서서 걸어갔다. 그런 아라비카의 뒷모습을 보던 사샤가 중얼거렸다.

"삶을 즐기는 방식도 참 가지가지야."

딱히 길이랄 수 없는 길들을 거친 끝에 일행은 봉우리와 골짜기로 포위당했다. 늘 망설임 없이 방향을 택하는 아라비카가 사라진다면 온 길을 되짚어 돌아가는 것도 무리였다. 왜 이 산을 넘어간 자가 없다고 하는지 실감이 났다. 꽤 여러 날을 걸어왔는데도 능선의 흐름이 도통 머릿속에 그려지지 않았다. 반쯤 올라온 건지, 그보다 좀 더, 또는 좀 덜 올라온 건지, 올라가는 길은 어느 쪽이고 내려가는 길은 어느 쪽인지, 아무것도 알 수 없었다. 뜨고 지는 해가 아니면 동서남북을 판별하기도 어려운 산의 바다였다.

한데 스조렌 산맥은 남쪽으로 갈수록 더욱 높고 험하다고 들었다. 그렇다면 남쪽 해안의 산들은 대체 어떻다는 걸까?

아직껏 서남쪽 해안을 돌아가는 항해가 성공한 일이 없는 것도 이 용서라고는 없는 산맥 때문이었다. 남쪽 해안은 스조렌과 세르무즈의 땅인데 그중 서쪽인 스조렌에는 놀랍게도 항구가 하나도 없었다. 작은 항구 하나가 들어설 포구도 찾을 수 없었던 것이다.

서부 최남단의 아리크 곶을 넘어간 배치고 무사히 항구로 돌아온 예는 없다고 알려졌다. 때문에 모든 항해는 롱봐르 만을 감싸는 니팍 곶 일대에서 그쳤다. 키릴은 그 근처에 가본 일이 있었다. 그곳에 갈 노인의 고향인 마르텔리조라는 마을이 있었다.

노인의 부탁대로 손자의 무덤만 찾아봤을 뿐, 키릴은 근방 사람들이 너나없이 권하던 니팍 곶에 다녀오는 여행을 하지 않았다. 흔히 '땅 끝'이라고 불린다는 니팍 곶은 사람들이 한 번쯤 가보고 싶어 하는 곳이었지만 키릴은 당시 마음이 메말라 그런 낭만을 찾을 여유가 없었다.

그때를 떠올리자 자신이 확실히 쇠약해졌구나 싶었다. 꽤 긴 여행이었는데 크게 지치지 않고 다녀왔던 기억이 났다. 그러나 지금은…….

"잠시 쉴까?"

아라비카는 말을 꺼내면서 벌써 바위에 걸터앉는 중이었다. 그가 앉자 사샤와 키릴도 말없이 바닥에 주저앉았다. 둘은 상당히 지쳐 있었다. 등산 경험이 없는 사샤는 순전히 근성으로 따라왔다. 그리고 키릴은 이상할 정도로 몸을 가누기가 힘들었다.

아라비카만큼이나 몸이 가벼운 사람은 역시 비주였다. 그녀는 앉긴 했으나 짐은 내려놓지 않았다. 산행을 시작할 때 '중도에 짐을 내려놓으면 다시는 들지 못한다'고 떠벌린 아라비카의 충고 때문인 모양인데 아무래도 그 충고는 부작용만 낳은 듯했다.

"마법사들은 체력이 약하다지."

아라비카가 꺼낸 말은 위로조로 들렸다. 키릴은 대꾸하지 않았다.

"뭐, 몸보다는 역시 정신의 단련이 우선일 테니까. 우리 민족에는 마법사가 별로 없지만 대륙에서 지내다 보니 주워들었어."

비카르나 족은 고대의 기록을 가장 잘 간직해 온 자들이라는데 묘하게도 마법에 대한 관심은 적었다. 이름을 날리는 마법사도 나온 일이 없었다. 그렇긴 해도 멀찍이 떨어진 하르마탄 섬에서 저들끼리 살다보니 외부의 침략을 받을 염려는 없었다. 그 멀리까지 군단을 보낼 만한 해군력을 가진 나라도 없었던 것이다.

사샤가 예전에 들었던 말을 생각해 냈다.

"아르마티스 족은 모두 마법사라죠?"

아르나브르에서 처음 만났던 당시 키릴이 한 이야기였다. 아르마티스 노인의 신비한 능력을 보고 놀랐던 일이 오랜만에 떠올랐다.

키릴이 답했다.

"모두 수준이 높은 건 아니지."

흔히 이르는 말로 마브릴 족을 타고난 전사, 엘라비다 족을 타고난 음유시인이라고 했다. 확장하자면 아르마티스 족은 모두 마법사요, 네이판키아 족은 정령사이며……

사샤가 아라비카를 쳐다봤다.

"비카르나 족은 뭘 잘해?"

아라비카는 눈동자를 위로 굴려보더니 대수롭잖게 대꾸했다.

"글쎄. 별로 잘하는 게 없는 것 같은데."

체격만 보자면 비카르나가 마브릴보다 월등했다. 다만 그들은 진취적 기질이 약하고 전통 속에 안주하는 쪽을 좋아한다고 했다. 대륙의 역사와 단절되다시피 한 섬에 살면서도 다들 만족하는지 굳이 나와 돌아다니는 비카르나는 극히 적었다.

"비카르나 족은 기록의 대가들이지."

키릴이 오랜만에 학교에서 배운 것을 떠올리며 말하자 아라비카가 웃음을 터뜨렸다.

"그렇게들 말하던가? 글쎄, 그럴지도 몰라. 곳곳에 잡다하고 낡아빠진 종잇조각들이 많긴 했어."

"도서관은 이스나미르가 최고 아니던가?"

사샤가 말하자 아라비카가 고개를 저었다.

"그거하곤 얘기가 달라. 달크로즈의 서고는 엘라비다 족이 저들의 힘으로 축적한 것이 아니라 단지 발견한 거야. 이스나미르의 건국왕 이센차가 마법 걸린 달크로즈 성을 발견했을 때 그 안에 처음부터 들어 있던 거라고. 쳇, 어느 놈들은 운도 좋지. 우리나라는 그 먼지 나는 것들을 보물인 줄 알고 싸안고 있다가 이젠 정리도 못할 지경인데."

사샤가 픽 웃었다.

"혹시 도서관에서 일했어?"

"무슨. 나처럼 허랑방탕한 놈을 전통 깊은 도서관에서 써줄 리 없지. 난 나돌아 다니길 걸 좋아해서 도서관 구석 같은 곳은 성미에 맞지 않았어. 그러니까 이렇게 별나게 대륙까지 건너와 떠돌고 있잖아."

그렇게 말하는 아라비카의 눈가에 우울한 빛이 스쳐갔지만 사샤는 눈치 채지 못했다. 아마 보았다 해도 향수 때문이라고 생각하고 말았을 것이다.

아라비카가 화제를 바꿨다.

"그러나저러나 넌 키릴에게는 존댓말을 쓰고 비주에게는 누나라고 하면서 왜 나한테는 사사건건 반말이냐?"

"내가 말했잖아. 내 신중한 버릇이라고."

"그게 어디가 신중하냐? 나처럼 성격 좋은 놈이라면 모를까, 늙고 성질 더러운 놈들은 발끈하기 마련이라고. 그건 전혀 신중하지 못한 거지. 이를테면…….”

사샤는 더 듣고 싶지 않은지 자기가 먼저 말해버렸다.

"아침에 세수하다가 손가락으로 콧구멍 찌른 거랑 같지?"

아라비카가 황당한 얼굴로 되물었다.

"그건 또 무슨 소리냐?"

어딘가 모르게 죽이 잘 맞는 두 사람이 주거니 받거니 말도 안 되는 얘기들을 주워섬기는 동안 키릴은 몸을 바위에 기대며 편한 자세를 취해보려 했다. 여름인데도 바위는 차가웠다. 그럴 리 없을 텐데 뼛속까지 한기가 스며드는 기분이었다.

잠깐 만에 오한이 들기 시작했다. 키릴은 서서히 마력을 불러일으켜 몸을 따뜻하게 만들어보려 했다. 그러나 생각은 또렷한데 힘은 겉도는 기분이 들었다. 잘못 조인 마차 바퀴가 자꾸 헛바퀴를 도는 것처럼.

오랜만에 감옥 속의 괴인 노틀칸의 목소리가 또렷하게 떠올랐다.

각오해라. 난 분명히 네놈을 내보내 준다. 하지만 그걸 위해 네놈의 생명을 깎아낼 거다. 그 다음에는 네놈을 시체처럼 건조하고 악귀처럼 잔혹한 놈으로 만들 거다. 세상의 즐거움 따위는 느끼지 못하게 될 거다. 누구도 네놈과 협상하거나, 네놈을 회유하거나, 평화를 되찾아 안주하게 하지 못할 거다. 내가 그럴 수 없도록 만들어놓을 테니까.

수명이 줄어드는 일쯤 두렵지 않았다. 감옥을 나올 때 자기 입으로 말했듯 복수를 원하는 자가 복수를 행한 뒤에도 살아남으려 해선 안 되는 것이다. 살려는 마음은 처음 먹은 결심을 무디게 할 뿐이다. 원하는 것을 이루지 못한다면 긴 세월 따위를 무엇에 쓴단 말인가.

네놈의 미래를 8년간에 거는 거야. 성공하면 넌 세상을 발아래 두게 되지만, 실패하면 죽는다. 그것도 비참한 광인이 되어서.

키릴이 〈랄트라〉의 첫 권을 배우기 시작한 지 올해로 7년째다. 남은 나날은 1년 반 정도에 불과했다. 더구나 이는 최대치였다. 그때까지 못 버틴다 해도, 실은 지금 쓰러진다 해도 놀라운 일이 아니었다.

자신만이 예외이리라는 생각은 바보들의 것이다. 8년은 긴 시간이었다. 키릴은 자신이 얻은 마법이 얼마나 특별한지 이미 알고 있었다. 모든 일에는 대가가 있는데 이 엄청난 능력에 값이 없을 리 없다. 때가 되면 그는 생명으로든 무엇으로든 그 값을 치를 셈이었다.

그러나 조금만 더.

목적을 이루기까지 조금만 더.

기다려 줄 수는 없는가.

"키릴!"

귓가에 들려오는 목소리가 아득히 멀었다.

"이봐, 여기까지 와서 이러면 곤란하다고!"

혼미했다. 빛이 빛으로 보이지 않고 목소리가 목소리로 들리지 않았다. 억센 손이 키릴의 몸을 움켜잡더니 마구 흔들었다. 그 손이 사라지자 새로운 손이 다가와 몸을 감싸 일으키려 했다.

그러나 키릴은 나무토막처럼 아무것도 느끼지 못했다. 파도소리 같은 철썩임만이 윙윙댈 뿐이었다.

"키릴, 제발 정신 차……."

감각은 모래사장에 쓴 글자처럼 지워져 버렸다.

딸랑, 딸랑.

"아빠, 저것 좀 보세요."

열세 살 소녀 아탈라는 자꾸 이마로 흘러내리는 가죽 띠를 올리느라 짜증을 부리던 참이었다. 그녀가 입은 옷가지며 신발은 전부 너무 컸다. 쑥쑥 크는 나이라서 일부러 크게 지은 줄은 알지만 이번 것은 정도가 심했다. 한 해에 두 달쯤 마을에 머물면 오래 정착했다고 할 수 있는 소금 캐러밴 가족의 딸인데, 활동하기가 너무 불편했다. 흘러내린 옷자락을 밟아 뾰족한 돌부리 위에 넘어지기라도 할 때는 화가 나서 눈물이 다 글썽해졌다.

아침나절에 벌써 한바탕 넘어져서 무릎이 까진 후였기 때문에 아탈라의 발걸음은 조심스러웠다. 그래서 겅중거리며 걷는 야크(yak)를 끌고 앞서가는 아버지와 어머니, 오빠에 비해 걸음이 처졌다. 그런데 두리번거리며 걷던 그녀의 눈에 이상한 것이 띄었다.

"무슨 일이냐."

말이 없고 무뚝뚝한 아버지인데도 아탈라는 무슨 일이 생기면 저도 모르게 아버지부터 불렀다. 모퉁이를 돌아갔던 어머니의 목소리도 들렸다.

"왜 그러니, 아타."

아탈라는 치맛자락 안쪽의 바지까지 질끈 걷어 올리며 종종걸음 쳐 아버지에게 다가갔다. 이어 골짜기 아래를 손가락질했다.

"저기 사람들이 보여요. 도움이 필요한 것 같아요."

"무슨 도움이 필요한 것 같으냐?"

가족 중에서 눈이 가장 좋은 사람은 아탈라였다. 까마득한 하늘에서 맴도는 솔개를 늘 가장 먼저 발견했고, 구석에 숨어 돋은 버섯도 아탈라의 눈을 피하지 못했다.

"다친 사람이 있는 것 같아요."

아버지가 고개를 끄덕였다.

"내려가 보자."

아탈라가 태어났을 때도 아버지와 어머니는 스조렌 산맥 어딘가를 여행하고 있었다고 했다. 그런 식으로 아기 때부터 지금까지 길에서 나이를 먹어 온 아탈라는 마을 생활보다 이동하는 나날이 더 익숙했다. 그렇게 오래 소금 캐러밴 생활을 했지만 아버지가 도움이 필요한 사람을 그냥 지나치는 일은 한 번도 보지 못했다.

벼랑에 가까운 비탈을 아버지와 아탈라 둘이서 조심스럽게 타고 내려가고, 어머니와 오빠는 산길 위에서 기다리고 있었다. 사람들의 말소리를 들으며 아탈라가 말했다.

"아빠, 대륙 사람들인가 봐요. 공용어를 써요."

"그럼 네가 말을 걸어 보려무나."

목소리는 점점 커졌다.

"키릴, 정신 좀 차려 봐요!"

"에이 참, 이젠 들쳐 업고 가야 한단 말이야? 이런 내용은 분명 계약에 없었는데."

투덜거리면서도 아라비카는 지고 있던 짐을 내려 몇 덩이로 나누었다. 비주에게 얼마간 더 주고, 남은 것은 사샤가 짊어질 수 있도록 재빠른 솜씨로 다시 묶었다. 그러면서도 사샤가 도저히 이 짐을 지고는 못 갈 것 같아 망설이는 기색이 역력했다.

그때 사샤가 산에서 내려온 두 사람을 발견했다. 갈색 얼굴의 중년남자와 소녀였다.

"어!"

사샤도 놀랐지만 아탈라와 아버지 역시 놀랐다. 대륙 사람들이라 해도 마브릴 족을 주로 보아 왔는데 뜻밖에도 비카르나 족이 있어서였다. 아탈라가 소리를 질렀다.

"아빠, 검은 사람이 있어요!"

사샤나 비주는 그 말을 알아듣지 못했지만 아르마티스 마을에 종종 오가던 아라비카는 어느 정도 그들의 말을 알았다. 그래서 고개를 들며 아르마티스의 언어로 말했다.

"안녕, 꼬마 아가씨. 난 검은 사람이 아니고 아라비카야."

"난 아탈라예요."

사샤는 갑자기 처음 듣는 말로 인사가 오가자 어리벙벙한 표정으로 두 사람을 번갈아 보았다.

"아는 사이야?"

아라비카가 고개를 흔들었다.

"아냐. 이 사람들은 소금 캐러밴인 것 같은데."

사샤로선 처음 듣는 말이었다.

"소금 캐러밴이 뭔데?"

"고산 지대에는 소금이 부족하거든. 그래서 소금을 가지고 다니면서 여러 가지 물품으로 바꿔 가는 대상들이 있지. 이렇게 가족이 함께 다니는 경우도 있고."

그때 아탈라가 공용어로 입을 열어서 사샤는 깜짝 놀랐다.

"맞았어요. 도움이 필요해 보여서 왔는데 무슨 일이 있나요?"

"우와, 우리말도 하네?"

아탈라는 자기보다 한두 살 많아 보이는 소년이 감탄한 얼굴을 하자 소녀답게 새침한 표정을 짓더니 고개를 돌렸다. 그러다가 시선이 바닥에 누운 키릴에게 향했다. 눈이 약간 커지며 감탄사가 흘러나왔다.

"아……."

날마다 가족들하고만 얼굴을 맞댈 뿐이고, 가끔 마을에 가도 비슷하게 갈색 얼굴을 한 사람들에게 둘러싸여 지낸 아탈라는 키릴처럼 창백할 정도로 흰 사람을 본 기억이 없었다. 이렇게 선이 가늘고 고운 얼굴을 가진 남자 역시 처음이었다. 순간적으로 가슴이 빠르게 뛰었다. 세상에, 이렇게 예쁜 사람도 있구나.

사샤는 키릴이 쓰러져 있는 걸 보고 아탈라가 놀랐나보다 생각했다. 이어 도움을 청해야겠다 싶어 앞뒤 가리지 않고 말했다.

"아르마티스 마을은 여기서 가까워? 우린 거길 찾아가는 길이었어. 그런데 저 사람이 정신을 잃은 지 한참 됐는데 깨어나질 않거든. 짐이 많아서 움직이기가 힘든데 도와줬으면 좋겠다."

아탈라는 솔직하고 착한 소녀였지만 또래의 소년을 만나자 익숙하지 않아 행동이 어색했다. 그래서 어딘가 모르게 잘난 체 하는 어조가 되고 말았다.

"물론이지. 우리 아버진 어려운 사람을 그냥 지나치는 분이 아니셔."

아탈라는 묵묵히 서 있던 아버지에게 그들의 언어로 몇 마디 말했다. 그러자 아버지가 고개를 끄덕이고는 키릴을 부축하러 다가갔다. 아라비카는 안심이 되었다. 그간 몇 번인가 소금 캐러밴과 마주쳐 본 일이 있었는데 아르마티스 족으로 이루어진 가족 캐러밴들은 대부분 선량하고 남을 잘 돕는 사람들이었다.

그때, 물을 구하러 갔던 비주가 가득 찬 주머니를 들고 나타났다. 낯선 사람을 보자 즉시 한 걸음 나서는 걸 보고 사샤가 손을 뻗었다.

"누나, 우릴 도와주려고 온 사람들이야."

비주는 남을 쉽게 믿는 법이 없거니와 종종 대단히 무섭게 변한다는 것을 잘 알고 있었으므로 사샤는 얼른 나서서 자기 몸으로 막았다. 비주가 아탈라와 아버지를 쏘아보았다. 아탈라는 갑자기 나타난 눈부시게 아름다운 아가씨가 영문 모를 적대감을 보이자 거부감이 들어 말했다.

"도와주는 게 싫다면 어쩔 수 없잖아."

사샤는 키릴을 어서 데려가야 한다는 생각으로 머리가 꽉 차 있었으므로 급히 손을 내저었다.

"아냐, 아냐. 누나는 네이판키아 족이거든. 그래서 우리 행동을 잘 이해 못해. 그렇지만 나쁜 사람은 아니야."

아탈라는 네이판키아 족을 본 일도 없거니와 그들이 어떤 성격인지도 몰랐다. 그러나 아탈라의 아버지가 다시 키릴에게 다가가려 하자 비주가 즉시 방어 자세를 취했다. 머리카락에서 붉은 빛이 일렁이기 시작했다. 아탈라의 아버지는 비주를 잠시 보더니 한 걸음 물러나 짧은 손짓을 했다. 비주는 더 이상 공격적인 자세가 되진 않았지만 키릴에게 접근하는 것만은 불허하는 눈빛이었다. 아버지가 아탈라를 돌아보며 말했다.

"우린 그들의 짐을 들어주자. 아가씨가 저 사람에게 손대는 것을 원치 않는다."

아탈라는 기분이 상했다.

"뭐예요? 도와주겠다는 데 우릴 의심하는 거예요?"

그러나 아버지는 이렇게만 말했다.

"아가씨의 뜻을 존중하자."

아탈라와 아버지가 물러나자 비주는 키릴을 부축해 일으켰다. 가져온 물을 마시게 하려 했지만 물은 정신을 잃은 그의 입으로 잘 들어가지 않고 입가에서 대부분 흘러내렸다. 아무도 다가가 도울 생각을 못했다. 비주는 몇 번 시도하더니 이번에는 자신이 물을 마시려는 것처럼 주머니를 들어올렸다. 한 모금, 입안에 물이 들어가자 그녀는 주머니를 내려놓고 허리를 굽혔다.

"저……."

사샤와 아라비카가 당황하고 아탈라의 얼굴이 빨갛게 물드는 가운데 비주는 자신의 입술을 키릴의 창백한 입술에 겹쳤다.

눈을 뜨자 누르스름한 천에 그려진 뿔난 짐승의 그림이 보였다.

키릴은 그것이 무엇인지 알아보지 못했다. 아직까지 고산 짐승인 야크를 직접 본 일이 없어서였다. 짐승기름 등잔이 하나 켜져 있을 뿐이라 주위가 어둑했지만 그는 어렴풋한 그림을 한참이나 보았다. 목이 아래로 굽어 있고 옆구리와 꼬리에 북슬북슬한 털이 나긴 했어도 소하고 비슷한 모습이구나 싶었다. 그런 간단한 판단을 하면서 그는 서서히 정신을 차렸다.

키릴이 누워 있던 곳은 천인지 가죽인지 모를 것으로 만든 좁다란 천막이었다. 원뿔형 지붕을 대여섯 개의 막대가 엇갈려 떠받쳤다. 천막 표면에는 그 소인지 뭔지 모를 동물 말고도 여러 그림이 그려져 있었지만 어두운 탓에 잘 보이지 않았다.

고개를 돌리자 한쪽에서 소리가 났다.

"정신이 들었소?"

물론 키릴은 목소리를 들었을 뿐 말은 알아듣지 못했다. 난생 처음 들어보는 언어였다. 곧 한 사람이 그에게 다가왔고, 또 한 사람이 천막 입구를 걷어 올리며 뭐라고 소리쳤다. 누군가를 부르는 듯했다.

온몸에 힘이 없었지만 움직이지 못할 정도는 아니었다. 다친 데도 없으니 단지 힘이 빠졌던 것뿐이다 싶었다. 쓰러졌던 일은 어렴풋이 기억났지만 그 다음에 어떻게 되었는지는 알 수 없었다. 아마 이곳은 아르마티스 마을이겠지.

잠깐 만에 한 사람이 천막이 흔들릴 정도로 기세 좋게 뛰어들었다.

"깨어났군요!"

"……사샤."

키릴이 입을 떼자 사샤는 기쁜 나머지 그의 몸을 와락 껴안을 뻔했다. 다행히 적절한 시점에 아르마티스 족 남자가 손을 저으며 그 행동을 막아 주었다.

"정신이 들어요? 이제 아픈 덴 없어요?"

곧 아라비카도 모습을 나타냈다. 키릴은 천천히 몸을 일으켜 앉았다. 머리가 약간 아팠고 팔다리가 나른했다.

"마법사라는 놈이 이렇게 짐이 된다니 예전엔 몰랐던 일이야."

그렇게 말하긴 했지만 아라비카는 화가 난 것 같지 않았다. 그저 키릴의 어깨를 툭툭 쳤을 뿐이었다. 키릴은 잠시 기억을 가다듬다가 문득 물었다.

"비주는?"

"아, 음, 그러니까……."

아라비카는 사샤의 얼굴을 흘끔 봤고, 사샤의 얼굴에도 슬그머니 미소가 피어났다. 눈이 어둠에 익숙해졌기에 키릴은 둘의 표정을 보고 의아해졌다.

"무슨 일 있어?"

"아뇨. 아, 하하……. 금방 올 거예요."

대략의 설명이 이어졌다. 소금 캐러밴의 도움을 받았던 일과 도착한 지 이미 하루가 지났다는 이야기도. 하루하고 반나절 동안 정신을 잃었다는 말이었다. 키릴은 미약한 불안감이 솟아나는 걸 느끼며 단편적으로 떠오르는 기억을 더듬었다.

"마치 꿈을 꾼 것 같군."

"무슨 꿈을 꾸었어요?"

머릿속이 뒤죽박죽이어서 떠오른 영상이 꿈인지 생시인지 잘 구별되지 않았다.

"뭔가로 졸린 것처럼 가슴이 답답했어."

"지금까지 쭉?"

"아니……."

천막이 다시 열리고 낯선 소녀가 들어와 키릴을 보더니 움찔 동작을 멈추었다. 그가 깨어난 줄 모르고 들어온 모양이었다.

"어느 순간 편해지더니 그 다음은 전부 미궁 속이야."

아탈라는 눈을 뜬 키릴의 얼굴에서 시선을 떼지 못하다가 목소리를 듣고는 더욱 묘한 감정에 사로잡혔다. 그때 사샤가 조그맣게 키득거리더니 물었다.

"뭐 더 생각나는 거 없어요? 실감나는 걸로다가?"

사샤가 그렇게 말하자 갑자기 분명한 인상이 뇌리를 스쳤다. 키릴은 손을 들어 자신의 뺨을 만졌다. 그때의 미묘한 기분이 생생하게 되살아났다.

"생명수랄까, 뭔가 달고 시원한 것이 다가와서……."

거기까지 말했을 때 사샤와 아라비카는 참지 못하고 웃음을 터뜨리고 말았다.

"풋, 푸훗, 푸하하하……."

"크크크……."

키릴은 말을 그치고 어리둥절해져서 둘을 보았다.

"왜 그러지?"

그런데 뒤에 서 있던 소녀조차 입을 가리고 키득대는 것이 보였다. 설상가상으로 비주가 천막을 젖히고 나타났다. 그녀를 본 사샤와 아라비카는 한층 나오는 웃음을 참지 못하고 허리를 꺾어가며 웃기 시작했다. 아탈라는 주저앉아 얼굴을 무릎 사이에 묻어버렸다.

키릴은 당황해서 비주의 얼굴을 쳐다보았지만 그녀는 별 반응이 없

붉은 피부의 고산족 73

없다. 평소처럼 냉랭하고 무표정할 뿐이었다. 결국 키릴은 대꾸 없이 웃기만 하는 자들에게 정보를 얻으려 애쓸 수밖에 없었다.

"대체 왜들 그래? 무슨 일이 있었던 거지?"

넓은 고원이었다. 비탈길로만 수 일을 걸어왔는데 그 산속에 이렇게 탁 트인 곳이 있다니 믿어지지 않을 정도였다. 키릴이 누워 있던 곳과 비슷하게 생긴 원뿔형 천막이 쉰 채쯤 늘어섰고, 둥근 지붕에 넓적한 원통 모양을 한 집이 또 십여 채 흩어져 있었다. 천막들 사이로 말뚝을 박고 가죽을 펼쳐 말리거나, 불을 피우고 솥을 걸어 놓은 광경이 눈이 닿는 곳까지 이어졌다.

이 부근에 아르마티스 족의 마을이 하나는 아니었다. 그러나 규모로 보나 전통으로 보나 이곳이 중심이라 할 만했다. 아라비카의 말을 믿는다면 다른 부락들은 전부 이곳에서 갈라져 나갔다는데 근거 없는 소리만은 아닌 듯했다. 그 증거로 이 고원은 저런 천막이 세 배로 늘어난다 해도 충분할 정도로 넓었다.

적갈색 피부의 아르마티스 족은 소탈한 사람들이었다. 물론 얘기를 해보고 내린 결론은 아니었다. 그들 가운데 아르마티스 족과 조금이라도 말이 통하는 사람은 아라비카뿐인데 그나마도 완벽하지 않았다. 그래서 그들은 공용어가 유창한 엉뚱한 사람에게 신세를 지고 있었다.

"이리 오세요. 저쪽에 겨울을 날 때 쓰는 바위 동굴들이 있어요. 얼지 않는 샘도 있고요. 여기가 겨울엔 몹시 춥거든요. 음, 사실은……"

아탈라는 발그레한 얼굴을 귀엽게 찡그렸다.

"여기 마지막으로 와본 지 3년이 넘어서 정확하지는 않네요."

어쩐지 기분이 나쁜 사샤가 뒤따라가며 참견했다.

"그러면서 뭘 안다고 나서는 거야? 3년이면 뭐든 바뀌고도 남을 시간인데."

아탈라가 홱 돌아보더니 야무지게 쏘아붙였다.

"흥, 네가 산속에 대해 알면 얼마나 안다고 그래? 산길에서는 잘 걷지도 못하면서. 난 태어나면서부터 죽 산에서 살았기 때문에 잘 알고 있어."

사샤도 발끈해서 대꾸했다.

"도시에서라면 3년 만에 와서 뭘 안다고 잘난 체 할 수는 없을걸. 여긴 시골구석이니까 뭐 변한 게 별로 없을지도 모르지."

"도시 사람이 시골 사람보다 나은 점은 하나도 없더라. 흙에서 자라는 것들에 대해선 아무것도 모르고, 너처럼 까닭 없이 시비 걸기나 좋아하지."

"시비 걸기는 네가 더 좋아하잖아!"

아탈라는 사샤와 달리 화를 내지 않고 혀를 쏙 내밀며 웃을 뿐이었다. 사샤는 도리어 어이가 없어졌다. 비록 키릴과 함께 다니면서 성격이 누그러지긴 했어도 로존디아 최고의 대도시인 아르나브르 거리에서 누구보다 영리하고 성깔 있는 녀석이던 사샤가 아닌가. 나이 많은 녀석들까지 누르고 유일하게 대장으로 불렸던 그가 조그마한 여자애 하나를 제압하지 못하다니.

아탈라는 어느새 사샤를 내버려두고 키릴보다 한 걸음 앞서 걸어가며 이것저것 조잘거리고 있었다. 사실 그것도 기분 나빴다. 키릴 앞에서 자신보다 더 친한 체 하다니. 어째서 키릴은 저런 계집애한테 예전에 자기한테 하던 것처럼 냉정하게 대하지 않는 거지?

……설마, 키릴도 보통 남자들처럼 여자아이한테는 친절한 건가?

사샤가 그런 말도 안 되는 상상을 하다가 다시 질세라 쫓아가 키릴의 왼편에 따라붙으니 오른쪽에 바짝 붙어 있던 아탈라가 짓궂은 눈웃음을 보냈다. 점점 더 속이 뒤틀렸다. 이런 황당한 경쟁 관계라니, 도대체 말이 되는 거야? 쳇!

"족장님한테 가시는 거지요? 제가 안내해 드릴게요. 저기 막대에 붉은 술이 달린 천막이 족장님 천막이거든요. 족장님은 굉장히 좋은 분이세요. 족장님께 뭔가 물어볼 건가요? 족장님께선 뭐든 잘 알고 계시니까 틀림없이 키릴의 질문에도 잘 대답해 주실 거예요!"

키릴?

제까짓 게 뭐라고 키릴의 이름까지 멋대로 부르는 거지? 내 입에서 함부로 이름이 나올라치면 가볍게라도 꼭 한 대씩 쥐어박아 주는 사람인데.

생각할수록 짜증이 솟구쳤다. 도시의 계집애들은 저렇지 않았다. 누가 대장인지, 대장한테 어떻게 대해야 하는지 잘 알고 있었지. 하긴 그땐 그 애들이 저들끼리는 뭘 어쩌는지 안중에 둔 적도 없었다. 보통은 도시 계집애가 까다롭다고들 하는 거 아니었나? 하지만 어쩐 일인지 순진무구한 듯하다가도 의외로 고집 센 시골소녀와 대거리하려니 보통 품이 드는 게 아니었다.

아탈라의 안내를 받아 족장의 천막으로 간 키릴은 천막 앞에 앉아 예의 요상한 지팡이를 닦고 있는 아라비카와 마주쳤다. 그가 흰 이를 드러내며 웃었다.

"볼일은 끝나가나? 혹시 내려갈 때도 안내가 필요하면 얘기하라고. 같은 가격으로 맡아 줄 테니까."

앞장서서 팔짝팔짝 뛰어온 아탈라가 까르르 웃었다.

"뭐예요. 마지막 안내는 우리 가족이 한 셈이잖아요. 당신은 손님이 갑자기 아플 것을 고려하지 못했으니 그리 유능한 안내자라고 할 수 없어요."

사샤는 아라비카가 화를 내지 않을까 했는데 그는 여전히 웃으면서 농조로 말했다.

"그럼 꼬마 아가씨한테 내 몫을 좀 나눠주지. 어떻게 지불하면 좋을까? 음, 난 뭘 바라는 지 알 것 같은데 말이야."

그러면서 키릴의 얼굴을 곁눈질했다. 키릴은 통역을 하던 아탈라가 한눈을 파는 바람에 천막 앞에서 그의 진입을 막는 아르마티스 족과 동문서답을 나누는 중이었다. 다만 아탈라는 그 말의 의미를 알아채고 얼굴이 빨개지더니 소리쳤다.

"농담하지 말아요! 우리 아빠는 도움을 주고 대가를 요구하는 사람이 아니에요. 만일 내가 그랬다는 걸 아시면 크게 혼을 내실 거예요."

"하하, 그래? 그렇다면 다행이고. 난 유능한 안내인의 자리를 아탈라에게 빼앗기는 것은 아닐까 걱정했다고."

"우린 소금 캐러밴이지 안내인은 아니에요. 그 자리는 당신이 계속 갖고 있어도 좋아요."

그때 키릴이 아탈라를 돌아보며 물었다.

"이 사람이 뭐라고 하는 거지?"

"아, 미안해요."

아탈라가 다가가 아르마티스 어로 몇 마디 대화하더니 고개를 끄덕이며 키릴을 봤다.

"족장님께서 먼저 온 손님과 이야기하시니 기다리라는 거예요. 당신 일행인 아가씨가 지금 이 안에서 이야기하고 있대요."

"비주가?"

그제야 아라비카가 말했다.

"아, 비주 아가씨? 들어간 지 꽤 되었는데 아직도 이야기하나?"

사샤가 고개를 갸웃했다.

"비주 누나하고 무슨 얘기가 되겠어? 하루에 두 마디도 할까 말까한 사람이잖아."

키릴이 아탈라에게 말했다.

"이 사람에게 내가 비주와 같이 들어가도 되는지 족장에게 물어봐 달라고 말해줘. 그녀는 내 일행이고 나와 볼일이 같으니까."

"그러겠어요."

그러나 아탈라의 말을 듣고 안에 들어갔다가 나온 아르마티스 족은 여전히 고개를 저으며 몇 마디 말했다. 아탈라가 통역했다.

"조금만 더 기다리래요. 족장님께서 중요한 일을 하고 계신데 곧 직접 나오실 거라고 그러네요."

그리 오래 걸리지 않았다. 사샤가 천막에 그려진 야크 떼를 거의 다 셀 무렵 천막 전체에 희미한 빛이 서렸다. 화려하거나 강한 광채가 아니라 은은한 빛이 솟아오르더니 다시 땅 밑으로 사라졌다. 키릴은 그 빛의 기운이 아르나브르에서 만났던 아르마티스 노인, 이로크의 삼촌이 가졌던 힘과 비슷하다고 느꼈다.

그리고 족장이 밖으로 나왔다.

쉰 살 정도 되어 보이는 족장은 키가 컸고, 야크 가죽으로 만든 긴 망토를 두르고 있었다. 망토에는 태양과 새와 검은 뿔 달린 야크가 그려져 있었다. 등 쪽에는 큰 깃털들이 세로로 죽 달려 발치까지 닿았다. 여러 가지 빛깔의 술이 달린 각반과 신발은 사슴가죽이었다. 검은 머리를 허리에 닿도록 길렀는데 끝에 색실을 꼬아 만든 장식 술이 나풀거렸다. 큰 짐승의 이빨을 이어 만든 목걸이는 족장의 권위를 나타내는 물건이었다. 본래는 창과 방패가 있을 테지만 손님을 맞는 터라 족장은 무기를 천막에 두고 나왔다.

족장은 자신들의 언어로 인사했다.

"어서 오시오. 위대한 어머니의 이름으로 흰 손님을 환영합니다."

그 자신이 위대한 어머니가 아닐까 싶을 정도로 깊게 울리는 목소리였다. 즉, 족장은 여자였다. 키릴은 그 말을 알아듣지 못했지만 공용어로 대답했다.

"폐를 끼치겠습니다."

아라비카와 아르마티스 전사는 밖에서 기다리고 키릴과 사샤, 그리고 아탈라가 천막 안으로 들어갔다. 천막 한쪽에 비주가 앉아 있었다. 그녀는 그들이 보이지 않는 것처럼 고개도 돌리지 않았고, 어떤 말도 하지 않았다.

천막 뒤편에 담요 비슷한 천이 걸려 있었다. 복잡한 네모와 동그라미로 이루어진 이상스러운 문양을 수놓았는데 사샤는 그걸 한참 바라보다가 어딘가 모르게 곰을 닮았음을 알아차렸다. 조금 이상하긴 했지만 분명 곰의 얼굴과 어깨였다.

여름인데도 천막 가운데에 화로가 있었고 족장의 긴 담뱃대가 걸쳐져 있었다. 족장은 담뱃대를 집어 들더니 손님에 대한 환영의 의미로 세 번 연기를 내뿜었다.

"나는 붉은 얼굴을 한 자들의 족장이며 페오세의 딸 그라이티라와라고 하오. 이제 우리의 손님이 되셨으니 우리는 할 수 있는 한 힘을 다하여 손님의 일을 도울 것이며 적으로부터 보호하오. 어떤 연유로 우리가 지키는 땅을 찾아오셨소?"

통역은 여전히 아탈라였다. 그녀가 빠르게 말을 옮기자 키릴이 말했다.

"서쪽으로 가는 길을 찾고 있습니다."

아탈라가 옮긴 말을 들은 그라이티라와 족장은 의아한 표정으로 대꾸했다. 아탈라가 곧 말했다.

"서쪽에는 산이 있을 뿐이래요."

"산 너머로 가는 길을 원한다고 말해 줘."

족장은 고개를 갸우뚱 기울였다가 비주를 바라보고는 말했다.

"고향을 찾고 있소?"

"고향을 찾고 있냐고 하세요."

"고향이라고? 무슨 뜻인지 모르겠군."

아탈라가 다시 말을 옮기고, 또 다시 키릴에게 말했다.

"그대 민족, 마브릴은 본래 저 먼 서쪽에서 온 사람이래요. 그대는 지금 마브릴 족의 고향으로 가는 길을 알고 싶은 거냐고 말씀하시네요."

키릴은 그런 이야기를 처음 들었다. 소년 시절에 로존디아 사람으로서 최고 수준의 교육을 받아 웬만한 역사는 다 아는 그인데 마브릴 족이 먼 서쪽에서 왔다는 이야기는 들어보지 못했다.

그때 문득, 몹시 지루하던 한 수업의 내용이 불쑥 기억의 수면 위로 떠올랐다. 친구들이 짓궂게 '핀치' 체소라고 불렀던 교수, 끄덕끄덕 졸며 듣는 둥 마는 둥 했던 그 교수의 강의명은 '학교사'였다.

멜헬디 학교의 역사는 스조렌 왕국의 건국 이전으로 거슬러 올라간다. ……그런데 학교에 살던 80여 명의 사람들은 현재 대륙에 어떤 나

붉은 피부의 고산족 **81**

라가 있고 무슨 일이 있었는지 전혀 알지 못했다. 어디에서 왔느냐고 따져 묻자 돌아온 대답은 하나뿐이었다……

이어 체소 교수가 희극적으로 외치던 문장이 번쩍 떠올라왔다. '서쪽에서 왔지만 돌아가는 길은 영원히 끊겼소.'
사샤는 키릴의 눈빛이 달라지는 모습을 지켜보았다. 기억을 더듬는 듯하다가 갑자기 태도가 달라졌다. 오랜만에 눈이 열렬하게 빛났다.
"그렇다고 말해줘. 그 고향으로 가는 길, 그걸 알고 싶다고."
곧 아탈라가 말했다.
"고향은 찾지 않는 편이 좋다고 그러세요. 마브릴의 과거는 피로 얼룩졌기 때문에 고향 민족을 찾아가면 평화가 아니라 투쟁이 일어날 거래요."
"상관없어. 난 중요한 것을 찾아야만 해. 족장께 비주와 무슨 이야기를 나눴는지, 그녀의 존재가 가리키는 비밀에 대해 알고 계신지 여쭤봐. 난 그걸 찾아야만 한다고 말해."
아탈라의 말을 들은 그라이티라와는 말없이 고개를 끄덕이더니 키릴의 얼굴을 진지하게 바라보았다. 키릴도 그 눈을 똑바로 보았다.
족장의 검은 눈이 말하는 것은 적었다. 족장은 눈빛으로 말하려 하지 않았다. 다만 키릴의 감정을 읽고 있을 따름이었다. 빛이 어슴푸레하게 들어오는 천막에 흰 담배 연기가 떠돌았다.
키릴 역시 그라이티라와의 눈에서 뜻이 아닌 감정을 읽었다. 족장 그라이타라와는 비밀이 비밀로 머물기를 원하는 것 같았다. 그러나 키릴은 그럴 수 있는 입장이 아니었다. 서쪽에 있다는 마브릴의 고향, 갈라진 민족의 땅……. 그곳에 그가 찾는 탑이 있을 것이다. 바꿀 수 없는 목적을 위해 손에 넣어야만 하는 비밀이 있다. 그 첫 번째 비밀을 쥔 사람은 바로 이 족장이다.

이윽고 그라이타라와의 입이 열렸다. 그런데 나온 것은 말이 아니라 노래였다.

먼 땅에 한 부모 피 받은 형제가 있어
뿌리가 물려준 본성에 따라
피 흘리고 싸웠다.

어머니는 손 저어 갈라놓았다.
놓아두면 서로 죽이고 말 것을 알고
멀찍이 떨어져 각각 살게 했다.

누구도 죄는 없다. 세상엔 곰과 이리가 있고
큰 뿔 사슴과 종달새도 있으니
이빨을 갖고 태어난 자는 물어뜯으리라.

가로놓인 벽은 갈라진 형제의 표지

하나뿐인 길에 독뱀과 전갈을 놓아두신
어머니의 뜻을 기억하라.

아탈라가 당황하면서 노래의 내용을 드문드문 옮겼다. 완벽한 내용을 듣진 못했지만 대강의 뜻은 알아들었다. 그러나 아탈라가 한 해석보다 더 인상적인 것은 노래를 부르는 족장의 모습과 목소리였다. 그것만으로도 족장이 전하고자 하는 바를 이해할 수 있었다.

그러나 키릴은 뜻을 굽힐 수가 없었다.

"나는 헤어진 형제 민족을 찾으러 가는 것이 아닙니다. 그들에게 이곳의 일을 전하지도 않을 것이고, 돌아와 그곳의 일을 이쪽에 전하지도 않을 것입니다. 양쪽의 분쟁은 원하는 바가 아닙니다."

말하면서 키릴은 로브 속에서 검은 비단으로 된 두루마리를 꺼냈다. 사샤도 기억하는 물건이었다. 아르나브르에서 키릴을 치료해 준 아르마티스 노인이 그것을 주었다.

"이걸 내게 준 자는 그대의 형제였습니다. 그 사람은 이것이 드워프들의 물건이라고 했고, 언젠가 쓰이기 위해 준비된 물건이니 내게 도움이 되리라고 말했습니다. 그러니 족장께서 풀어보시고 판단해 주십시오."

키릴은 두루마리를 그라이티라와에게 건네주었다.

아탈라가 옮겨주는 말을 들으면서, 나무껍질 같은 붉은 손이 두루마리의 끈을 풀고 펼쳤다. 주의 깊게 내용을 살피던 족장이 다시 키릴을 지그시 보았다.

"이것은 확실히 드워프 족이 만든 물건이오. 위대한 어머니가 물려준 그들의 솜씨대로 참으로 정교하구려. 나는 이것을 그대에게 준 이가 누구인지도 알고 있소. 그러나 이 물건이 반드시 좋은 결과를 가져오지만은 않소. 오히려 불필요한 반목을 부를지도 모르오."

아탈라가 그 말을 옮기는 가운데 그라이티라와는 두루마리를 펼친 채로 키릴에게 돌려주었다.

"그대가 뜻을 굽히지 않고 또한 증거를 가져왔으니 나는 형제자매들과 회의를 해야겠소. 이 일은 그대에게 뿐 아니라 우리에게도 중요하기 때문이라오. 회의의 날은 사흘 뒤, 보름달이 뜬 밤이 될 것이오. 회의의 결과에 따라 그대에게 서쪽으로 가는 길을 알려주거나, 또는 그렇지 않거나 할 것이오. 원치 않는 결과가 나오더라도 너무 실망하지 않기를 바라오. 약속하건대 우리 민족은 손님을 위해 최선을 다할 것이오."

이어 그라이티라와는 비주에게 손짓했다. 그러자 비주가 일어나 가까이 오더니 키릴의 얼굴을 보았다.

그라이티라와가 말했다.

"이 신성한 문신을 가진 네이판키아의 딸은 그대에게 자신의 귀한 삶을 맡기고 있소. 한 치의 의심도, 한 점의 의혹도 없소. 그대는 좀 더 신중해야 하오. 그대는 전설이 노래해 온 성스러운 자의 운명을 한 손에 쥐었소. 그대가 그릇된 판단을 하면 그대 자신뿐 아니라 이 고귀한 생명과 더불어 미래로 이어져야만 하는 소중한 유산을 파괴하게 된다오."

"참, 그런데 그 두루마리는 뭐였어요?"

키릴은 생각 외로 선선히 두루마리를 건네주었다. 사샤가 받아들고 들여다보니 글자는 없고 대신 꼬불꼬불한 곡선이 잔뜩 들어찬 데다 붉은 표지가 여기저기 찍혀 있었다. 잠시 생각해 보니 아무래도 지도 같았다. 그것도 미로의 지도인 듯했다.

사샤가 두루마리를 돌려주며 중얼거렸다.

"보물지도인가."

족장의 천막에서 나온 그들은 굽이굽이 이어지는 산자락이 내려다보이는 전망 좋은 자리에 와 앉아 있었다. 이 자리로 안내해 준 사람도 아탈라였다. 아탈라는 아버지가 부른다며 잠시 자리를 떴고 함께 있는 사람은 키릴과 사샤, 그리고 뒤에 말없이 선 비주뿐이었다.

바람이 불어와 키릴의 머리채를 고원으로 날려 보냈다. 여름이라고 해도 정면으로 받기엔 바람이 좀 찼다. 비주의 땋은 머리도 곡선을 그리며 나부꼈다.

얼마나 올라왔을까. 발밑은 빽빽한 골짜기와 능선뿐이고 길이라 할 만한 것은 한 줄기도 보이지 않았다. 키릴은 어쩐지 어깨가 허전했다. 무거운 짐을 방금 내려놓기라도 한 것처럼. 기운이 없어 팔을 들기조차 귀찮았다. 본래 체력이 좋지는 않았어도 소년 시절에 검술과 승마 등을 꾸준히 배웠고, 그 후에도 몸이 약해질 정도로 안락한 삶을 보낸 일은 없었다. 그 사건 후로 유난히 말라버린 몸은 지하 감옥에서 나와 대륙을 돌아다니면서 한결 강단 있게 변했다. 며칠씩 노숙이 이어져도 몸살

한번 쉽게 앓지 않고 다녔다.

그런데 지금은 헝겊인형이 된 것만 같다. 바람이 조금만 거세지면 날려 가버릴 것 같다.

누군가가 등 뒤에서 어깨를 움켜쥐었다.

"저런, 그렇게 넋 놓고 앉아 있다간 정말로 날아가."

아라비카의 목소리였다. 키릴은 돌아보지 않은 채 말했다.

"내려가지 않는 건가."

"아, 닷새나 강행군으로 왔으니 좀 쉬다가 가야지."

하지만 아라비카는 키릴이 깨어나지 않는 동안 하루를 쉬어 이미 원기 왕성했다. 그는 비주를 흘끔 보더니 말했다.

"저 몸으로 자넬 업고 오다니 네이판키아 아가씨만이 해줄 수 있는 일이지. 대단한 아가씨야. 후훗. 멋있다고."

키릴이 물었다.

"비주가 나를 업고 왔다고?"

"그래. 난 자네처럼 짐이 되는 마법사는 처음 봤다니까. 내가 모험가라면 절대로 자네 같은 마법사는 안 데리고 다닐 거야."

"……"

키릴은 말없이 산 아래만 내려다보았다. 사샤는 어쩐지 키릴이 불안해 보인다 싶어 화제를 바꾸려고 아무 얘기나 꺼내려 했다. 그런데 아라비카도 똑같은 생각을 한 모양이었다.

"저, 마을에 재미있는 구경거리가 생겼던데 거기나 가보지 않겠나?

자네들 처지가 며칠 기다리게 된 모양이니 시간을 때울 수 있는 일이라면 뭐든지 좋잖아?"

사샤가 반색하며 대꾸했다.

"뭔데?"

"음. 그걸 뭐라고 말하면 좋을까……."

아라비카의 얼굴에서 짓궂은 미소가 떠올랐다. 저런 얼굴을 하면 의례적인 궁금증도 진짜 궁금증으로 증폭되기 마련이었다.

"말하자면, 우린 굳은 마음을 가지고 남들이 속아 넘어가는 걸 구경하고 있으면 되는 구경거리야."

사샤가 입을 비죽거렸다.

"뭐가 그런 게 있어. 야바위꾼이라도 왔단 말이야?"

아라비카는 대답 없이 웃기만 했다. 그러더니 갑자기 키릴을 뒤에서 껴안았다. 키릴보다 사샤가 더 놀랐다. 저 성격 더러운 사람한테 무슨 일을 당하려고…….

그러나 아무 일도 당하지 않았다. 키릴은 생각에 잠겨 넋을 놓다시피 하고 있다가 절벽 아래로 떨어질 뻔했을 뿐이었다. 물론 떨어지지는 않았다. 아라비카가 재빨리 끌어올려 일으키며 말했다.

"가자. 뭘 멍하니 생각하고 있어? 구경거리는 그것만이 아냐. 자네처럼 정신이 쇠약해진 남자들한테는 즉효약인 볼거리도 있어."

"……."

키릴은 아라비카의 팔에서 놓여나자 그를 무표정하게 바라보았을 뿐이었다. 대꾸는 사샤가 했다.

"그건 또 뭐야?"

아라비카는 키릴의 손을 잡아끌고 가다시피 하면서 어깨 너머로 고개를 돌려 눈을 찡긋해 보였다.

"있어. 일반적으로 그런 걸 '미녀' 라고 부르던가."

"자아, 한 번만 이기면 전부 주겠단 말이죠. 누구든지 해 봐요! 딱 한 번에 다 가져갈 수 있다니까!"

가늘고 재빠른 손가락들이 은빛 물고기처럼 움직여 엎어 놓은 그릇 몇 개를 앞으로, 옆으로, 뒤로 옮겨놓았다. 그릇들은 마치 살아 있는 것처럼 편편한 나무판 위를 미끄러져 채 눈으로 따라가기도 전에 자리를 바꾸고는 모르는 체 얌전히 엎드려 있었다. 그릇 속에서 반짝이는 돌들이 짤깍거리며 부딪쳐 기척을 냈다.

아주 값비싼 것은 아니지만 그래도 보석으로 깎을 수 있는 원석들이다. 그렇기 때문에 그릇은 신중하게 골라 준비해야 했다. 돌과 그릇이 부딪쳐 내는 경쾌한 소리야말로 구경하는 사람들을 끌어들여 내기에 뛰어들게 만드는 중요한 요소 중 하나였다.

이번에는 건 사람이 없었기 때문에 여자는 아주 쉽지 않느냐는 것처럼 그릇 가운데 하나를 열어 보였다. 초록과 자줏빛의 아름다운 돌들이 기다렸다는 듯 자태를 드러내 보였다. 둘러선 사람들의 입에서 수군거림과 감탄사가 흘러나왔다. 그들 모두가 선량하다 못해 순진하기 이를

데 없는 아르마티스 족들이었다.

"자, 이렇게 쉽잖아요! 처음 해봐서는 잃을 것도 없어요. 내가 먼저 당신이 걸 보석을 이렇게 주니까. 자, 봐요."

여자는 서투른 아르마티스 어로 했던 말을 한 번 더 되풀이했다. 이어 다른 주머니를 열더니 파랗게 빛나는 돌을 자르륵 쏟아 놓았다. 그 가운데 하나를 가장 가까이 선 사람의 손에 쥐어 주었다.

"자, 이걸 당신한테 줄 테니까 한번 걸어 봐요. 이기면 그것도 가지고 그릇 속에서 나온 보석도 주는 거죠. 지면, 내가 방금 준 그것만 잃으면 되는 거예요. 두 번째 꼭 해야 하는 것도 아니죠. 하고 싶지 않으면 언제라도 그만두면 돼요."

여자의 아르마티스 어는 엉터리이긴 해도 못 알아들을 정도는 아니었다. 파란 돌을 받은 젊은이는 잠시 감탄하면서 손 안의 보석을 들여다보았다. 그건 그릇 속의 돌들보다 훨씬 고운 빛을 내는 고급이었고, 약간 이지러지긴 했어도 어느 정도는 다듬어진 상태였다. 다시 말해 누가 보아도 탐스럽게 생긴 돌이었다.

"에…… 걸어 볼게요."

젊은이는 파란 돌을 꼭 쥔 채 여자의 손놀림을 지켜보려고 눈을 크게 떴다. 여자는 친절한 미소를 지으면서 돌 두 개를 맨 오른쪽의 그릇에 넣고 덮었다. 다시 예의 능란한 손놀림이 이어졌다. 여자는 손이 예뻤고 큼직한 녹색 보석이 박힌 반지를 꼈는데 그 또한 눈길을 끌었다. 누구든 그 자리에 있으면 저도 모르게 그녀의 손놀림을 취한 것처럼 바라보게 되었다.

"자! 골라 봐요."

젊은이는 좀 헷갈렸는지 더듬거리다가 가운데 있는 그릇을 짚었다. 여자가 그릇을 열자 예의 보석들이 반짝거리며 젊은이를 맞았다.

"이야!"

젊은이는 예쁜 돌을 두 개나 더 움켜쥐고는 기뻐 어쩔 줄 몰라 했다. 사실 아르마티스 족에게 보석은 딱히 재산이 아니었다. 또한 물자를 쉽게 나누어 쓰는 자들이라 누가 음식이나 의복이 부족하면 남는 사람 쪽에서 당연한 듯 나누어주는 생활을 해 왔다. 다만 이 순진한 민족은 예쁜 돌을 몹시 좋아해서 보석을 보는 것만으로도 순수하게 즐거워했다.

"잘 했어요!"

여자는 명랑한 목소리로 격려해 주었는데, 좀 약은 사람이 들었다면 가식이 섞여 있다고 느꼈을 것이다. 그러나 순진하면서 약간 둔하기도 한 아르마티스 족에게는 그런 걸 깨달을 힘이 없었다. 그들은 동료의 성공을 보자 다음부터 앞 뒤 가리지 않고 몰려들어 너도나도 보석을 하나씩 받아들고 걷기 시작했다.

여러 사람의 차례가 돌아가는 동안 지는 사람이 한 둘 나와도 신경 쓰는 사람은 없었다. 점차 열풍처럼 걸고 따고 하는 일이 맹렬하게 되풀이되면서 잃는 사람이 점점 더 늘어나고 있음을 눈치 채는 사람도 없었다.

"저 여자, 대단하지 않아?"

아라비카의 감상은 그랬지만, 약간 떨어져 섰던 키릴과 사샤는 황당할 따름이었다. 아라비카는 여자를 '미녀'라고 불렀을 뿐이지만 키릴과 사샤는 이미 그녀의 이름을 알고 있었다.

"저건 지지에……."

사샤가 시작한 말을 키릴이 맺었다.

"카니크."

아라비카가 돌아봤다.

"아는 사이야?"

"글쎄. 아는 사이라고 하긴 뭣하고……."

아라비카는 구경거리보다 황당해하는 키릴을 보며 더 즐거워했다. 줄곧 넋 놓고 무표정하던 키릴이 처음 보인 표정다운 표정이긴 했지만 따지고 보면 아라비카가 그걸 반길 이유는 없었다. 단순히 우울해하는 사람을 못 견디는 성미일지도 몰랐다.

"아는 사람이면 가서 말을 걸어 봐. 초짜 사기꾼이면 깜짝 놀랄 거고, 전문가라면 10년 만에 만난 친구처럼 반가워할걸."

"내가 해볼까?"

사샤가 아르마티스들 사이로 끼어들어 하나하나 헤치더니 유연하게 손목을 놀리고 있는 지지에 앞에서 불쑥 일어섰다.

"안녕!"

지지에는 사샤를 봤다. 그리고 눈을 크게 떴다.

"어머나, 이게 누구야? 정말 오랜만이네! 그동안 잘 지냈어?"

그걸 지켜보던 아라비카가 손가락을 까딱거리며 싱글거렸다.

"저 봐. 저 여자, 전문가라고."

지지에는 물론 사샤를 보고 놀랐지만 자기의 사기꾼 행각이 들통날까봐서가 아니라 이런 곳에서 다시 만났다는 사실에 놀란 것이었다. 그녀는 고개를 빼서 키릴을 찾아내고는 손을 흔들었다. 손목에서 금빛 팔찌가 흔들렸다.

"어머나! 당신도 왔군요?"

"……."

아라비카는 여전히 웃으며 논평했다.

"저 여자, 사람들의 시선을 분산시키려고 손에 반지니 팔찌니 낀 거야. 너무 많이 달면 어수선해지니까 딱 저 정도로만. 손도 신경 써서 가꿨을걸. 손이 하얗고 예뻐야 햇빛도 잘 받고, 손놀림도 더 귀신같아 보이지."

지지에는 키릴이나 사샤와 긴 이야기를 나눌 틈이 없었다. 보석을 걸겠다는 아르마티스들이 줄을 이었던 것이다. 다행히 형제애가 강한 자들이라 먼저 하겠다고 싸우거나 하지는 않았다. 보석을 다 잃고 걸 것이 없어진 자들은 새로운 물건을 가지러 자기 천막으로 사라져 갔다.

"저런. 저 여자, 조금 있으면 내려갈 때 짐꾼이 필요하겠는걸. 저기 가서 짐꾼 겸 안내인으로 써 달랠까."

아라비카가 한 말 대로였다. 한번 재미가 붙은 아르마티스들은 저마다 은제 장신구며 사슴가죽 담요, 소금 주머니, 갈대 바구니, 정교하게

붉은 피부의 고산족 93

자수를 놓은 모카신, 어깨띠, 각반, 열심히 모아 놓은 야생 딸기, 옥수수 그릇 따위를 가지고 들이닥쳤다. 보고 있자니 상당한 구경거리였다. 한 끼 식사할 시간도 흐르지 않아 여자 곁에는 각종 물건이 작은 언덕을 이룰 정도로 쌓였다. 그런데도 계속해서 뭔가 새로운 것, 쓸모없는 것들을 가지고 와서 걸겠다는 자들이 줄을 이었다. 적당히 져줬다가 필요한 순간 이기는 솜씨는 다 알고 보는 아라비카도 혀를 내두를 정도였다. 그러면서도 친절한 태도를 흐트러뜨리지 않았다. 꾸민 듯한 목소리도 여전히 매끄러웠다. 아쉬움이 있다면 종종 틀리는 아르마티스 어였지만 아르마티스들은 관대해서 그런 것쯤은 너그럽게 넘겼다.

"자, 계속 해보겠어요? 싫어? 그럼 어쩔 수 없지. 난 억지로 하자고 하진 않아. 이런 건 어디까지나 하고 싶을 때, 재미삼아 하는 거죠. 걸고 싶은 사람이 한 명이라도 있다면 난 계속할 거니까 얼마든지 걸어줘요."

"당연하지. 말 잘 하는데."

아라비카는 논평에 재미를 붙였는지 키릴에게 번역까지 해 주었다. 사샤는 이미 구경에 정신이 팔렸고 키릴도 그녀의 손놀림에 잠시 눈을 빼앗겼다. 그러나 아라비카가 곧 말했다.

"저 여자는 뭔가 잘못 생각하고 있어. 아르마티스 족의 수공예품은 내려가서 괜찮은 가격으로 팔 수 있으니까 횡재하고 있다고 생각하겠지만 조금 지나면 상황이 달라질걸."

"어째서?"

"저 여자는 아르마티스 족이 어떤 자들인지 잘 모르는 것 같거든."

키릴이 무슨 소리인가 하는 눈이 되자 아라비카가 비밀 얘기라도 하듯 목소리를 낮췄다.

"아르마티스들은 네 것, 내 것을 잘 구별하지 않아. 저들은 지금 저 여자가 많은 물건을 차지했어도 끝나면 도로 나누어주리라고 생각하고 있을 거야. 왜냐면 바로 자기들이 그렇게 하거든. 누군가가 큰사슴을 잡으면 고기는 마을 전체에 나누고, 부모를 잃은 고아가 있으면 자기 자식처럼 키워 줄 새 부모가 몇 명이나 나서지. 누가 며칠 동안 사냥을 못했을 때 두 마리를 잡은 자가 한 마리를 양보하는 정도는 관례이고, 몸을 다치거나 늙어서 사냥을 못하는 사람이 있으면 모두 십시일반 곡식과 천을 내놓아 부양한다고. 그런 자들이 저 여자가 물건을 모두 갖고 도망쳐 버리는 모습을 상상이나 할 것 같아? 하긴 도망칠 수도 없겠네. 가져갈 게 너무 많아서."

아라비카의 설명을 듣자 문득 향수가 솟아났다. 키릴도 그렇게 살았던 적이 있었다. 어려서 쥘나 동네 꼬마들과 그랬고, 더 커서 다섯 명의 친구들과 또한 그랬다. 어찌 보면 키릴은 주로 받는 입장이었지만 그걸 불편하게 느끼지 않았던 이유는 바로 저런 마음을 가졌기 때문이었다. 키릴 자신도 기회가 있기만 하다면 자기 것을 아낌없이 줘도 좋다고 생각했고, 실제로 목숨조차 그렇게 하려고 했다.

"잠깐."

키릴은 아라비카에게 인사하듯 손을 들더니 갑자기 눈앞에서 사라졌다. 아라비카가 깜짝 놀라 눈을 크게 떴을 때, 아르마티스들로 둘러싸인 지지에의 앞에 다시 나타난 키릴이 보였다. 아라비카는 의아해졌다. 마법사라고 듣긴 했지만 방금 주문이나 수인 등은 없었던 것 같은데?

키릴은 지지에에게 말을 건넸다.

"나도 걸지."

지지에가 고개를 들더니 순간적으로 움찔했다. 그러나 곧 밝게 웃으면서 고개를 끄덕였다.

"네에, 얼마든지 거세요. 난 사람을 가리지 않아요."

키릴이 싸늘하게 대꾸했다.

"다행이군."

사샤는 키릴이 이런 일에 끼어든 것이 신기하기 이를 데 없었다. 그래서 더욱 흥미진진하게 눈을 빛냈다. 그릇에 굴러 들어간 두 개의 보석이 잘그락, 맑은 소리를 냈다. 탁, 엎으면서 지지에의 목소리가 울렸다.

"자, 시작합니다."

지지에는 상대가 마법사임을 알고 있었으므로 약간 긴장했다. 그러나 마법을 쓰는 기색은 없었다. 섞으면서 곁눈으로 봤지만 입 속으로 중얼거리거나, 손으로 특별한 동작을 취하거나, 어느 쪽도 하지 않았다.

손목을 걷어 올린 지지에의 손이 능란하게 움직였다. 죽 지켜보던 사샤는 좀 전보다 그릇의 움직임이 복잡해졌다고 생각했다. 실제로 그녀가 그릇 세 개를 섞는 시간은 평소보다 좀 더 길었다.

"자, 골라보세요!"

키릴은 즉시 왼쪽 그릇을 가리켰다. 지지에의 눈썹이 미세하게 움찔 거렸지만 곧 그릇을 뒤집어 보였다.
"아, 여기 있네요! 눈이 좋으신데요?"
키릴은 고개를 끄덕였을 뿐이었다. 지지에가 보석을 집어 주려 하자 그는 고개를 저으며 맨 위에 놓여 있던 구슬 달린 모카신을 가리켰다.
"저걸로 줘."
"아……. 좋을 대로 해요."
모카신 쪽이 훨씬 부피가 크기 때문에 그걸 가져가 주는 쪽이 편했다. 키릴은 모카신을 받아들더니 사샤에게 넘겨주었다. 사샤는 얼떨결에 받았지만 어떻게 하면 좋을지 몰라 그냥 두리번거리기만 했다.
키릴의 무미건조한 목소리가 울렸다.
"계속할까."

"……네, 이기셨네요. 이번엔 뭘 가져가시겠어요?"
어조를 유지하려 애썼지만 풀이 죽었음을 누구나 알아볼 수 있었다. 이해할 수 없는 일이 연속해서 일어났던 것이다. 지지에도 이해할 수 없기는 마찬가지였다. 아르마티스들도 얼굴을 마주보며 이상하다는 표정을 지었다. 그들 중 한 명이 말했다.
"어째서 아가씨가 계속 지는 거야?"
지지에는 스무 번쯤 연속해서 지고 나자 자존심이 몹시 상했다. 그리고 이 승부는 승산이 없다고 생각했다. 저 마법사가 무슨 수를 쓰는지 몰라도 일반적인 술수는 아닌 게 틀림없었다. 이 일을 하루 이틀 해온 그녀가 아니었다. 이뿐 아니라 각종 사기 치는 기술들이라면 도통했지만 그래도 이건 가장 먼저 배웠던 거라 무엇보다 익숙했다. 이렇게 연속 지는 일은 있을 수 없었다.

지지에가 다시 그릇에 돌을 넣으려다 말고 불쑥 말했다.

"재미가 없어졌어요. 그만 해요."

이쯤에서 그만둔다 해도 벌어 놓은 것이 많아 손해는 아니었다. 그러나 키릴이 말했다.

"아까 말했지. 한 명이라도 걸고 싶은 사람이 있으면 계속하겠다고. 난 여전히 걸고 싶으니, 계속해."

"……."

지지에는 화가 나서 입술을 깨물면서 키릴을 올려다보았다. 치켜 올라간 눈초리가 신경질적으로 움직였다.

"그건 그냥 해본 말일 뿐이에요. 내가 하고 싶어서 하는 일인데 누가 억지로 하게 한다는 거예요?"

지지에가 그릇을 챙기려 하는데 키릴의 손이 다가와 손목을 잡았다. 그녀는 뿌리치려 했다. 그러나 강철 집게에라도 잡힌 것처럼 꼼짝도 하지 않았다. 뿌리치기는커녕, 손목을 비틀 수조차 없었다.

"왜 이래요? 이거 놔요!"

소리치며 고개를 드는데 키릴과 눈이 마주쳤다. 그의 목소리는 나지막했다.

"그만 두고 싶으면, 저 물건들을 이 사람들에게 돌려 줘."

"그럼 난 뭘 가지란 거야! 내가 지금까지 수고한 건 뭔데?"

화가 나자 본색이 드러나며 단박에 반말이 튀어나왔다. 키릴이 품에 손을 넣더니 1백 메르장 금화를 다섯 개 꺼내 탁자 위에 하나씩 얹어 놓았다.

"여기까지. 당신이 구경거리를 보여준 수고비야."

이어 세 개가 딱, 딱, 딱, 소리를 내며 놓였다.

"이제 전에 하기로 한 노래를 해 보라고. 가짜 음유시인 씨."

"……."

지지에와 키릴은 서로를 맹렬히 쏘아보았다. 눈빛이 똑같이 폭력적이어서 곧 주먹이라도 휘두르지 않을까 싶을 정도였지만 그런 일은 일어나지 않았다. 선량한 아르마티스들이 영문을 몰라 수군댈 때까지 둘은 서로를 주시했다.

그때 사샤는 자신이 해야 할 일을 알아챘다. 그는 아라비카에게 손짓하더니 장사꾼처럼 소리쳤다.

"자, 이 사람이 돈을 다 치렀으니 여러분의 물건을 찾아가요!"

아라비카가 싱긋 웃더니 사샤의 말을 옮겨 들려주었다. 그러나 아르마티스 족은 워낙 정직해서 선뜻 몰려들어 물건을 되찾아 가지는 않았다. 나이든 아주머니 한 명이 말했다.

"저 아가씨가 그러라고 해야지. 아직은 생각이 다른 것 같구먼?"

사샤는 통역 없이 분위기만으로도 상황을 눈치 챘다. 이어 키릴의 눈빛을 받아내느라 온 정신을 집중하고 있는 지지에의 어깨를 갑자기 밀었다.

"괜찮지, 누나?"

사샤는 전에 지지에를 누나라고 부르지 않았다. 그러나 친근한 체 하는 데는 역시 이 호칭이 최고였다. 지지에는 놀라 넘어지려던 자세를 붙들다 옷자락이 엉켜 허우적거리는 바람에 우스운 꼴이 되고 말았다. 사샤가 웃으면서 소리쳤다.

"거 봐요. 지지 누나는 착한 사람이니까 당연히 허락하죠. 당신들과 즐겁게 한 번 놀자는 거였지, 이런 건 누나한테 쓸 데도 없어요. 그러니까 안심하고 가져가도 돼요!"

아르마티스는 정직한 만큼 단순한 자들이었고, 앞서 키릴과 지지에 사이에 공용어로 오간 사나운 대화를 알아듣지도 못했다. 아라비카가 통역해 준 말을 듣자 그런가 보다 싶어 하나 둘씩, 곧 너도나도 자기 물건들을 찾아갔다. 게다가 그들은 지지에의 기분을 전혀 알아채지 못하고 덕분에 즐겁게 놀았다는 둥, 내일도 또 하자는 둥 인사를 해서 낭패한 그녀의 기분을 더욱 잡치게 만들었다.

아르마티스 족이 거의 사라지고 나자 어디서 지켜보고 있었는지 비주가 다가와 키릴의 옷자락을 잡더니 몇 번 당겼다. 그만 이 자리에서 떠나자는 것처럼. 게다가 비주는 예전과 마찬가지로 지지에와 눈 맞추는 것을 꺼려했다.

지지에는 키릴이 놓은 금화를 집었다. 하나씩, 하나씩 집어 올리며 가짜가 아닌가 확인하기라도 하는 것처럼 표면을 쏘아봤다. 키릴은 비주를 돌아보지 않은 채 말했다.

"기다려."

지지에는 여덟 개의 금화를 다 집었다. 이 정도면 손해가 아니라 오히려 이익을 본 셈이었다. 그녀가 다시 고개를 쳐들고 키릴을 노려보자 키릴은 아무렇지도 않았는데 비주가 다시 그의 옷자락을 잡아당겼다. 사샤는 의아해졌다. 비주가 지금까지 뭔가를 두려워한 일이 있던가? 망설이는 모습을 본 일이 있던가?

없다. 한 번도.

어쩌면 두려움과도 다른, 마치 원치 않는 결과를 막으려는 듯한 표정이기도 했다. 무엇인지는 모르지만 네이판키아의 높은 자존심을 꺾고라도 반드시 막고자 하는 일이 있었다. 그게 무얼까.

지지에가 말했다.

"내 노래를 듣고 싶다고? 그래, 난 엉터리 음유시인이야. 그런 내 노래를 듣고 싶어 하는 당신은 뭔데? 내게 뭘 알아내려고?"

키릴은 설명하는 대신 명령을 되풀이했다.

"노래해."

지지에의 고양이 같은 금빛 눈동자가 기묘하게 번쩍거렸다.

"노래? 못할 것 없어. 이렇게 큰돈을 주시는데 나 같은 삼류 음유시인이 어찌 노래를 하지 않겠어? 저런 바보 같은 인간들을 며칠씩 등쳐먹어도 벌까 말까한 돈이라고. 그럼, 하고말고. 열 번이고 백 번이고 하고말고! 난 돈만 주면 뭐든 하는 여자거든. 까짓 노래쯤 어려운 일도 아냐. 그보다 더 어려운 일도, 더 무리한 일도, 돈만 주면 다 해줄 수 있어!"

비주는 다시 한 번 키릴의 옷자락을 잡아당겼다. 키릴은 팔을 뿌리치지 않았지만 돌아보지도 않았다.

이 순간 지지에는 단순히 화가 났다기보다 단단히 악에 받친 인상을 풍겼다. 방금 전에 싹싹하고 명랑하던 인상과는 판이하게 달라졌다. 사샤도 슬슬 그녀가 고생을 많이 한 사람임을 알아보았다. 지지에는 한 걸음 물러섰다. 목을 한 번 가다듬고는 말했다.

"난 당신이 뭘 알고 싶어 하는지 알아."

노랫소리가 퍼져나갔다.

나의 의지는 바람의 의지
세상을 떠돌며 뒤를 돌아보지 않는 바람
눈은 허공을 더듬고 입술은 꿈을 노래해
스쳐간 곳에는 그림자조차 남지 않아
누구에게든 잊히고야 마는 바람
그에게 의지 같은 것은 없으니

그의 눈동자는 별빛의 기억
세월이 흐르면 다시 바라볼 수 없는 별빛
발은 언제나 뒤늦고 가벼운 꿈은 날아가

스쳐간 곳마다 고운 손으로 남겨둔 약속
누구에게든 잊히고야 마는 이름
나에겐 한결 같은 부름이 되니

나의 이름은 풀꽃의 이름
세상에 자라나 누구도 돌아보지 않는 풀꽃
잎은 하늘을 바라고 술은 태양을 노래해
스쳐간 이들의 그림자조차 남지 않아
누구에게든 잊히고야 마는 풀꽃
그에게 이름 같은 것은 없으니

노래가 뚝 끊겼다.

조용해졌다. 키릴과 지지에뿐 아니라 다른 사람도 입을 열지 않았다. 부드러웠지만 슬픈 노래였다. 키릴의 입에서 흘러나왔던 때와는 또 다른, 안타까움이 마디마디 낙인처럼 새겨진 노래였다. 키릴 자신조차 이 노래가 저렇게 들릴 수 있음을 알지 못했다.

아니, 키릴에게 이 노래는 어린 시절의 자장가였기에 그 속에 담긴 것 또한 어린 날의 평화였다. 그러나 지지에에게는 한의 노래였다. 모든 것을 빼앗긴 여인의 상실감으로 가득한 노래였다. 가사가 반드시 그런 것은 아닌데도 지지에의 목소리와 닿는 순간 마력처럼 모든 단어의 뜻은 바뀌어 버렸다.

키릴이 침묵을 깼다.

"당신…… 이 노래를 어디서 배웠지?"

지지에가 오만하게 어깨를 펴며 대꾸했다.

"어머니에게서."

"어머니는 어떤 분이지?"

"죽은 분이지."

보통 사람들처럼 유감이라는 말 따위는 오가지 않았다. 지지에의 말투에도 안타까움이나 존경심 같은 것은 없었다. 키릴의 눈썹에 힘이 들어갔다.

"어디서 살다가 돌아가셨지?"

"왜? 가서 무덤에 꽃이라도 바칠 참이야?"

"묻는 말에나 대꾸해."

"내가 왜? 노래를 불렀으면 됐잖아! 그 다음 일은 네가 알아서 하라고. 아니지. 정보를 듣고 싶으면 돈을 더 내시지! 아까 말했잖아. 돈만 내면 뭐든지 해주겠다고 말이야!"

키릴은 거래를 하려들지 않았다. 그의 손에 붉은 광선이 한 바퀴 감겼다가 뻗어나갔다. 놀란 사람들이 허둥지둥 물러서는 동안 붉은 빛은 그와 지지에가 서 있는 곳을 중심으로 원을 그렸다. 돌조각들이 깨져 사방으로 튀었다. 한 뼘은 넘는 홈이 그들을 둘러쌌다.

지지에는 가볍게 입술을 떨었다. 그러나 말투는 변함이 없었다.

"협박하는 거야? 잘 될까나? 어디 맘대로 해보시지."

"언제까지 그렇게 말할 수 있는지 보지."

한 번 더, 이번엔 발치에 닿을 듯 가까운 원이 그려졌다. 튀어온 돌조각이 지지에의 종아리에 부딪칠 정도였다.

"말해. 넌 어디서 왔지? 어디서 태어났지?"

"웃기지 마······. 난 돈 없이는 아무것도 안 말해!"

지지에가 정말로 돈을 원하는 것 같지는 않았다. 단지 돈 몇 푼으로 자존심을 사버린 사내에게 자신이 느낀 굴욕감을 전달하고 싶어 억지를 부리고 있을 뿐이었다. 하지만 오기는 있어도 용감하지는 않고, 무엇보다 세상과 쉽게 타협하며 살아온 그녀가 이렇게 만용을 발휘하며 버티는 심리는 이상한 것이었다.

"날 화나게 하지 마."

화가 날수록 낮아져 음험하게까지 들리는 목소리가 흘러나왔다. 붉은 광선이 이번엔 나무탁자로 올라와 테두리를 그었다. 까맣게 탄 홈이 나타나며 연기와 탄내가 퍼지자 지지에는 몸을 떨었다. 그때 키릴이 갑자기 손을 올렸다.

"아!"

놀란 사람은 지지에만이 아니었다. 돌바닥을 파내는 광선이 사람의 몸에 닿으면 어떻게 될지 뻔한 일이었다. 이날 지지에가 입은 옷은 아르마티스 족의 전통의상을 닮은 원뿔 모양의 판초였는데, 빠른 손놀림을 위해 늘어진 옷자락을 긴 끈으로 잡아매 어깻죽지와 등에 엇갈리게 묶어 놓았다. 붉은 광선이 순간 보이지 않는다 싶더니 어깨 위의 두 끈이 툭 끊겼다. 잘라진 끈이 떨어지며 망토자락이 흘러내려 지지에의 손을 덮어 버렸다.

"……."

위협적이지는 않아도 무례한 일이었다. 지지에의 입술이 움찔거리며 이번엔 턱까지 떨렸다. 경고라면 충분히 알아듣고도 남았다. 남은 것은 굴복하는 일뿐인 것 같았다.

그때 뜻밖의 구원이 나타났다.

"그쯤 해두지 그래."

그렇게 말하며 화가 난 마법사의 어깨에 손을 얹은 사람은 멀찍이 서서 구경하던 아라비카였다. 지지에에겐 낯선 얼굴이었다. 전에는 보지 못한 일행이니 키릴과 오랜 친구는 아닐 텐데, 대담한 행동이 아닐 수 없었다. 키릴이 보일 반응도 뻔했다. 그러나 아라비카는 키릴이 '무슨 참견이지'라고 말하기 전에 다시 말했다. 이번에는 지지에를 향해서였다.

"뭘 뻔한 사실을 두고 말을 하니 마니 버티는 거야? 그런 걸로 돈을 받겠다고 우기는 너도 그래. 이제 그쯤 해두라고."

지지에와 키릴 모두 흠칫 놀라며 아라비카를 보았다. 사샤가 물었다.

"뭐가 뻔한 사실이야?"

아라비카는 키릴의 어깨에서 손을 떼더니 깍지 낀 손을 머리 뒤로 올렸다.

"그야 이 두 사람의 출신지가 같다는 거, 아니면 최소한 한 고장 사람인 부모를 둔 사이라는 거 아니겠어? 저 노래는 그곳 민요나 그런 거겠지. 뜻밖에 이런 곳에서 만났는데 반갑다고 인사나 할 일이지 고집부리며 싸울 건 뭐냔 말이야."

"에……."

그렇게 단순한 건가 싶어 사샤가 키릴을 쳐다보는데 키릴이 고개를 젓는 것이 보였다.

"됐어. 다 그만둬. 모르면 모르는 대로, 안다고 달라질 것도 없어."

처음의 집착과는 크게 동떨어진 반응이었다. 키릴은 정말로 손을 거두더니 물러나 그 자리를 떠나버렸다. 뜻밖이랄 정도로 쉽게 놓여난 지지에가 오히려 묘한 표정을 하고 있었다. 입술을 짓씹으며 키릴의 뒤통수를 쏘아보는 그녀는 복잡한 생각에 잠긴 듯했다.

키릴을 흘끗 돌아본 아라비카는 지지에의 탁자에 방금 만들어진 홈에 손가락을 넣어 보았다. 탁자 테두리와 정확한 간격을 유지하며 그은 사각형은 폭과 깊이가 자로 잰 듯 똑같았다. 아라비카가 혀를 차며 중얼거렸다.

"허, 인간의 솜씨가 아니로군."

사라진 힘

사흘이 흘러 보름날이 왔다.

그날 아르마티스 족은 일찌감치 저녁에 있을 회의 준비를 시작했다. 보름밤은 회의만 하는 것이 아니라 일종의 제의를 함께 치르는 날인 것 같았다.

아라비카는 아직 떠나지 않았다. 입으로는 돈을 벌어 장신구들을 사려면 불철주야 일해야 한다고 떠들어댔지만 실제로는 그다지 바쁜 것 같지 않았다. 키릴한테 잔금도 전부 받았으니 더 머물 이유는 전혀 없건만 사흘이나 여기저기 참견하며 빈둥거릴 뿐이었다. 사샤가 '유쾌한 껄껄'의 주인이 애타게 기다릴 텐데 안 내려가느냐고 물었더니 그는 '내려가는 손님을 잡아야 내려가지. 그냥 내려가면 손해잖아'라고 대꾸했다. 사샤의 대답은 다음과 같았다.

"이봐. 손님이 무슨 역마차인 줄 알아? 시시때때로 널 기다리고 있게."

그날 오후, 아라비카는 산을 내려가려고 준비 중인 지지에를 만났다. 그녀가 근래 사흘을 어떻게 보냈는지 그도 잘 알고 있었다. 키릴과 대립한 후 혹시 마음에 상처라도 받지 않았을까 하는 예상을 완전히 뒤엎고 그녀는 다음날도 전날과 똑같은 판을 벌였고, 그 다음날도 마찬가지였다. 다만 방식은 약간 바뀌어서 그릇 속에 든 보석 맞추기 대신 뒤집어 놓은 카드의 그림 맞추기로 변해 있었다.

"여."

아라비카가 카드를 차곡차곡 챙기고 있는 지지에에게 한 손을 들어 보였다. 지지에는 허리를 굽힌 채 눈만 굴려 상대를 보더니 피식 웃었다.

"뭐야. 이 아가씨하고 본래 그렇게 잘 아는 사이였어?"

"네 생활 태도에 왠지 친근감이 가서 말이야."

지지에는 다 간추린 카드를 작은 비단 천에 싸서 나무상자에 집어넣더니 종아리까지 오는 치마를 탁탁 펴고 다시 자리에 앉았다. 이어 짓궂은 콧소리를 내 보였다.

"흐응, 그 말은 이 아가씨랑 데이트라도 해보잔 수작인가?"

"수작? 하하핫……."

지지에의 대꾸에 어이없어하며 웃어버린 아라비카가 걸터앉을 만한 돌이라도 없나 주위를 두리번거렸다. 그러나 지지에가 장사를 하려고 잡은 자리는 사람들이 모이기 좋도록 탁 트여 있어서 바위는 좀 떨어진 절벽 쪽에나 흩어져 있었다. 아라비카는 그쪽으로 가더니 지지에가 놀란 토끼눈으로 쳐다보는 가운데 무릎 높이까지 오는 바위 하나를 번쩍 들고 돌아왔다.

"이따가 다시 저쪽으로 치워놔야 하려나?"

옮겨온 바위 위에 걸터앉은 아라비카는 그리 힘든 기색도 없어 보였다. 지지에가 머뭇거리다가 물었다.

"에에, 그러니까…… 혹시 너도 마법사야?"

웬만큼 힘이 센 남자라도 가능한 일이 아닐 터라 나온 소리였다. 아라비카가 심드렁하게 대꾸했다.

"넌 마법 쓰는 비카르나 족 본 일 있어?"

"물론 없지."

자기 눈으로 보지 않았다면 믿지 않았을 것이다. 지지에가 눈을 굴리며 뭔가 눈속임은 없었나 생각하는 동안, 아라비카는 지지에의 주위에 가득 쌓인 아르마티스 족의 물건들을 보더니 말했다.

"수입 좋았군 그래. 이따가 내려갈 때 날 짐꾼으로 고용할 생각은 없어?"

지지에가 까륵 웃음을 터뜨렸다.

"아하, 너 지금 일자리 얻어 보려고 나한테 힘자랑 한 거야?"

"힘자랑? 이거 가져온 거?"

아라비카가 고개를 흔들었다.

"이거야 힘자랑이라 부를 것도 못되고……. 나같이 생긴 녀석이 힘이 센 거야 크게 놀랄 일은 아니지. 놀랄 만한 사람은 따로 있잖아."

"누구 얘길 하려는 거야? 그 마법사 녀석?"

"그 친구는 힘이 아니라 마법이 뛰어난 거지. 딱 봐도 몸으로 뭘 할 체질이 아니잖아. 여기까지 데리고 오기도 얼마나 힘들었는데."

"그럼 누구…… 아, 그 무서운 아가씨?"

"어, 알아?"

지지에는 새처럼 말 잔등 위로 날아올라 한 손으로 거한의 목을 부러뜨리던 비주를 떠올리며 몸을 부르르 떨었다.

"살벌한 아가씨지."

"그래도 예쁜데."

"흐응, 너 아무 여자한테나 관심 있구나?"

아라비카는 다시 한 번 실소하더니 말했다.

"어쨌든 내가 하려던 얘긴 그게 아니고 말이지."

"힘자랑해서 일자리 얻는 게 본론 아니었어?"

아라비카는 그 말에는 대답하지 않고 불쑥 말했다.

"그거 네냐 족의 노래 아닌가?"

지지에의 손이 짧은 순간, 멈췄다가 움직였다. 기계적인 대답이 흘러나왔다.

"어떻게 알았어?"

"한때 어느 왕궁의 도서관에 드나들던 시절도 있어서 말이지."

"오호라, 왕족이었어? 진작 말하지. 우리 뭐부터 할까? 식사? 산책?"

농담을 하면서도 지지에의 얼굴은 조금 전과 같지 않았다. 숨겨 놓은 실수를 들키기라도 한 것처럼 한 발 물러나 벽을 친 태도였다. 아라비카가 입술 끝을 내리며 웃었다.

"나 같은 녀석한테 그런 근사한 꼬리표가 있을 리 없지. 넌 장신구 같은 것에 집착하는 왕족 봤냐? 그건, 음…… 개구리가 자기 발자국을 되돌아보는 거나 마찬가지라고."

"뭐?"

아라비카의 말버릇을 알지 못하는 지지에가 어리둥절해하자 아라비카가 늘 그렇듯 친절한—그러나 여전히 알아들을 수 없는—설명을 덧붙였다.

"개구리는 물가에서 살기 때문에 진흙 위를 걷는다면 발자국을 남길 수 있지. 그렇지만 소용없는 일임을 개구리도 알고 있어. 곧 다시 물에 들어갈 텐데 발자국 따위가 무슨 소용이 있겠어?"

지지에는 잠시 후 방금 전과 같은 말을 되풀이했다.

"뭐?"

지지에도 곧 '뭐?'를 되풀이하는 것이 그리 좋은 대처법이 아님을 깨닫게 되었다. 아라비카는 친절한 사람이라 상대방이 이해가 안 간다고 할 때마다 다시 설명을 더하곤 했는데, 처음 한 말보다 조금이라도 더 알아 들을만한 설명이 나오는 일은 없었다.

"그래, 그래. 개구리와 발자국 따위는 이제 어찌됐든 좋다고! 그게 네 냐 족의 노래라는 것이 너하고 무슨 상관이라도 있어? 있으면 빨리빨리 말하고 가!"

"아, 있지."

아라비카가 검지를 세워 보였다.

"그날도 말했지. 너랑 키릴이 같은 곳 출신이거나 최소한 부모는 한 동네 사람 아니냐고 말이야. 참, 동네란 일부러 했던 말이고 네냐 족은 정착 같은 거 하지 않잖아? 그래서 말인데 넌 네냐인가? 그래서 혼자 이곳저곳 떠돌아다니는 거야?"

"네가 알 거 없잖아?"

"그야 그렇지만 저 성격 나쁜 마법사 쪽도 비슷한 유래를 가진 모양이라 확인하고 싶어져서 말이야. 네 생각은 어때? 내가 알기로……."

아라비카는 들었던 검지를 내려 테이블을 톡톡 치더니 허리를 굽혀 지지에게 얼굴을 들이댔다.

"네냐들은 홀로 다니지 않아. 어디서든 환영을 못 받으니까. 알다시피 마법 재능을 타고나니 개개인은 보통 사람들보다 뛰어나지만, 수는 네이판키아나 아르마티스에도 비할 수 없을 정도로 적고 뿌리 깊은 편견까지 따라다니지. 힘을 머금은 자들에게는 재앙도 뒤따른다, 이게 엘라비다의 금언이던가? 따지고 보면 엘라비다 족이야말로 네냐와 근본이 가까운데. 레 클로슈는 네냐 어머니의 가까운 친구였지. 그런 엘라비다조차도 네냐를 환영하지는 않는단 말이야."

그 즈음 둘은 서로의 눈을 빤히 보고 있었다. 아라비카가 장신인 탓에 지지에는 고개를 쳐들어야 했다.

"그리고 '네냐'의 뜻은 옛 이스나미르 어로 '비밀'."

어디선가 날벌레 몇 마리가 붕붕거리며 침묵을 깨뜨렸다. 덥다고 할 만한 볕이 내리쬐는데도 지지에는 목 언저리가 서늘했다. 망령이 나타난 것일까. 일찍이 직접 죽여 버렸던 아이 시절의 망령들이 이 더위 속을 떠다니는 것일까.

"쓸데없는 소리는 집어치워."

낮았지만 위협적인 어조였다. 그러나 아라비카는 당황하지도 긴장하지도 않았다.

"물론 너희는 그렇게 살아도 돼. 내키는 대로 아무 데서나, 아무렇게나. 네냐는 위대한 과거의 그림자일 뿐 이 세상의 일원은 아니라잖아. 어머니 나무를 여의고 떨어져 거두는 자 없는 열매들이니 세상의 변화는 너희 것이 아니지. 서서히 썩어가다가 마침내 거름이 되는 것만이 너희가 할 일인데, 누구든 어떻게 살더라도 그 정도는 해낼 수 있잖아?"

"쓸데없는 소린 집어치우라고 했어."

"갈 테면 얼마든지 가도 되지. 어디서든 머물러도 되지. 죽을 때는 잊히면 되지. 아무것도 안 남겨도 되지. 얼마나 깔끔해. 솔직히 너희가 부럽다. 이 세상에 아무 책임이 없다니. 그런데 어때? 이게 축복 같아, 저주 같아? 네 생각이 궁금한데."

지지에는 입을 꼭 다물었다가 비웃음을 머금었다.

"나에 대해서 뭘 안다고 지껄이지? 난 네 헛소리와는 아무 관련도 없어. 공상은 구석에 가서 혼자 하시지. 참견은 불쾌하니까."

"내 삶이 이래. 여기저기 참견하며 사는 거지. 남은 생애도 그런 식으로 써버리려고."

"……."

지지에는 입술을 실룩이다가 그냥 다물어 버렸다. 평소 같으면 곧장 비꼬는 말이 튀어나왔을 텐데 지금은 그럴 마음이 들지 않았다. 이윽고 아라비카는 몸을 돌려 그 자리를 떠나며 읊조렸다.

"알고도 숨기려 하는 것, 찾으려 해도 찾아지지 않는 것, 실은 모두 똑같은 것."

지지에는 들은 척도 하지 않고 카드를 넣은 상자를 가방 깊숙한 곳에 집어넣었다. 그리고 오늘 중으로 산을 내려가겠다고 마음먹었다.

밤이 왔다.

야크 가죽을 걸쳐 둥그스름한 그림자들이 모닥불 주위로 어른거렸다. 아르마티스 족은 그날 저녁부터 부족 회의 자리에 밤새 타오를 불을 정성스럽게 피웠다. 평소 불을 숭배해 불의 정령인 블로지스틴을 가장 높이 받드는 아르마티스들은 모임의 자리에 불을 지피고 담배를 피우는 것을 중요한 의례로 여겼다. 불은 회의 자리에 그들의 '위대한 어머니'가 함께 하고 있음을 나타내는 표지이기도 했다.

이방인들은 회의에 낄 수 없었다. 보름밤의 회의는 아르마티스들만의 것이었다. 그러나 그들은 저들이 그렇듯 이방인들도 타 민족의 예의를 지켜 주리라 믿는지 회의 장소에 따로 보초를 세우지 않았다.

모닥불 주위에서 두런거리는 소리가 들리지 않을 만큼 떨어진 곳에 키릴이 그림자처럼 서 있었다. 이윽고 그는 깔개도 없는 바닥에 주저앉았다. 길게 자란 머리가 이제 허리를 굽히면 바닥에 닿을 정도가 되었다. 가끔 자를까 하는 생각을 하지만 고개를 흔들며 지워버리곤 했다. 짧은 머리가 되는 것도 좋을 듯했지만 그 모습에선 철모르고 뛰놀던 어린 시절의 자신이 떠올랐다. 어깨를 넘어 겨드랑이에 닿는 길이는 친구들과 행복하던 시절의 것이었다. 짧아진 머리는 다시 길어지며 그 모든 과정을 거칠 것이다.

"……."

가까이, 그림자가 옅게 드리워진 곳에 비주가 서 있었다. 뭔가를 찾듯 어둠 속을 쏘아보고 있지만 어디까지나 키릴이 거기 있기 때문에 그곳에 있음은 누가 보아도 알 수 있었다. 지금의 비주는 검은 머리가 되어서 어둠 속에서 보면 언뜻 키릴과 비슷했다.

"머리 땋은 걸 보니 거기 선 건 비주 누나겠네."

사샤가 나타나 키릴 곁에 다가앉았다. 비주는 아무 말도 하지 않았다. 사샤는 키릴 곁에 멋대로 다가들어도 그녀가 경계하지 않는 몇 안 되는 사람이었다.

잠시 후, 아라비카가 모닥불을 등지고 나타나 외쳤다.

"이건 뭐야. 삼남매 같잖아!"

흰소리만은 아니었다. 똑같이 검은머리를 한 셋은 어쩐지 비슷한 표정을 짓고 있었다. 사샤가 볼멘소리로 대꾸했다.

"왜 전부 이 자리로 오는 거야?"

아라비카가 웃었다.

"그거야 너희 대장한테 사람을 끌어들이는 매력이 있는 탓이지."

"에이, 농담도 좀 말이 되게 하든가."

아라비카가 얼른 앉지 않고 어슬렁대자 사샤가 다시 소리쳤다.

"와서 앉을 테면 빨리 앉아! 아니면 웃지나 말든지."

"왜 그래?"

"이빨만 둥둥 떠다녀서 끔찍해."

키릴이 앉은 곳에서 짧은 웃음소리가 났다. 사샤의 머리를 쥐어박으려던 아라비카는 손을 멈췄고, 사샤도 고개를 돌려 어둠 속에서 키릴의 얼굴을 보려 했다. 목소리가 들려왔다.

"뭘 그렇게 살피는 거야."

"당신이 무심결에 웃으면 무슨 얼굴이 되나 궁금해서죠. 에이 참, 어두워서 유감이에요."

"별다르게 볼 것은 없어."

달이 구름 사이로 고개를 내밀었다. 윤곽이 일부 드러나고 보니 키릴은 줄곧 아르마티스 족의 모닥불 쪽을 바라보고 있었다. 아라비카도 그쪽을 건너다보더니 말했다.

"꽤나 신중하게 연구하는군. 저들에게 무슨 과제를 줬는데?"

며칠 동안 함께 지냈는데도 아라비카가 이 질문을 한 것은 지금이 처음이었다. 사샤는 머리를 긁적이면서 키릴을 쳐다봤다. 예상대로 키릴은 대답이 없었다. 아라비카는 혼자 중얼거렸다.

"저들의 보물이라도 얻으러 왔나?"

"저런 자들에게 보물은 무슨 놈의 보물이야?"

어둠 속에서 불쑥 들려온 대답에 아라비카와 사샤가 동시에 돌아보았다. 판초 망토를 두르고 끈 긴 가방을 비스듬하게 멘 여자가 달빛 아래로 모습을 드러냈다. 아라비카가 물었다.

"어라, 아직 안 내려갔네?"

"지지 누나구나."

다가와 선 지지에는 키릴이 보는 쪽을 불만스럽게 가리켰다.

"저걸 봐, 저걸. 성년을 넘은 아르마티스들은 한 명도 남김없이 저기 모여서 뭔지 모를 꿍꿍이로 날을 새는 중이니 내 짐을 날라줄 짐꾼을 구할 수가 없잖아. 돈을 많이 낸다고 꼬여낼 수 있는 자들도 아니고. 쳇, 내일 아침이 되면 무슨 수가 나겠지. 오늘밤은 여기서 꼼짝없겠어."

아라비카가 엄지손가락으로 자기 가슴을 쿡쿡 찔러 보였다.

"그러기에 나를 짐꾼으로 쓰라니까."

지지에가 흰 눈을 뜨고 아라비카를 보더니 픽 웃어버렸다.

"됐네. 내일이면 너보다 싼값에 쓸 수 있는 짐꾼이 줄을 설 거야. 지금은 밤이니 이미 내려가기도 틀렸어."

말을 하면서 지지에는 키릴이 선 쪽을 흘끔 봤다. 어둠 탓에 상대의 기색은 알 길이 없었다. 기침을 하며 고개를 돌렸지만 그녀는 일전에 있었던 일 때문에 이들 앞에서 불편해하는 기색은 없었다. 언제고 당당하고 제멋대로인 태도 그대로였다.

"방금 이상한 것을 보았는데 말이야. 그게 지금 내려갈 수 없는 또 다른 이유야."

아라비카는 지지에와 농담을 할 마음이 내킨 모양이었다.

"산을 배회하는 호랑이라도 발견한 거냐? 이 근처엔 야크를 잡아먹는 호랑이들이 종종 나타나거든."

"호랑이라? 글쎄, 그럴 수도 있겠지. 그래, 그 비슷한 거야."

수수께끼 놀이를 하나 싶어 사샤도 흥미를 보였다.

"그럼 곰인가? 아니면 이리?"

"음, 이리에 가깝겠는데. 호랑이처럼 혼자 다니는 놈들은 아냐."

"그럼 승냥이들? 들개 떼?"

"네 발로 다녀야만 맹수는 아니지. 맹수의 특징을 갖고 있긴 하지만."

사샤는 아르나브르 뒷골목 시절을 떠올려 보았다. 근무하면서 쌓인 짜증도 풀 겸 부랑아들을 귀찮게 구는 병사들이 있었는데 왕궁 근처의 위병들이 특히 심했다. 그중에서 끈질기고 귀찮은 자들을 '곰', '살쾡이', '독사', '까마귀' 따위의 별명으로 불렀다. 각 별명은 그들의 성격을 의미했다.

"맹수 같은 인간들을 말하는 거야?"

사샤가 말하자 지지에가 고개를 끄덕이며 목소리를 낮췄다.

"그래, 바로 맞췄어. 누구를 찾는 걸까? 나야 모를 일이고 네 일행 쪽이 해답을 쥐고 있을 것 같은데 말이야."

잠시 후 키릴의 목소리가 들렸다.

"왜지?"

"왜냐면."

지지에는 어깨를 쭉 폈다.

"맹수란 놈들은 노리는 사냥감이 있어야만 모여들잖아. 고기 냄새를 맡았다 이거지. 아르마티스들을 노리는 자들일 수도 있겠지만 소문이라면 놓치지 않는 내 귀에도 그들이 대단한 보물을 감추고 있다는 얘기는 들려오지 않았어. 더구나 평화롭고 순진무구한 그들을 무력으로 점령할 필요가 있을까? 그런 자들을 사냥하는 자들은 어떻게 하느냐 하면 말이야……."

지지에가 손을 내밀어 악수하듯 사샤의 손을 잡았다.

"이렇게, 친절하게 협상을 하는 체 하다가."

악수를 하던 손이 갑자기 사샤의 손을 잡아당겨 한 바퀴 꺾었다. 동시에 다른 손으로 팔꿈치를 뒤집으려는 자세를 취했다. 사샤는 팔이 아파 소리를 질렀다.

"아얏, 왜 그래!"

지지에는 손을 멈추고 말을 이었다.

"이렇게 돌변하는 거야. 이게 그런 자들을 다루는 요령의 기초지."

아라비카가 지지에가 하는 양을 보다가 말했다.

"당신보다 멍청한 자들이 왔나 보군."

"그럴 리가. 내 말은 저들의 사냥감은 아르마티스들이 아니라는 뜻이지. 정면 대결을 할 수밖에 없는 상대가 여기에 있다는 말이라고. 누굴까? 비카르나 족 당신인가? 말해 봐. 백 명 넘는 군대에게 쫓길 만한 일을 한 적이 있어?"

"백 명?"

"백 명이라고?"

아라비카가 되묻고 사샤도 놀라 같은 말을 되풀이했다. 지지에가 고개를 끄덕였다.

"백 명을 다 보지 않아도 지휘관만 보면 어느 정도 알 수 있잖아. 나라면 5백 명이 넘는다는 쪽에 걸겠어. 이 고원쯤 포위하고도 남을 규모지. 이건 농담이 아냐. 그래, 먼저 말할게. 난 그런 엄청난 일을 벌인 적이 없어. 알다시피 일전에 쫓긴 적은 있지만 그것과는 달라. 용병 몇 명이나 도둑 서넛한테 쫓길 일이라면야 지금까지 숱하게 해 왔지. 아직도 쫓아오는 바보들이 있을지도 모르고. 그렇지만 군대는 아니야. 저들은 정규 부대라고. 나처럼 보잘것없는 아가씨는 저런 분들의 눈에 들어오지도 않지. 저들이 노리는 건 누굴까."

사샤가 말했다.

"그럼 우선 저 사람들에게 알려야 되는 거 아닐까?"

저 사람들이란 물론 회의를 하고 있는 아르마티스 족 얘기였다. 지지에는 고개를 저었다.

"맞는 말이지만 우리는 저 자리에 접근할 수가 없잖니. 어디서 회의에 참석하지 않은, 성인이 되지 않은 아르마티스를 한 명 불러다 얘기를 해 주면 좋겠지. 그런데 그보다 원인이나 들어보자고. 난 이렇게 궁금한 상태로는 아무것도 못하는 성격이 되어놔서 말이지. 이건 내 안전과도 직결되는 문제니 비밀이라 해도 못 들을 입장은 아닐 테고."

아라비카가 두 손을 펼쳐 보이며 말했다.

"모르겠군. 난 네가 상상하듯 집나온 왕족은 아니란 말씀."

지지에가 웃음을 터뜨렸다.

"처음부터 그렇게 믿지도 않았어. 그럼 나머지 세 사람, 너희는 일행이잖아. 얘기를 좀 해보시지."

사샤가 어깨를 으쓱했다.

"난 몰라. 여행의 목적 따위는 들은 적도 없어."

"그럼 네이판키아 아가씨는……."

지지에는 뒤를 돌아봤지만 비주가 대답할 리 없음을 깨달은 듯 다시 고개를 바로했다. 드디어 키릴이 지지에 쪽을 보았다.

"지휘자라는 자를 어디서 봤지?"

"동쪽 사면을 내려가다 보면 샘이 있어. 거기서 몸을 숨기고 내려다보면 보일 정도지. 얼굴이 어떻게 생겼는지 그런 것은 묻지 마. 횃불도 없었고 내가 본 것은 갑주와 투구에 붙은 술 정도뿐이니까."

지지에는 더 말할 필요가 없었다. 키릴이 잠깐 이마에 손을 갖다 대더니 말했다.

"그래, 날 따라온 자로군."

지지에는 의심스러운 눈길로 키릴을 보았다. 순간적으로 마법을 써서 그 장소를 들여다본 모양이지만, 어떻게 저토록 빠르게?

키릴은 비주를 손짓해서 가까이 오게 했다. 그들 둘은 이상한 관계였다. 애정에서 우러난 것인지 알 수 없지만 늘 서로를 눈 닿는 곳에 두려 했다. 키릴은 이어 지지에에게 말했다.

"방금 전 말한 계획을 실천해 주겠나? 성년이 안 된 아르마티스 족 한 명을 이리로 불러주면 좋겠군."

지지에는 '흐음' 하는 표정으로 키릴을 쳐다보더니 말했다.

"내가 당신 명령을 들을 이유는 없지만 상황이 상황이니만큼 작은 협조쯤은 하지."

지지에가 어둠 속으로 사라지자 아라비카가 말했다.

"돌아오면 상황 설명을 요구하겠지. 실은 나도 궁금하고 말이야. 당신을 쫓아온 자들은 누구야? 왜 쫓기지?"

"나도 몰라."

"그런데 어떻게 널 쫓아온 줄 알았지?"

"얼굴을 알아. 이름도 알고."

아라비카가 어이없어하며 어깨를 으쓱했다.

"그거면 아는 사람이지 뭐야?"

"아는 건 그것뿐이지."

키릴은 어둠 속을 쏘아보다가 다시 눈을 감고 손을 이마로 가져갔다. 곧 눈앞에 영상이 떠올라 다가왔다.

조금 전 확인한 모습은 이진즈 숲에서 보았던 카로단 마이프허였다. 그러나 그 곁에 있는 자들은 안면이 없었다. 저마다 몸을 숨긴 채 고원을 주시하는 병사들은 휘장을 달지 않았다. 다시 말해 소속을 숨긴 군대였다.

시선을 계속 움직였다. 많다. 확실히 백여 명은 넘는 것 같다. 그러나 고원의 아르마티스 족은 그보다 훨씬 많았다. 말은 보이지 않았지만 무장은 잘 갖췄다. 그러나 병사나 기사들만으로 조직된 추적대가 마법을 쓰는 자를 잡으려 했단 말인가.

드디어 찾던 모습이 눈에 들어왔다. 갈색 로브의 사나이가 몸을 숨기지도 않고 우뚝 서서 고원을 올려다보고 있었다. 마법사들에게 흔한 구부정한 어깨나 비스듬한 자세 따위는 찾아볼 수 없는 훤칠한 자였다.

그런데 낯설지가 않았다.

두건 때문에 얼굴은 잘 보이지 않는데도 어딘가 모르게 익숙했다. 그렇지만 짐작 가는 사람이 없었다. 주위가 어둡기 때문인가. 상대를 자세히 보려고 마력을 집중하자 시선이 닿는 곳에 붉은 빛이 번져가면서 윤곽이 또렷해졌다. 두건 아래로 잘생긴 턱과 짧은 머리가 보인다. 눈가는 여전히 그림자 속에 있었다. 조금 더 집중했다. 드디어 수백 걸음을 뛰어넘은 시각이 투시에 가까울 정도로 정확해지려는 순간이었다.

"아!"

순간이었다. 알아볼 뻔했다고 생각했다. 그런데 뒤통수를 한 대 얻어맞은 것처럼 강한 충격이 머릿속을 때리고 눈앞은 뒤죽박죽이 되어버렸다. 집중했던 마력은 형편없이 흩어졌다.

"왜 그래요?"

사샤가 한쪽 손을 잡는 것이 느껴졌다. 사샤는 곧 놀라 소리쳤다.

"손이 왜 이렇게 차갑죠?"

다행이다. 정신은 잃지 않았다. 그러나 평정을 되찾고 보니 비주와 아라비카를 비롯한 모두가 자신을 둘러싸고 있었다. 비주의 무표정한 얼굴에 걱정하는 빛이 스친 것도 놀라웠다. 아주 잠깐이라고 생각했는데, 설마 길었던 건가?

사샤가 조심스럽게 입을 열었다.

"……괜찮은 건가요?"

누구의 손도 자신을 부축하고 있지 않아 다행이라고 생각하며 키릴은 고개를 끄덕였다. 그러다가 문득 미간을 찌푸리며 물었다.

"방금, 네가 내 손을 잡고 차갑다고 말한 후로 얼마나 지났지?"

사샤는 뜻밖의 질문에 당황하다가 곧 대답했다.

"하나, 둘…… 천천히 오십을 셀 정도일까요?"

"……"

같은 순간 자신에게 인지된 것은 셋을 셀까말까 한 순간에 불과했다. 비록 짧긴 해도 명백한 공백이 그 사이에 있었다. 책을 읽다가 백지 몇 장을 발견하고 멈칫하는 것처럼, 이해할 수 없는 불연속이.

자신의 의식을 신뢰할 수 없다니.

"또 잠시 정신을 잃었던 거예요?"

사샤의 질문에는 대답하지 않고 키릴이 말했다.

"앞으로 이 비슷한 일이 있으면 내가 정신이 들자마자 얼마 동안 그러고 있었는지 말해 줘."

"아……."

고개를 끄덕이면서 사샤는 가슴속에 불안이 딱딱하게 응어리지는 것을 느꼈다.

키릴은 입을 다물고 좀 전의 영상을 다시 보려 했다. 그런데 이해할 수 없는 일이 일어났다. 사샤가 올려다보는 동안 키릴의 얼굴에서 도저히 믿을 수 없다는 빛이 번져갔다. 그가 너무 놀라고 있어서 감히 무슨 일이냐고 묻기가 두려울 정도였다. 결국 물은 사람은 아라비카였다.

"무슨 일 생겼어?"

키릴은 답하지 않았다. 아니, 실은 질문을 듣지도 못한 것 같았다. 그는 표정이 별로 없는 사람이었지만 지금은 무표정 속에서도 그가 얼마나 충격을 받았는지 알아볼 수 있었다. 사샤가 잡고 있는 손이 가늘게 떨렸다. 무엇을 바라보는지 모를 눈은 두려워하는 듯도 했고, 심지어 아예 보이지 않는 듯하기까지 했다.

비주가 다가왔다. 키릴의 두 손목을 잡더니 한쪽뿐인 보랏빛 눈동자로 그를 보았다.

"괜찮아."

비주는 지금 키릴에게 무슨 일이 벌어졌는지 아는 것일까?

비주의 입술이 다시 열렸을 때, 그녀의 목소리에 처음으로 어조가 있었다. 지금까지와는 달랐다.

"두려워하지 마."

꽃이나 새의 목소리가 아니었다. 그 한마디에 강한 힘, 그리고 깊은 우려가 담겨 있었다. 비주는 천진한 소녀가 아니었다. 때로 다른 종족보다 더 많은 것을 이해했고 무엇보다 절박한 순간, 사람의 마음을 읽는 힘이 있었다.

키릴이 눈을 들었다. 영원히 흔들리지 않을 것처럼 보였던 회청빛 눈동자는 심한 혼란으로 어지러웠다. 그러나 그는 동시에 세상에 단 하나뿐인 위로가 그 속에 있다는 것처럼 비주의 눈을 넋 놓고 보았다. 마찬가지로 시선을 떼지 않는 비주는 마치 그 영혼의 수호자, 인도자 아룬드의 오랜 인도자처럼 확고한 빛을 품고 있었다.

그리 오랜 시간은 아니었다. 키릴이 스스로를 되찾고 혼란을 극복함과 동시에 비주가 내던 특별한 분위기도 사그라졌다. 비주는 키릴의 손목을 놓았다. 키릴은 고개를 숙이고 몇 번 흔들었다. 딱히 누구를 향한 것도 아닌 목소리로 말했다.

"마법이 되지 않아."

혼의 폭풍

아탈라는 아버지와 어머니, 성년을 넘긴 오빠까지 아르마티스 족의 회의에 참여하고 나자 혼자 심심해졌다. 키릴 일행을 찾아보고 싶었지만 저녁 무렵부터 어디로 갔는지 한 명도 눈에 띄지 않아 이상하게 생각하던 참이었다. 기다리던 사흘 동안 종종 가곤 했던 전망 좋은 자리나 샘 근처 등을 돌아다녀 봤지만 키릴이나 사샤, 비주, 아라비카는 물론 지지에조차 보이지 않았다. 사실 지지에는 그들의 일행이 아니었지만 아르마티스 소녀인 아탈라의 입장에서 타 민족인 그들을 묶어 생각하는 것이 그리 이상한 일은 아니었다.

다른 사람은 몰라도 마을 곳곳을 정신 사납게 돌아다니는 사샤는 벌써 눈에 띄어야 하는데. 사샤를 생각하자 아탈라의 입가에 미소가 번졌다.

하얀 피부를 가진 사람치고는 재미있는 소년이었다. 아르마티스 족은 그들끼리만 통하는 특별한 말장난과 몸짓으로 이루어진 많은 농담을 가지고 있었다. 그렇다 보니 그런 것이 통하지 않는 타 민족과 대화는 가능하더라도 배를 쥐고 웃을 정도로 재미있는 이야기는 나누기 힘들었다.

그런데 사샤는 처음 왔을 때부터 키릴을 두고 아탈라와 묘한 신경전을 벌이면서 그녀를 쉴 새 없이 웃게 만들었다. 사실 아탈라가 키릴에게 품은 기분이란 그 또래 소녀들 특유의 동경심에 가까운 것이라, 부랑아 사샤가 멋대로 상상하는 것과는 많이 달랐다. 그러나 마찬가지로 아탈라가 사샤를 이해하지 못하는 점도 있었다. 사샤는 어려서 어른의 애정을 받으며 자라지 못했기 때문에 여자아이에게 관대한 남자 어른의 태도를 일상적으로 받아들이지 못했다. 둘의 신경전은 초점이 달랐지만, 어쨌든 아탈라는 그것을 재미있는 장난으로 받아들이는 중이었다.

게다가 그 거침없는 반말이란! 어른들에게 언제나 진심 어린 공경을 표현하는 아르마티스 족으로서는 죽었다 깨어나도 해낼 수 없는 일이었다. 아탈라도 물론 아르마티스였지만 아직 어렸고, 이곳저곳 떠돌아다니며 생활한 탓에 또래 아르마티스에 비해 사고방식이 발랄한 편이었다. 그런 까닭에 사샤의 행동도 그리 나쁘게 보이지 않았다. 오히려 짓궂은 만용이 언뜻 매력적으로도 비치곤 했다.

사샤를 생각하며 혼자 미소 짓는 순간, 누군가가 어깨를 살짝 건드렸다. 재빨리 몸을 돌린 아탈라의 얼굴이 밝아졌다.

"카니크 씨?"

지지에가 생글거리며 고개를 저었다.

"그냥 지지에 언니라고 해. 늙은 것 같은 호칭은 싫어."

아탈라는 쌕 웃으며 금방 바꾸어 불렀다.

"지지 언니!"

사샤가 종종 부르는 애칭을 따라한 것이었지만 지지에는 개의치 않고 말을 이었다.

"네 오빠 어디 갔니?"

"회의하는 데 갔어요."

"저런, 벌써 성년이 넘었나. 하여튼 그럼 아무나 너보다 좀 나이가 많은 사람 하나만 불러 줘. 대강 성년을 약간 앞둔 거 같은 사람 말이야. 말발이 좀 서는 사람."

아탈라는 짓궂게 대꾸했다.

"말발이요? 그래봤자 언니하고 말도 잘 안 통할 텐데요?"

"나랑 말할 거 아니니까 상관없어. 게다가 네가 통역을 하면 되잖아. 어쨌든 회의장에 가서 소식을 전할 사람이 필요해."

"성년이 아닌 사람은 회의의 불에 가까이 못 가요."

"그러니까 성년에 가까운 사람을 찾는 거 아냐. 없어? 다들 어딜 간 거야?"

아탈라가 고개를 갸우뚱거리며 대답했다.

"성년에 가까운 언니 오빠들은 신성한 산에 올라간 지 벌써 사흘도

넘은 걸요. 곧 성년의 날이 닥치기 때문에 모두 '침묵'을 찾으러 간 거예요. '침묵'을 찾을 때까지는 모두 돌아오지 않아요. 적어도 오늘이나 내일은 아니에요."

'침묵을 찾는다'는 것은 아르마티스 족 특유의 의례로 성년식뿐만 아니라 종종 자신의 삶을 돌아보고자 할 때 며칠이고 단식을 하면서 행했다. 물론 지지에는 그게 뭘 의미하는지 전혀 몰랐다. 오직 그들이 이 자리에 없다는 사실만이 중요하게 들렸다. 그녀는 당황해서 조그맣게 부르짖었다.

"아이 참, 이거 야단났네! 한 사람이 아쉬운 판인데 또 건장한 젊은이들 수십이 마을을 비웠단 말이야? 정말이지 운이 없네. 너 몇 살이지? 바쁘니까 너라도 가야겠다. 날 좀 따라와."

젊은 아가씨와 꼬마 아가씨가 키릴 일행이 있는 곳으로 되돌아왔을 때 그 자리에 남은 사람은 아라비카뿐이었다. 길쭉한 쇠 지팡이를 세워 잡은 채 바닥에 앉아 있던 아라비카는 난처하게 웃으면서 그녀에게 또 한 가지 곤란한 일이 생겼다고 말해 주었다.

회의의 끝은 신성한 불 속에서 그들의 의논을 지켜보아 주고 좋은 결론을 내리도록 이끌어 준 위대한 어머니께 감사하면서, 기쁨의 춤을 추는 것으로 마무리되었다.

춤은 무질서하지 않았다. 어머니의 불을 가운데 두고 둥그렇게 둘러서자 원 안으로 들어온 주술사가 북을 치며 주술적인 노래를 불렀다.

그가 홀로 한 절을 마치는 동안 아르마티스들은 천천히 팔을 올렸다 내렸다 하며 오른쪽으로 빙빙 돌았다. 두 번째 절이 시작되자 젊은 남녀들이 원 안쪽으로 한 걸음씩 나왔다. 그로써 원은 두 겹이 되었고, 노래는 한층 높은 가락으로 울려 퍼지기 시작했다.

안쪽 원을 이루는 젊은 남녀들은 얼굴에 야크 머리로 만든 가면을 쓰고 끝에 방울이 달린 긴 막대기를 들었다. 추수할 때가 된 이삭처럼, 방울 달린 막대기들이 흐름을 이루며 나아갔다.

어머니께 감사합니다. 모든 것을 제자리에 있게 하시고
가슴을 여시어 자비로운 적갈색 대지를 밤낮으로 적시니
옥수수와 과일과 약초를, 야크와 인간을 자라게 하십니다.

우리를 둘러싸고 도는 태양과 달과 별에도 감사드립니다.
큰 도시가 일어나고 이윽고 폐허가 되어 이끼만 남도록
늘 같은 눈으로 바라보아 겸허함을 배우게 해 줍니다.

어머니여, 이것이 저의 기도입니다.
부당한 두려움에 무릎 꿇지 않도록 용기를 가지게 해주십시오.

어머니여, 이것이 저의 기도입니다.
어리석은 욕심에 끌리지 않도록 지혜를 깨닫게 해주십시오.

어머니여, 이것이 저의 기도입니다.
증오로 가슴을 채우지 않도록 용서를 배우게 해주십시오.

나무와 크고 작은 동물, 바위와 그 위에 떨어지는 빗방울
이 모두가 하는 이야기에 귀 기울여 이웃이 되도록 해주십시오.
아이를 사랑하고, 조상에게 감사를 바치도록 해주십시오.

우리가 죽는 날이 아름다운 낮이 되도록 해주십시오.
최후의 노래를 부를 때 눈 들어 아름다운 것들과 작별하고
피부로 바람을 느끼며, 푸른 하늘을 올려다보게 해주십시오.

부드러운 듯 강한 듯, 호소력 있는 북소리가 높아져 갔다. 바깥 원에 선 자들은 허리를 굽히고 왼손으로 뒷짐을 진 채 오른팔을 땅으로 내렸다가 올리는 동작을 되풀이했다. 어찌 보면 춤이랄 것도 없는 움직임이었지만 묘하게 가락에 맞았고, 느린 듯하면서도 강건하고 힘찼다. 그리고 무엇보다도 놀라운 것은 그 모두가 기쁨에 찬 몸짓인 양 보인다는 사실이었다. 그들 중 누구도 원하지 않는데 억지로, 즐겁지 않은데 일부러 하고 있지 않았다. 마음이란 참으로 중요해서 이토록 단순한 동작을 되풀이하는 가운데 표현되는 진심을 일일이 다 헤아릴 수 없을 정도였다.

노랫소리가 약간 낮아진 가운데 그라이티라와 족장이 입을 열었다.

 "좋은 결론을 우리에게 주신 어머니와 옛 어른들에게……."

 말은 거기에서 끊겼다.

 "잠깐만요!"

 느닷없이 들려온 이방인의 외침에 춤을 추던 아르마티스 족 모두가 움찔 놀란 기색을 보였다. 그러나 대열을 흐트러뜨리는 자는 없었다. '잠깐'이 지나는 순간 곧 본래의 행동으로 돌아가려는 것처럼.

 그나마 지지에와 함께 온 아탈라는 이런 경우에 해야 할 말을 어느 정도 알고 있었다. 그녀는 손을 모으고 허리를 굽히며 말했다.

 "족장이시여, 작은 소녀에게 이곳에 올 자격이 없음을 압니다. 그러나 중요한 말씀을 드려야 할 것 같아서 전례를 깨뜨렸으니 용서해 주세요."

 "말해라, 아이야."

 아르마티스 족은 사정 이야기를 들어보기도 전에 관습을 따지며 쫓아내는 법이 없었다. 잘못을 저질러 처벌이 필요하더라도 충분한 해명을 한 뒤의 일이었다. 그라이티라와의 부드러운 눈이 내려다보는 가운데 아탈라가 말했다.

 "산 자들을 위협하는 힘이 가까이 와 있어요."

 족장이 답했다.

 "그 힘은 대가를 치르게 하려는 것이었느냐?"

 "아니에요. 고기를 찾는 승냥이들입니다. 정당하지 못한 빚을 받기 위해 왔을 거예요."

두 사람이 나눈 몇 마디는 지지에가 듣기로 한심할 정도로 정곡 없이 빙빙 돌기만 했다. 그냥 '적이 나타났으니 모두 싸울 준비를 해요!' 라고 외치면 안 된단 말인가.

그러나 아르마티스 족끼리는 그런 말이 잘도 통하는 모양이었다. 춤을 멈춘 자들 사이로 동요가 퍼져나갔다. 지지에가 듣기에 그제야 제대로 되었다 싶은 말이 족장의 입에서 나왔다.

"우리 손님의 적은 우리의 적이다. 물론 손님이 어찌하여 이곳까지 이르는 적을 만들었는지 묻는 것이 순서일 것이다. 그러나 그가 말하고자 하지 않는다면 우리는 답을 강제할 수 없느니라. 맹세한 자들의 일은 그들 안에서 이루어져야 하는 법."

족장이 팔을 들었다. 붉은 피부를 한 자들의 눈이 그 손끝으로 쏠렸다.

"회의는 마무리되었고, 감사는 의무를 끝낸 뒤로 미루자. 모두 돌아가 어머니의 땅에 침입한 자들에게 대적할 준비를 하라!"

짧고 묘한 함성이 족장의 외침에 답했다. 주술사는 조금 전과 한결 다른 가락으로 북을 두드리기 시작했다. 아르마티스들 역시 방금 전 느릿한 동작과는 딴판으로 빠르게 사라져 갔다. 그 자리에 남은 사람은 그라이티라와 족장과 아탈라, 그리고 지지에뿐이었다. 족장은 그제야 지지에를 보며 말했다.

"네이판키아의 딸과 그의 동행자는 어디에 있소? 그들이 적을 맞으러 가기 전에 나와 먼저 이야기했으면 하오."

지지에는 '적이 코앞까지 온 와중에 이야기가 다 뭐냐'고 말하고 싶었지만 꾹 참고 대꾸했다.

"아마 이야기하기 힘들걸요. 이야기할 만한 상태가 아니에요. 게다가 당신들이 도와줄 만한 상황도 아닐 것 같고요."

지지에는 두 손을 펴 보이며 어깨를 으쓱하더니 말을 이었다.

"본래 도움은 승산이 있는 자한테나 의미가 있잖아요?"

빈손이었다.

키릴은 손을 내려다보았다. 꽉 쥐지도 활짝 펴지도 않은, 엉성하게 벌린 손가락들과 그 사이로 빠져나가는 무언가를 느꼈다. 마치 마른 모래를 쥘 수 없는 것처럼 어떻게 해보기도 전에 흘러버리고 남은 것은 뭔가가 쥐어져 있었다는 까칠한 감각뿐이었다.

전망 좋은 자리에 앉았지만 이제 보이는 것은 아무것도 없었다. 밤이기에 당연했지만 키릴에게는 당연하지 않았다. 보통 인간과 똑같이 시야에 어둠과 별빛뿐인 상황은 그에게 심하게 낯설었다.

바람이 강해졌다. 긴 머리가 어둠 속에서 보이지 않는 곡선을 그리고 있으리라. 온 세상의 사물이 갑자기 불가해한 듯했다. 바람은 본래 보이지 않는다고 자신을 타일렀지만 소용이 없었다. 잡을 수 없고, 볼 수 없다는 사실이 두려웠다. 자신은 형편없이 줄어들어 작디작은 몸에 갇혀버렸다.

"……"

곁에 비주가 있었다. 말은 없었지만 잠시도 떨어지지 않고 늘 뒤를 따라왔다. 마법이 있던 시절에도 들여다볼 수 없던 그녀의 마음속에 지금은 무슨 생각이 들어 있을까.

밝힐 수 없는 어둠 저 너머에 적들이 있었다. 카로단 마이프허가 정말로 문제의 검을 되찾기 위해 왔는지, 그밖에 다른 이유라도 있는지 알지 못했다. 아니, 그런 것은 어찌 되었든 좋다. 그런 자의 의도를 한 번이라도 깊이 생각한 일은 없었다. 이미 짊어진 책임만으로도 힘겨웠기에 다른 누구의 일에도 관여치 않으려 했다.

그러나 이 순간, 아무리 좁혀 봐도 사샤와 비주, 둘은 키릴의 책임이었다. 그들의 여행을 이끌어 온 사람은 자신이었다.

오래 전에 감옥에 갇혔을 때는 정신적 충격 때문에 마법을 잃었다는 상실감은 오히려 크지 않았다. 불편하긴 했지만 몇 배 더 고통스러운 마음 때문에 다 견딜 수 있었다. 더구나 그때 잃었던 마력은 지금 잃은 것에 비하면 시시하다 못해 아무것도 아니었다.

그곳에 갇힌 사람들이 말하던 손발이 잘려나간 느낌을 이제는 알 듯했다. 마법사인 자신이 감안하는 운신 범위는 보통 인간으로 되돌아온 자신을 받아들이기 힘들 정도로 광범위해져 있었다. 그것을 빼고 남은 자신은 아무것도 아니게 보일 정도로.

그러나 잃었다.

지금 두려워하는 것이 마법을 잃었다는 사실 자체인가? 아니면 하려던 일을 그르칠지도 모른다는 불안감인가? 또는 이제 그런 것을 생각할 여유는 남지 않았고, 단순히 눈앞에 다가온 적에게 막막한 공포를 느끼고 있을 뿐인가?

"건방진 마… 씨, 족장이 당신을 보겠다는군요."

무심코 '마법사 씨'라고 부르려 했지만 키릴의 기분을 감안해 말을 삼켰다. 키릴이 반응을 보이지 않자 지지에는 뒤를 흘끔 돌아보고 다시 말했다.

"어딜 가자는 게 아냐. 지금 이곳에 와 계셔."

그제야 몸을 일으킨 키릴이 지지에의 뒤에 선 그라이티라와를 보았다. 어둠 속이라 서로의 표정을 알아볼 수 없었다. 지지에가 한 발 물러섰지만 둘 다 앉자는 말도 꺼내지 않았다. 족장이 입을 열자 뒤따라온 아탈라가 통역을 해 주었다.

"그대의 적이오?"

"그런 것 같군요."

"어찌하여 적이오?"

"모르겠습니다."

'설마 거짓말은 아니겠지' 와 같은 말은 나오지 않았다. 손님이 그렇다면 그런 것일 뿐이었다. 다만 족장은 이렇게 말했다.

"그대의 적과 화해를 시도해 보려오?"

키릴은 웃을까 말까 망설이는 표정이었다.

"아르마티스 족은 어떨지 모르지만 마브릴은 군대를 끌고 올 때 화해 같은 것을 머릿속에 넣고 오지는 않습니다. 유리한 고지를 점령했으면 더더욱 그럴 리 없고요."

"그대의 민족이니 그대의 고찰이 옳을 것이오."

그라이티라와가 고개를 끄덕이고 잠시 하늘을 올려다보았다. 그리 오래 걸리지는 않았다.

"붉은 얼굴의 전사들이 이미 몸과 마음에 무장을 마치고 그대를 기다리고 있소. 핏줄과 형제와 손님, 이 셋은 우리가 언제 어디서라도 목숨을 던져 지켜야 할 대상이오."

처음에 키릴의 얼굴은 무표정했다.

점차 표정이 번져나갔다. 기쁨은 아니었고, 의아함이나 충격도 아니었다. 무어라 말할 수 없는 표정으로 족장을 보던 키릴이 말했다.

"그럴 필요는 없습니다. 당신들에게 폐를 끼치러 온 것이 아닙니다. 내게 일어난 일은 내 책임으로 끝날 뿐, 관계없는 사람의 희생은 원치 않습니다."

족장이 고개를 저었다.

"우리는 위대한 어머니를 섬기는 명예로운 족속이오. 우리 전사들은 그대를 위해서가 아니라 자신의 명예를 위해서 창을 드오. 그 권리는 누구도 빼앗을 수 없을 것이오. 손님에게 닥친 위험을 외면하는 자는 죽을 때까지 불명예를 씻을 수 없소."

"거절합니다. 나를 위해 다른 누군가가 피를 흘리는 것은 견딜 수 없습니다. 다시는 그런 일이 없게 하기로 맹세했습니다. 이 일은 저만의 문제입니다. 당신들의 명예는 내게 불명예를 주는 방식으로는 성취될 수 없을 것입니다."

키릴의 말은 무례하기 이를 데 없었다. 고작 며칠 전에 찾아왔을 뿐인 낯선 손님을 위해 희생을 각오하겠다는 결정은 아르마티스 족이 아니고서는 대륙 어디에도 있을 수 없었다. 그러나 그런 도움, 심지어 꼭 필요한 도움인데도 고집스럽게 거절하는 자 역시 쉽게 찾을 수 있는 것은 아니었다.

곁에 사샤가 있었다면 당장 '무슨 소리예요!' 라고 외쳤을 테지만 그는 아라비카와 함께 정찰을 떠난 후였다. 지지에는 참견할까 하다가 곧 '남의 일' 이라 생각하고 입을 다물어 버렸다. 그녀 자신이 안전할 수만 있으면 다른 사람이야 어찌 되었든 상관없었다. 조금 전부터 내내 그렇게 되뇌었다. 상관없어. 상관없어.

족장의 입이 다시 열렸다. 목소리가 가라앉아 있었다.

"고향을 잘 떠나지 않는 우리지만 가끔은 다른 종족들을 보게 된다오. 그들 가운데 일부는 신념이 있었고 자연을 두려워하는 마음 또한 품고 있었소. 그러나 또 다른 자들은 '돈에 대한 사랑과 죽음에 대한 공포' 에 지나지 않는 신념에 일생을 바치고 있었소."

아무도 대답하지 않았다. 족장의 말이 이어졌다.

"그대의 신념은 '무책임' 으로 부를 수 있겠소. 다른 누구를 책임지지 않으려 하고, 동시에 다른 누구의 책임이 되려 하지 않소. 그러나 산 자는 누구나 연관 맺고 산다오. 대륙의 모든 종족들과 관계를 끊는다 해도 자연이 남아 있소. 그대를 있게 한 핏줄이 있고, 그대가 이어갈 핏줄이 있소. 조상의 이스나에들이 있소. 그대는 이곳에 온 그날 이미 우리와 관계를 맺었고, 이제 그것을 부정하지 못하오. 그대가 바라본 저 바위와 흙이 그대를 잊는다고 생각하오? 산 자가 겪는 모든 일은 세월 속에 새겨지오. 우리는 그대를 기억하오. 기억은 많은 변화를 가져오오. 그대는 우리의 존재를 부정할 수 없소. 그건 우리가 그대의 존재를 무시할 수 없는 것과 마찬가지요. 이미 존재하는 것을 없다고 하지 마오. 누구든 존재하는 순간 책임 또한 생겨나게 되오. 그리고 책임에는 필연적으로 신념에 의한 판단이 따르오."

족장이 쓰는 말은 몹시 쉬워서 잘 듣기만 하면 아탈라도 차분히 옮길 수 있었다. 그러나 그것과 말뜻을 이해하는 것은 별개였다. 아탈라보다는 지지에가 이해하기 어렵다는 표정을 하고 있었다. 키릴은 알아들었는지 어떤지 아무 대답이 없었다.

"살아오며 그대와 같은 자를 내 몇 번 보았거니와, 그들은 크고 작은 책임들을 모두 지워버리고도 남을 더 큰 굴레에 자신을 바치고 있었소. 하지만 그런 것은 손님의 개인적인 문제이니 나는 더 거론하지 않소. 그대가 내게 알리고 싶다면 스스로 말할 터이니 구태여 묻는 것은 부질없소."

족장은 다시 한숨을 쉬며 허공을 보았다. 키릴은 묵묵히 들은 말을 곱씹고 있었다.

"지금과 같은 때에 이 말을 해야 하는 것이 유감이오만, 우리의 공회는 그대에게 저 서쪽으로 향한 길을 열어주어서는 안 된다고 결론지었소. 그것은 중대한 결정이었소. 우리 민족의 존재 의의와 그대 손님이 이루려는 목적이 가져올 결과, 그리고 과거와 미래의 경중을 따지지 않으면 안 되는 일이었소. 그러나 우리는 결정을 내렸소. 결정은 여간해서는 번복되지 않으오. 생명에 관계된 일이 있을 때만이 다시 한 번 논의의 대상이 될 수 있소. 그런 까닭에 우리는 더더욱 그대를 지키고 이곳을 지키지 않으면 안 되오. 왜냐하면."

키릴이 약간 눈을 크게 떴다.

"저자들이 그대와 똑같은 목적을 지녔음이 느껴지기 때문이오. 그들은 그대와 같은 것을 찾고 있소. 그대를 해하고 그대의 것을 빼앗아 그대와 마찬가지로 서쪽으로 향하고자 하는 저들의 악한 마음이 내게는 보이오. 그대의 요청을 거절하기 위해 우리는 오랫동안 숙고하였거니와, 결론을 내린 후에도 그대에게 미안한 마음을 가지고 있다오. 그러나 저들은 다르오. 어머니께서는 아르마티스에게 서쪽으로 가는 문을 맡기셨소. 우리는 어떤 일이 있어도 그것을 지켜야만 하오. 부정한 자의 창칼에 굴복하여 손님에게조차 거절한 길을 내준다는 것은 있을 수 없소. 우리도 사람이니 돌 하나, 나뭇가지 하나를 놓아 세찬 물길을 바꿀 수는 없음을 아오. 그러나 우리는 어머니께서 내리신 책무를 소홀히 할 수 없소. 그것은 용서받을 수 없는 죄요. 저 작은 동물인 비버도 끈질기게 자신만의 둑을 쌓아 강의 흐름을 바꾸고야 마는데, 어머니의 사랑을 받는 우리가 어찌 그만 못할 수 있단 말이오?"

바위 아래 덤불에서 누군가가 돌아오는 기척이 있었다. 아마 사샤이리라. 족장은 한 걸음 물러나더니 표정을 약간 부드럽게 하며 말했다.

"마지막으로 하나 덧붙인다면, 남의 천막에 들어갔을 때는 천막 주인의 법도를 따르는 법이라오."

족장은 키릴의 대답을 들으려 하지 않고 물러나 어둠 속으로 걸어갔다. 그녀가 가는 방향에 수많은 횃불이 일렁이는 것이 보였다.

"움직임이 좀 별나네요."

병사 몇을 이끌고 정찰을 맡았던 오일란드가 돌아왔다. 카로단은 보고를 들으며 미간을 찌푸렸다.

"부락에 횃불이 잔뜩 있는데, 보름밤에 하는 무슨 의식인가 그걸 위해서 켰다고 하기엔 좀 많더군요. 하지만 포위당한 것을 눈치 챘다고 보기에는 대응이 느리네요. 고원으로 오르는 길목에는 보초나 정찰하는 자도 없더라고요."

"다른 이상한 일은 없었나?"

"그게……."

이상한 일이란 카로단이 특별히 보고하라고 지시한 사항이었다. 그 때문에 마법사인 오일란드를 보낸 것이기도 했다. 카로단은 아직도 키릴의 마법을 겁냈다. 보호막이나 함정이 있을지도 모르고, 그런 것이 없다 해도 뭔가 다른 짓을 꾸며놨을지 모른다고 생각했다. 지금까지 쫓기는 줄도 모르고 다니는 부주의한 자라며 줄곧 비웃었지만 다른 계략이 있지는 않은가 가장 우려하는 사람도 그 자신이었다.

"별 거 없던데요."

대꾸하며 오일란드가 피식 웃었다. 마법사들은 병사와 달라서 아랫사람이라 해도 상명하복의 태도를 기대하기는 힘들었다. 이미 몇 년이나 데리고 있었는지라 카로단도 그 정도는 알고 있었다. 저런다고 반드시 충성심이 부족하다고는 볼 수 없다는 것도.

카로단은 오일란드를 신뢰하긴 했지만, 그의 실력에 큰 기대는 하지 않았다. 그 역시 세르무즈 궁정에서 정식 교육을 받은 마법사를 여럿 봐 왔기에 떠돌이들에 대한 인식은 쉽게 쓸 수 있는 자들, 그 이상도 이하도 아니었다. 물론 그런 자들 중에서 오일란드의 실력이 발군이기는 했다. 그러나 역시 로존디아의 궁정 마법사인 라고트가 더 나을 것이고, 키릴과는 비교도 할 수 없으리라는 인식이 카로단의 의식 밑에 깔려 있었다. 더 나은 마법사가 만든 함정을 못한 자가 발견할 수는 없을 것이다.

"알았다. 물러가라."

오일란드는 카로단이 보고 내용을 믿지 않음을 눈치 챘지만 굳이 따지지 않고 몸을 돌렸다. 카로단이 믿든 말든 상관은 없었다. 중요한 일은 그게 아니었다.

오일란드가 물러간 뒤에도 카로단은 입술을 짓씹으며 캄캄한 고원을 오랫동안 올려다보았다. 이윽고 그는 시선을 거두며 등 뒤에서 기다리던 자에게 계획을 전달했다.

"그런데 지지라고 불러도 되나?"

"지지?"

아라비카와 나란히 주저앉아 바위틈으로 아래를 내려다보려 애쓰던 지지에가 무슨 소리냐는 얼굴로 고개를 돌렸다. 물론 캄캄한 가운데 하얀 동공밖에 안 보이는 얼굴을 발견하고는 흠칫 놀랐다가 입을 비죽였다.

"거꾸로 잡아 털어도 예의 한 조각 안 떨어지는 사샤 녀석이 뜻밖에도 지지 누나라고 부르더군. 본래 그런 애칭이 있냐 이거지."

지지에는 웃지도 않고 대꾸했다.

"내 이름은 태어나자마자 주인하고 떨어져 오랫동안 잘 묻혀 있던 것을 최근 다시 발굴해서 쓰는 중이기 때문에 애칭 따위가 탄생할 여유는 없었어."

아라비카 역시 웃지도 않고 말했다.

"농담이지?"

"농담이야."

"그럼 그대로 부를게."

"좋을 대로."

잠시 후 아라비카가 다시 말했다.

"그런데 뭘 그렇게 골똘히 생각해? 당신하고는 상관없는 자들이라면서?"

"하나밖에 더 있겠어?"

"뭔데?"

"여길 안전하게 '나 혼자' 빠져나갈 방법."

그렇게 말하는 지지에의 턱이 짓궂은 생각을 떠올리는 것처럼 까딱거렸다. 아라비카가 고개를 끄덕였다.

"네냐 방랑자다운 자세로군. 훌륭해. 계속 그렇게 살아야지."

"무슨 소리야?"

이번엔 지지에도 의아한 눈이 되었다. 아라비카가 바위틈을 다시 내려다본 다음 벌떡 일어났다.

"네냐는 아무것도 책임질 필요가 없으니까. 세상의 일 따윈 너희와 상관없으니까. 이번 세계 따위 망해버리든 말든."

"도대체…… 무슨 소리냐니까?"

아라비카는 쥐고 있던 쇠 지팡이를 두터운 손바닥으로 쓰다듬더니 고개를 끄덕거렸다. 뭔가를 결정한 것처럼.

"하지만 내게는 역시 이쪽이 어울린단 말이야."

아라비카가 지지에의 손을 잡더니 갑자기 일으켜 세웠다. 본능적으로 몸을 움츠렸지만 불빛만 있었다면 충분히 들키고도 남을 행동이었다. 지지에가 신경질적으로 소리쳤다.

"왜 이래!"

아라비카는 대꾸하는 대신 긴 팔을 뻗어 바위 뒤로 이어진 비탈을 가리켰다.

"저쪽 길 보여? 그리로 얼마간 내려가다가 보면 큰 뱀이 똬리를 틀고 있는 모양의 나무가 보일 거야. 그 나무 밑에서 손으로 바닥을 잘 쓸어

봐. 굳어진 흙 밑에 석판이 있을 텐데 잘 만져보면 무늬가 느껴지거든. 네모진 거고 양쪽에 손잡이가 있어. 조금 무겁겠지만 그걸 들어내면 아래에 굴이 있지. 그리로 들어가. 물론 석판 다시 덮어놓는 거 잊지 말고."

"잠깐, 그 굴이 어디로 통하는 건데?"

지지에는 놀라기도 했지만 동시에 호기심도 동했다. 그리고 의문도 생겼다. 이 남자는 아르마티스 족도 아닌데 어째서 비밀 통로 따위를 알지?

"나도 몰라. 너도 알 필요가 없을 거야. 어쨌든 네 키의 두 배 정도만 내려가면 돌로 만든 복도가 나와. 조금 걷다 보면 금방 갈림길이 나오는데 거기서 왼쪽으로 가. 그러면 복도 대신 다시 흙 굴이 나오고 들어온 것과 비슷한 방법으로 나갈 수 있어. 나가고 보면 이리로 올라오는 산중턱 길일 거야. 너도 소금 캐러밴이 다니는 길 정도는 알지? 거기서 곧장 타마리알로 내려가라고."

"갈림길에서 오른쪽으로 가면 뭐가 있는데?"

갑자기 아라비카의 표정이 진지해졌다.

"그쪽으로는 가지 마. 괴물이 나올 거야."

지지에는 피식 웃어버렸다.

"이봐, 내가 늑대 울음소리에 잠 못 자는 어린앤 줄 알아? 그런 식으로 겁을 주게."

"겁주는 게 아냐. 진짜라고. 장사꾼인지는 몰라도 모험가로는 보이지 않는데 그런 이익도 안 남는 짓은 안 하겠지? 하여간 긴 설명 할 시간은 없으니까 그 다음은 알아서 잘 가보라고. 그럼 이만."

"잠깐, 이봐!"

아라비카가 쇠 지팡이를 짚으며 성큼 걸음을 옮기는데 지지에가 그의 팔을 잡았다. 그가 든 지팡이만큼이나 단단한 팔이어서 얼른 잡히지도 않았다.

"당신은 그런 걸 어떻게 아는 거야? 아니, 그보다 나한테 왜 그런 걸 가르쳐 주지? 그리고 나더러는 도망치라고 해 놓고 당신은 어쩔 참이야? 당신도 이 일과 아무 상관없잖아?"

지지에의 손을 가볍게 떼어놓고 사라져 가는 아라비카의 목소리가 어둠 속에서 들려왔다.

"난 살고 싶어 하는 사람은 살게 해주자는 주의거든. 가서 계속 잘 살아. 위험도 후회도 없는 삶이여, 좋기도 좋아라."

첫 번째 충돌이 일어났을 때 키릴은 모닥불이 꺼진 흔적뿐인 빈터에 서 있었다.

비주, 그리고 사샤가 조금 떨어진 곳에 서서 각각 다른 곳을 바라보았다. 침묵에 애써 귀를 기울이는 듯도 했다. 서로 아무 관계도 없는 사람들인 양, 각자 다른 방향을 향해서.

저것은 함성인가.

저것은 비명인가.

북소리와 발소리, 그리고 꺾이는 나무의 소린가.

"쉿……."

반사적으로 입술에 손가락을 댄 사샤가 다가온 사람을 보았다. 아라비카는 어둠 속에서 가볍게 이를 드러내 보였을 뿐 별다른 소리는 내지 않았다. 이상한 광경에 새로운 이방인이 추가되었다.

당사자는 그들이건만 이곳까지 실려 오는 것은 잎들이 부대끼는 듯한 희미한 소음, 그리고 평화랄 수 없는 침묵뿐이었다. 키릴은 그라이티라와 족장이 고원 아래로 떠나기 전에 마지막으로 한 말을 되씹고 있었다. 그의 눈은 눈앞을 가린 산맥을 향했고, 생각은 그 속에 뻗어 있을 갖가지 길을 더듬고 있었다.

'우리의 공회는 그대에게 저 서쪽으로 향한 길을 열어주어서는 안 된다고 결론지었소.'

'결정은 여간해서는 번복되지 않으오. 생명이 관계된 일이 있을 때만이 다시 한 번 논의의 대상이 될 수 있소.'

생명 없는 자는 소용이 없단 말인가? 죽은 자를 위한 일은 아무래도 좋단 말인가? 그들이 기다리고 있는데!

마음이 서서히 격해졌다가 다시 가라앉았다. 맥없는 일이었다. 자신에게는 이제 힘이 없었다. 그간 살아오며 힘이 없이는 아무것도 할 수 없음을 뼈저리게 깨달아왔다.

등 뒤에서 손이 다가와 키릴의 오른손을 잡아당겼다. 그의 손쯤은 손바닥 안에 묻어버릴 정도로 크고 두터운 손이었다.

"가자."

아라비카의 목소리에는 힘이 있었다. 강요의 힘도, 확신의 힘도 아니었다. 주어진 상황에 따르는 자의 힘, 순종하는 자의 힘, 그런 것이 있다면 숙명을 따르는 자의 힘이었다.

"여기 남아 무얼 할 건가. 할 수 있는 일을 하자고. 당신에겐 아직 멀쩡한 사지가 있잖아. 앞을 볼 수도 있잖아. 불청객의 얼굴을 보러 가자. 이 먼 곳까지 찾아온 자들에게 왜냐고 물어봐야지."

키릴은 몸을 돌려 아라비카를 보았다.

"당신은 무엇을 하는 사람이지?"

"나?"

늘 그렇듯 진지함도 비장함도 없는 얼굴이었다. 아라비카는 잠깐 웃으려는 듯했다. 입가에 미소 비슷한 것이 떠오르다가 사그라졌다.

"남의 삶에 끼어들지. 죽음을 찾아다니지."

"남의 죽음을 자신의 것으로 하려 하나?"

"빼앗길 것 같은가? 빼앗기기 싫은 술은 단숨에 마셔버려."

키릴은 비주를 돌아봤다. 두 사람만이 이해할 수 있는 진실이 있는 것처럼. 잠시였고, 비주가 다가와 서는 것과 함께 키릴이 말했다.

"마시지."

아르마티스 전사들은 질서정연했다. 수적으로 열세인 그들이 첫 진격을 무사히 저지한 저력도 여기에서 나왔다. 부상자 몇은 생겼지만 죽거나 무기를 잃은 자는 없었다. 엄청난 힘으로 밀어붙이던 포위군은 갑자기 약속이나 한 듯 물러갔다.

한 숨 돌리기도 전에 두 번째 진이 밀려왔다. 첫 번째와 똑같았다. 이번에는 아르마티스 쪽에 세 명의 전사자가 생겼다. 적의 시체는 수십이었다. 세 번째와 네 번째도 잇달아 올라왔다. 비교적 완만한 동쪽 사면이 투구의 물결로 뒤덮였다. 길이 좁고 바위나 나무 등 지형지물이 많다보니 수백 정도의 병사들인데도 마치 산을 다 덮은 것처럼 보였다.

공격은 주기적으로 되풀이되었다. 다섯 번째가 시작되었을 때, 동쪽 사면을 방어하던 여든 가량의 아르마티스 전사 중 반수가 부상을 당했다. 적의 사상자가 더 많았지만 숫자도 그쪽이 많다보니 비율로 보면 이쪽의 피해가 더 큰 셈이었다.

아르마티스 족은 활을 잘 쐈다. 장궁에 화살을 메기는 속도도 놀랄 만했다. 그러나 그들의 화살은 갑주를 입은 인간을 죽이기 위해 만든 것이 아니었다. 호랑이 사냥용 정도를 제하면 대부분은 사슬 갑옷도 뚫기가 힘들었다. 그래도 위치상의 이점이 있고 조준이 정확했기 때문에 병사들 중 상당수가 머리나 목, 손목 등에 부상을 입었다.

전세와 무관하게 개개인을 놓고 보자면 호전적이기로 명성 높은 마브릴 병사들이 뜻밖에도 고향을 등 뒤에 두고 싸우는 아르마티스 족의 침착함과 용기를 당하지 못했다. 내부에서 다툼이 거의 일어나지 않는지라 전쟁 기술이 사냥의 기예만큼도 발달하지 않은 그들인데도 그랬다.

또한 아르마티스는 정신적인 힘에서 우월했다. 특히 족장 그라이티라와의 주술력은 큰 힘이 되었다. 늙은 여족장의 손에서 뿌려지는 치유의 빛은 때때로 침략해 오는 자들의 몸에도 닿았는데, 그들에게도 어김없이 새로운 기력과 용기를 불어넣어 주었다. 몇몇 병사들은 이 사실에 당황한 나머지 오히려 전투 의욕을 잃기도 했다. 저 빛에 우연히 닿은 자신들이 이 정도로 활기를 되찾는데 상대편은 더하리라는 생각은 누구나 할 수 있었다.

마브릴 쪽에도 마법사는 있었다. 세 번째 공격부터 나서기 시작한 마법사 라고트는 주로 파괴를 담당했다. 고원 사면의 길을 넓히고, 아르마티스 족의 방패막이가 되는 바위며 나무를 부수고 태워버렸다. 점차 고원은 벌거숭이가 되어 군대가 진격하기에 유리해졌다.

키릴과 아라비카, 비주, 사샤가 도착한 것은 여섯 번째 전투가 막 시작되려는 때였다.

"이런, 한바탕 해보기도 전에 다 끝나버리면 안되는데."

아라비카가 중얼거리면서 쇠 지팡이를 두 손으로 틀어잡았다. 그들은 아르마티스 궁수들 뒤에 섰는데, 그 뒤로 창을 꼬나 잡은 전사들이 다음 진격에 대비하고 있었다. 아르마티스들은 전쟁을 대비해 화살을 비축하지 않아서 궁수들의 역할은 곧 끝이 날 예정이었다. 키릴은 아르마티스 전사로부터 반월형 검을 하나 건네받고 기분이 묘해졌다. 그에게 검을 넘겨준 자는 간소한 창을 잡았는데 더 좋은 무기를 줘버리고도 아무런 거리낌도 없어 보였다.

처음부터 키릴이 이곳에 오지 않았더라면 일어나지 않았을 일이었다. 그러나 아르마티스들의 얼굴은 불만스러워 보이지 않았다. 신념에 불타지는 않아도 일상사에 속한 일을 하듯 했고, 다른 표현으로는 자유로웠다. 지지에의 사기 행각에 속고도 아무렇지도 않게 즐거워하던 자들의 또 다른 면이었다.

키릴은 오래 전에 검술을 배웠다. 드라니라바티 학교에서. 멜헬디에 유학한 후로는 마법 수업에 몰두하느라 검술 수업은 면제되다시피 했기에 검을 갖고 있긴 했지만 휘둘러 볼 기회도 없었다. 오랜만에 잡은 검은 낯설었다. 마력을 집중해 만든 검을 쓸 때는 속도와 정확도를 높인 상태였기 때문에 지금처럼 물리적인 조건만으로 검을 잡아야 하는 것과는 전혀 달랐다.

"올라온다."

사샤는 검을 쥔 키릴을 보았다. 그는 마치 아픈 사람 같았고, 자신의 자리가 아닌 곳에 우연히 떨어진 것처럼 불안정해 보였다. 소년은 힘을 잃은 마법사가 어떤 기분일지 뚜렷이 알 수 없었지만 사샤가 보기에도 어색할 정도니 키릴 자신에게는 한층 더할 것이다. 사샤는 언젠가 느꼈던 감정의 편린을 찾아내 동조했다. 도와주고 싶다. 그에게 쓸모 있는 자가 되고 싶다.

그때 아라비카가 사샤의 등을 쳤다.

"가자."

"쏘아라!"

화살들이 어둠속으로 빨려 들어가며 바람 소리를 냈다. 그 다음이었다. 언뜻 번뜩이는 갑주가 보였다.

"진격!"

횃불도 밝히지 못한 곳에서 새로운 개전을 알리는 외침이 들려왔다. 발소리, 갑옷과 팔꿈치가 연주하는 마찰음과 함께 까닭 없는 악의가 크고 작은 소음으로 변해 메아리쳤다. 많은 나무와 바위가 사라졌지만 고원 꼭대기로 이르는 길목은 아직 좁아서 곳곳에서 얽힌 자들은 대부분의 전투를 혼자 치러냈다. 누가 어디서 싸우고 있는지 살필 틈이 없었다.

키릴은 검을 움켜잡아 보았다. 첫 번째 적과 맞닥뜨렸을 때 그의 검은 사선을 그리며 날아가 적의 턱을 그으며 투구 끈을 끊었다. 오직 먼저 상대를 발견한 덕택이었다. 오랜만에 느끼는 감각이었다. 물컹거림에 이어 짧은 충격까지. 검에 비하면 마법은 간접적인 살해 수단이었다.

반격은 곧 다가왔다. 자신보다 훨씬 사나운 검이 한 순간에 팔꿈치의 살점을 베어버렸다. 아슬아슬하게 비껴간 검은 지체 없이 방향을 바꿔 그의 손목을 노렸다. 잊은 줄 알았던 검술의 기본이 어렴풋이 떠올랐다. 무리하게 손목을 꺾어 검을 비껴 대자 강한 충격이 어깨까지 전해져 왔다.

쩡!

검의 이가 나가는 소리가 이상하리만큼 또렷하게 귓가를 파고들었다. 소리에 민감한 것은 마법사이기 때문인가. 이제는 소용도 없는 재능인데…….

다음은 볼 것도 없었다. 상처 입은 팔꿈치가 견디지 못하고 검을 떨어뜨리고 말았다. 키릴의 실력은 형편없었고 상대는 노련한 검사였다.

상대는 당연히 키릴을 알아보지 못했기에 마무리를 위해 검을 높이 들었다.

다음 순간, 그자는 들리지 않는 비명을 토하며 부들부들 떨었다. 언뜻 지나간 횃불이 일어난 광경을 짧게 비췄다. 목이 꺾였고 입 안 가득 고인 피가 흘러 떨어지고 있었다. 그게 끝이 아니었다. 억센 손아귀가 오른팔을 움켜쥐고 반대쪽으로 꺾자 우두둑하는 소리가 울렸다. 키릴은 갑자기 나타난 살해자를 멍하니 보았다.

시체를 팽개친 비주는 한쪽뿐인 눈으로 키릴을 보더니 몸을 도사리며 새로운 적이 다가오지 않는지 주위를 살폈다.

"……."

키릴은 떨어뜨린 검을 왼손으로 집어 들었다. 상처를 당장 회복시키지 못한다는 사실이 어색했지만 이제는 견딜 수밖에 없었다. 살점이 약간 잘린 것뿐인데도 온 몸이 마비된 것처럼 고통스럽기 이를 데 없었다.

새로운 적은 곧 나타났다. 아니, 걸려들었다. 비주는 먼저 공격하지 않았다. 다만 적이 키릴을 노리려는 기미가 보이는 순간 강철 같은 팔을 뻗어 목숨을 앗아갔다. 그녀가 적 하나를 죽이는 데 필요한 시간은 눈 몇 번 깜빡일 순간에 불과했다. 상대는 강인한 마브릴의 전사들이었지만 그녀의 손아귀에서는 짚을 엮은 인형만큼도 저항하지 못했다. 시체가 쌓여가도 마음의 흔들림조차 없었다. 죽이기 위해 태어난 자처럼, 눈가에 새겨진 낙인은 집행자의 표지인 양…….

그러나 비주는 키릴을 지킬 뿐 다른 자의 전투에는 관심이 없었다.

실은 이 모두가 키릴과 그녀 자신 때문에 생긴 일이었건만 그런 사실조차 관심 밖이었다.

싸움에 휩쓸려 사샤는 어느새 키릴과 떨어지고 말았다. 주위가 어두워서 혼란 중에 잃어버린 사람을 다시 찾기란 쉽지 않았다. 자기 몸 하나 지키는 데는 자신 있는 사샤였다. 날아드는 창끝을 간발의 차이로 피하자마자 힘껏 걷어차며 반 바퀴 몸을 날렸다. 무기 하나 쥐지 않았지만 오히려 그쪽이 유리했다. 검이나 창 따위를 쓰는 법을 배운 적이 없으니 무기가 있다 해도 훈련받은 전사에게 상대가 될 리 없었다. 사샤가 한 수 앞서는 점은 검은 깃 달린 새처럼 빠른 몸놀림뿐이었다.

사샤를 놓친 적은 곧 창을 고쳐 쥐고 찔러왔다. 아슬아슬하게 상박을 스친 창날이 바위에 부딪치며 불꽃을 튀겼다. 다음 순간, 그 병사는 흠칫 놀라 물러나려다 그것도 하지 못하게 되었다. 도망칠 줄 알았던 소년은 뜻밖에도 그의 허리를 껴안다시피 하며 등 뒤로 돌아갔다. 이어 병사가 미처 몸을 돌리기도 전에 바위 하나를 딛고 도약하더니 두 다리로 목을 감아버렸다.

"크윽!"

이런 위험천만한 자세에서도 사샤는 오랜만의 스릴을 내심 즐겼다. 휘청거리는 전사의 목을 눌러 앞으로 넘어뜨리고 위에 올라타더니 투구를 쓴 머리를 몇 번이고 흙바닥에 처박았다.

"어이, 그런 식으로 죽이긴 무리지."

머리 위에서 익숙한 목소리가 들리나 싶더니 묵직한 막대기 같은 것이 쓰러진 전사의 급소를 찍었다. 그제야 아라비카라는 것을 알아봤다.

"남 걱정 할 때가 아닐걸!"

벌떡 일어선 사샤가 어느새 아라비카의 뒤로 다가드는 적을 향해 빠른 발차기를 날렸다. 정확히 이마를 가격하는 솜씨는 누가 보아도 일품이었다. 비척거리며 물러서는 적의 다리를 쇠 지팡이로 낚아채어 넘어뜨린 아라비카는 곧 위험 따위는 아랑곳하지 않는 태도로 박수를 보냈다.

"상당한 솜씬데!"

사샤는 답할 틈이 없었다. 본래 그의 싸움 방식은 기습을 가하고 도망치는 것이었으므로 상대방이 죽을 때까지 뒤처리를 하는 데는 익숙하지 못했다. 두 발로 눌러 일어나지 못하는 틈을 타서 피하려는 순간, 엉뚱한 적이 나타났다.

처음부터 사샤는 상대가 아니었다. 어둠 속에서 어렴풋이 금빛 머리채가 날리는가 싶더니 채찍이 뻗어와 소년의 몸을 휘감으려 했다. 스치기만 했는데도 날카로운 상처가 생기며 오랜만에 눈앞이 아뜩해졌다. 무리하게 일어나며 중심을 되찾는 중인데 지체 없이 다음 공격이 날아왔다. 정통으로 얻어맞았다면 정신을 잃고도 남았을 것이다. 그러나 순간적인 판단으로 오른손을 바닥에 짚은 사샤는 채찍과 똑같은 모양으로 자신의 몸을 한 바퀴 날렸다. 간발의 차이로 빨랐다. 소년이 몸을 바닥에 바짝 붙였을 때 드디어 적의 모습이 드러났다.

검은 복면 위로 감정 없는 눈을 한 적은 갑옷 대신 몸에 달라붙는 사냥복 차림이었다. 손에 쥔 가죽채찍은 손잡이부터 끝까지 날카로운 금속 가시가 붙은 사나운 물건이었다.

"아······."

말문이 막힌 것도 순간이었다. 채찍 끝에 달린 갈고리에 뭔가 번쩍이는 것이 붙어 있었다. 남자가 채찍을 잡아당겨 천천히 한 바퀴 돌리자 푸르스름한 광채가 눈길을 앗아갔다. 유연한 곡선을 그리는 광채를 따라 시선을 움직이자 정신이 혼미해졌다. 사샤는 어리둥절해져서 생각했다. 뭐지?

집중이 흐트러진 대가는 곧 찾아왔다. 허공을 난다고만 생각했던 빛이 갑자기 뱀의 머리처럼 덮쳐왔다. 가느다란 선에 불과한데도 수백 개의 그물이 덮쳐오는 것처럼 빠져나갈 곳이 없는 기분이었다. 오른쪽도 왼쪽도 결정할 수가 없었다. 꼼짝없이 당할 판이었다.

그걸 보던 사람은 사샤만이 아니었다.

"멋진데!"

뱀의 머리를 내리치는 땅꾼의 지팡이처럼, 무쇠 지팡이가 날아들던 채찍의 끝을 감아 들여 잡아당겼다. 금발의 남자도 만만치 않았다. 살짝 손목을 돌리자 금방 채찍이 풀렸다. 두 사람은 서로를 살기등등하게 노려보았다. 먼저 입을 연 쪽은 아라비카였다.

"어이, 거기 붙은 건 무슨 보석이지? 나 보석을 좀 좋아하거든."

대답이 돌아올 리 없었다. 금발의 남자는 말없이 채찍을 감아 들여 다시 화려한 동작으로 뿌렸다. 사샤는 채찍을 보지 않으려 했다. 그러나 아라비카는 그렇지 않았다. 개의치 않고 쇠 지팡이를 팔랑개비처럼 돌려 공격을 막았다.

"그거 내가 갖고 싶은데 말이야!"

사샤는 아라비카의 말이 키릴이 카로단의 검을 빼앗으며 한 말과 비슷하다 싶어 피식 웃음이 나왔다. 곧 몸을 일으킨 소년은 다른 적의 방해가 있나 주위를 살폈다. 검은 남자와 금발 남자는 동시에 저들의 무기를 휘둘렀다.

츠르르륵, 탕!

채찍이 쇠 지팡이에 나선형으로 감겼다가 풀려나갔다. 대전이 되기에는 힘든 무기였지만 둘은 기묘하게도 힘의 균형을 이뤘다. 다시 한 번, 내려친 채찍이 튕겨나갔고 검은 지팡이는 파고들지 못했다. 아라비카의 눈동자에 재미있어하는 빛이 어렸다. 뭔가 해볼까, 하고 마음먹다가 다시 생각을 바꾼 듯 그는 지팡이를 창처럼 찔러갔다.

나무 막대처럼 자유자재로 다뤘지만 실제로 보통 사람은 들기조차 힘든 쇳덩어리였기에 내려치는 힘은 위력이 넘쳤다. 곧 금속편이 박힌 채찍이 얼굴을 덮쳐왔다. 지팡이를 밀어붙이던 아라비카가 왈츠를 추는 사람처럼 반 바퀴 회전하며 적을 향해 다가들었을 때도 채찍은 그를 따라오고 있었다. 적에게 등을 보이다니 어이없는 동작이었지만 너무 빨랐기 때문에 채찍을 반대로 돌릴 여유가 없었다. 그때 아라비카의 지팡이가 뒤로 불쑥 튀어나와 등지고 있던 적을 힘껏 찔렀다.

다음 순간, 아라비카와 적은 동시에 놀랐다. 뜻밖의 기습에 놀란 적은 인간이라 할 수 없는 속도로 몸을 오른쪽으로 당겼고, 허공을 찌른 아라비카는 '이럴 리가 없는데' 하는 표정이었다. 채찍을 맞지 않기 위해서 한 바퀴 더 돌며 몸 뒤로 내민 지팡이도 같이 돌렸다.

그러나 사샤는 보고 있었다. 적은 마치 순간이동이라도 하는 것처럼 아라비카가 도는 방향의 반대쪽으로 이동했던 것이다. 이번에도 맞지 않았다.

"허!"

아라비카의 입가에서 미소가 사라졌다. 서로의 위치는 시작할 때와 반대가 되었다. 채찍이 흙바닥을 때렸다. 흙이 물처럼 튀어 오르는 가운데 둘은 다시 달려들었다.

아라비카는 상대의 실력으로 보아 쇠 지팡이로 채찍을 감기는 힘들다는 것을 알고 아예 채찍 가운데를 자르듯 내리치려 했다. 그러나 지팡이는 칼이 아니었다. 채찍의 흐름은 끊었지만 지팡이에 감긴 채찍의 금속편들이 표면을 긁으며 귀를 찢는 소리를 냈다. 그러나 어느 쪽도 흠집 하나 나지 않았다. 이어 지팡이가 날쌔게 돌아가 채찍을 한 바퀴 감았다. 반대쪽에서도 마주 당기려 했다. 채찍에 붙은 금속편들 때문에 지팡이와 채찍은 교묘하게 얽혀 빠지지 않았다. 당겼다.

"……"

금발 남자의 계산은 틀렸다. 다시 말해 비카르나 족의 힘을 과소평가했다. 그는 채찍 손잡이를 놓치고 말았다. 얼굴을 복면으로 가렸음에도 당황하는 기색이 역력했다. 아라비카는 지팡이를 몇 번 돌려 채찍을 완전히 감아버리고는 슬쩍 허리를 굽혀 인사하는 자세를 취했다.

"안녕. 오늘은 내가 가져갈게. 나중에 찾으러 와. 물론 내가 팔아먹어 버리기 전에 말이야."

아라비카는 운이 좋았다. 그라이티라와 족장이 뿌린 회복의 빛이 하얗게 번쩍이며 둘 모두의 시야를 가려버렸다. 투지에 불타는 상대방을 피해 아르마티스 전사들 사이로 섞여 들어간 아라비카는 잠시 후 머리를 긁적이며 혼잣말했다.

"그러고 보니 사샤 녀석을 잊었네."

여섯 번째 난투가 끝날 무렵, 마브릴 병사들 가운데 은빛 이리 같은 네이판키아 소녀의 모습을 보지 못한 자는 없었다. 하얀 손은 맹수의 발톱보다 잔인했고 아리따운 얼굴에 표정이라고는 없는 소녀. 그녀가 손을 뻗으면 살육뿐인데도 전사들은 때로 그녀의 정확한 동작에 감탄했다. 억센 어깨와 팔이 누군가의 뼈를 으스러뜨리고 있을 때조차도.

"그 여자를 죽여서는 안 돼!"

카로단이 발을 구르며 소리쳤지만 아무도 죽여야 한다고 주장하지 않았으므로 쓸모없는 말을 한 꼴이 되었다. 사실 그의 분노는 비주와 관계없었다. 여섯 번에 걸친 공격에도 불구하고 고원에 진입하지 못했다는 사실이 자존심을 건드렸던 것이다. 날이 새고 있었다. 그는 씩씩거리며 분을 가라앉히다 말고 눈앞에 새로운 사람이 보이자 다시 버럭 소리쳤다.

"이리 데려와라!"

사로잡힌 아르마티스 전사였다. 포로를 데려가던 병사는 난데없는 호통을 듣긴 했지만 이미 상관의 성격을 아는 터라 별 불만 없이 다가왔다. 포로를 바닥에 꿇어앉히려 했지만 불가능한 일이었다. 포로는 묶여 있지만 않다면 당장 적 하나의 목이라도 누르고 함께 저 세상으로 갈 기세였다. 굴복은 기대도 할 수 없었다.

카로단은 아르마티스의 풍습을 몇 가지밖에 몰랐지만, 붙잡힌 아르마티스 전사의 얼굴에 붉고 검은 물감이 칠해진 것을 보고 이자가 상당한 영예를 지닌 용사임을 알아챘다. 어떻게 해서 붙잡혔는지 몰라도 거칠게 대해 보았자 원하는 대답은 한 마디도 듣지 못할 것이 분명했다. 카로단은 목소리를 가라앉히고 질문했다.

"네 부락에 마법을 쓰는 이방인이 와 있을 테지?"

용사의 명예와는 무관한 질문이므로 대답을 기대했지만, 아르마티스족은 카로단의 공용어를 알아듣는 기색이 아니었다. 라고트가 나섰다.

"내가 통역하겠소."

라고트는 밤새 갖가지 마법을 쓰느라 지쳐 초췌한 얼굴이지만 그 말고 달리 통역이 가능한 사람은 없었다. 카로단은 '그래도 마법사라고 별 것을 다 아는군' 하는 표정으로 고개를 끄덕였다. 라고트가 카로단의 말을 옮겨주자 아르마티스 전사의 입에서 대답이 떨어졌다.

"'그렇다' 라고 하는군."

"내게 필요한 것은 그자뿐이다. 그자를 내주면 싸움을 피할 수 있다."

라고트가 카로단의 말을 옮겨주자 아르마티스 전사의 미간이 좁아지며 분노가 어렸다. 이어 나온 대답은 억센 어조였다. 라고트가 맥없이 웃더니 말했다.

"'그런 일은 흰 피부를 가진 자만이 한다' 라고 말했소."

"그럼 너희는 끝까지 그자를 도와서 우리를 저지하겠단 말이냐? 무엇 때문에? 그자에게 대가를 받았나? 아니면 약속이라도 했나?"

말이 다시 옮겨졌다. 아르마티스 족의 대답을 들으며 라고트는 고개를 끄덕거렸다.

"약속은 입 밖에 내어 해야만 하는 것이 아니며, 신의가 만들어질 때 동시에 저절로 이루어지는 것이라고 하는군. 그자는 그들의 손님이며, 손님으로 받아들여진 순간부터 당연히 생겨난 의무를 그들은 이행하고 있을 뿐이라 하오. 무언의 약속, 말로 한 약속, 종이에 쓴 약속에는 경중의 차이가 없으며, 모든 약속의 이행은 명예에 속하는 일이라 이야기하고 있소."

아르마티스 족은 서쪽으로 가는 길을 막는 일은 전혀 언급하지 않았다. 그 길의 존재는 민족의 비밀이었다. 어쨌든 카로단은 발끈해서 소리쳤다.

"젠장, 그 명예 때문에 다 죽어도 좋단 말이냐! 너희는 사태가 어떻게 되어 가는지 분별할 줄도 모르나! 너희 부락에도 노인이나 아이나 여자가 있을 것 아니냐? 우리가 고원을 점령하면 그들조차 무사하지 못함을 모르지는 않겠지?"

라고트는 대답을 통역하며 미소를 지었다. 그는 이 아르마티스 전사의 말이 마음에 드는 모양이었다.

"'노인과 아이와 여자에게도 명예는 있다. 어머니가 주신 임무를 저버리고 친구를 팔아 구걸하여 얻은 삶은 먼지가 되어 어머니의 품으로 돌아가는 것보다 백배나 가치 없는 일이다'라고 하는구려."

카로단은 라고트와 생각이 같지 않았다. 그는 아르마티스 전사의 무릎에 냅다 발길질을 하며 소리 질렀다.

"빌어먹을 자들이 끝까지 헛수작이군!"

아르마티스 전사는 비틀거렸으나 쓰러지지는 않았다. 얼마간 분노한 눈길을 보내던 그는 이윽고 평정을 되찾았다. 카로단은 포로 주제에 떨지도 않고 목숨을 구걸하지도 않으며 심지어 당당하기까지 한 꼴을 보자 더욱 화가 치밀었다. 그는 어린아이 같은 성정이 있어서 누가 자기 권위에 도전하는 것 같으면 장난감을 뺏긴 아이처럼 펄펄 날뛰었다.

"그래, 다 죽여주마! 오늘 새벽을 잘 봐둬라! 너희한테 마지막 새벽이 될 테니까! 너희 한 명 한 명이 아니라 돼먹지 않은 너희 족속 전체에 말이야!"

그 새벽이 되었다.

일곱 번째 공격은 없었다. 무슨 꿍꿍이인지 움직이지 않는 마브릴 족의 기색을 알아채고 아르마티스들도 전열을 정비하고 피해를 수습했다.

피해는 상상 이상으로 컸다. 마을에서 뽑힌 여든 명 가량의 정예 전사들 가운데 절반이 전사했고, 나머지들도 크고 작은 상처를 입어 제대로 싸울 수 있는 자는 서른 명도 채 되지 않았다. 어찌 보면 이만한 것도 신기한 일이었다. 제대로 된 무기나 방어구도 없는 그들이 대륙 제일이라는 마브릴 군대를 맞아 이 정도로 버텼음은 누가 들어도 놀랄 이야기였다. 족장의 치유술과 지리적 우세, 지형에 익숙하다는 이점을 더해도 셈이 맞지 않았다.

어찌 되었든 충원은 불가피했다. 마을로 달려간 자는 몸이 성한 자가 아니라 다리가 성한 자였다. 부상이 적은 자는 이곳에 남아 다음 싸움을 대비했다. 동쪽 사면에서 동트는 하늘을 우러러보는 전열 곳곳에서 다양한 임종송(臨終頌)이 흘러나왔다. 노래는 짧았지만 두 번 이상 되풀이되었다.

> 검은 씨앗이 붉은 흙에 들어가
> 푸른 싹을 틔우고 흰 꽃을 피운다.
> 나 어제까지는 작은 씨앗이었으나
> 내일부터는 흡족한 흙이 되리라
> 어머니와 함께 그대들을 지켜보리라.

아르마티스 족은 살아 있을 때 자신이 죽음에 이르러 부를 노래를 미리 준비하는 풍습이 있었다. 의로운 죽음을 부끄럽게 여기지 않도록, 그리고 평화로운 마음으로 죽음을 맞을 수 있도록 건강할 때 미리 죽음을 마음에 새겨두는 것이다.

소박한 노래도 있었다.

나는 몇 번이고 미안하다고 말한다.
내가 먹어야 했던 예쁜 물고기들과
내가 밟아야 했던 안 보이는 싹들과
내가 죽여야 했던 착한 사슴들에게
나는 몇 번이고 미안하다고 말한다.

키릴은 그 노래들이 잘 들리는 비탈진 흙바닥에 앉아 있었다. 비록 내용은 알아들을 수 없다 해도 그것이 무엇인지 모르지는 않았다.

상처와 피로 때문에 온 몸이 거추장스러웠다. 살점이 베인 오른쪽 팔꿈치가 쓰라렸고 오른손 엄지의 반쯤 깨진 손톱과 창날이 스친 발등도 거슬렸다. 그러나 모두 목숨과는 거리가 멀었다. 그런 까닭에 사방의 임종송들은 그의 어깨를 힘겹게 짓눌렀다. 아니, 마음 한 구석을 칼날로 쑤시는 듯했다.

그렇게 후회했던 일을 또 저질렀는지도 모른다. 누군가는 죽고 자신은 살아남는 일이라면 진저리나게 겪었다. 다시 겪을 바에는 자신이 죽는 편이 차라리 낫다고 생각해 왔다.

그러나 다시 누군가가 죽어가고…… 자신은 사소한 부상에 불편해하며 구차하게 살아 있다. 아픔은 아무리 겪어도 익숙해지지 않고 새롭게 아플 뿐이다. 스친 칼자국 하나도 잊어버릴 수 없는 소심한 인간에 불과한 자신에게 뭘 기대해야 할까.

약간 떨어진 곳에 비주가 서 있었다. 뭔가가 보이는 것처럼 산 아래를 굽어보며 시선을 거둘 줄 몰랐다. 땋은 머리는 헐거워지고 빠져나온 귀밑머리 곳곳에 붉은 핏자국이 말라붙어 있었다. 뺨에 튄 핏방울조차 지우지 않았다. 그녀는 잠시 후 특유의 표정 없는 눈으로 키릴을 내려다보았다.

무언가 생각을 하고 있을 것이다. 그러나 겉으로는 드러나지 않았다. 피곤한 기색조차 없었다. 어젯밤 비주의 모습이 어땠는지 가장 잘 아는 사람은 바로 키릴이었다. 저 잔혹한 손길이 얼마나 많은 병사들의 목을 졸랐는지, 팔을 부러뜨리고 머리를 바닥에 처박았는지 잘 알고 있었다.

몸 곳곳에 지금도 흔적이 남아 있었다. 그러나 비주는 자신과 달라서 작은 상처쯤에는 구애받지 않는 것 같았다. 아르마티스 족이 고통을 알지만 그것을 참아내는 초인적인 능력을 가졌다면, 네이판키아 족인 비주는 필요하다면 고통쯤은 완전한 무(無)로 느낄 수 있는 것 같았다. 중대한 일에 집중하는 순간 모든 작은 사실은 사라지고 오직 한 가지 빛만을 바라보는 그녀.

얼마나 아름다운가.

"비주."

가벼운 걸음걸이로 다가온 비주가 키릴의 곁에 앉았다.

"머리가 흐트러졌어. 다시 손질하는 편이 좋겠는데."

자신이 어째서 그런 말을 하고 있는지 알 수 없었다. 비주는 키릴의 눈을 잠시 보더니 순순히 땋은 머리를 풀어 내렸다.

흐트러진 야생의 머리로 돌아간 것을 보니 처음 만났던 때가 떠올랐다. 이렇게 가까이 마주앉는 것도 오랜만이었다. 비주는 핏자국 투성이가 된 이베카의 흰 옷 안쪽에서 머리에 꽂는 작은 빗을 꺼내더니 그걸로 머리를 천천히 빗었다. 키릴은 신기한 눈으로 그녀의 행동을 지켜보았다.

그런 것을 할 줄 알까 싶었는데 더듬거리기는커녕 빗어 내린 머리카락을 도로 능숙하게 땋는 것을 보자 신성한 야만인이던 그녀도 어딘가 변하긴 했다는 생각이 들었다. 그런 생각이 들자 미소가 떠올랐고, 스스로도 그런 사실에 흠칫 놀랐다.

"그리고 이런 것은…… 떼어버려."

키릴이 비주의 뺨에 말라붙은 핏자국을 가볍게 문지르는 순간 그녀의 얼굴이 약한 경련을 일으켰다. 키릴의 손도 짧은 순간 멈췄다. 매끄러웠다. 저 비릿한 피가 튀는 금속성의 밤…… 그런 것을 뚫고 왔음을 믿을 수 없을 정도로 꽃잎처럼 연약한 뺨이었다.

사형 집행자의 검은 두건과 도끼를 든 자가 요정 같은 소녀라면 낯설까. 그러나 그녀 안에서는 어떤 부조화나 충돌도 없다. 그녀가 가진 그림자는 하나뿐. 두 가지 본성으로 고민하는 일은 없다.

키릴은 움츠리며 손을 뗐다. 그러자 비주의 왼손이 다가오더니 그의 뺨을 감쌌다.

"아……."

늘 차디차며 핏기라고는 없던 얼굴이 갑자기 화끈해졌다. 비주는 방금 키릴이 한 행동을 그대로 따라하는 것처럼 천천히 그의 뺨을 쓰다듬었다. 시선이 마주 닿았다.

다시 한 번 놀라는 자신은 무엇에 놀라는 것인가. 잃어버린 소년 시절에도 소녀인지 여인인지 알 수 없다고 생각했던 아름다운 사람이 있었고, 지금 다시 한 번 같은 감정을 느끼고 있을 뿐이라고…… 아니, 같은 것은 없다. 그러나 칼에 찔리는 가슴은 창으로도 상처 입을 수 있다. 잠시 떼지 못한 눈길을 해석해 낼 능력이 스스로에게 있을까.

결국 키릴은 자리에서 일어나고 말았다. 비주가 앉은 채로 그를 올려다보더니 시선을 내렸다. 가슴이 빠르게 뛰었다. 저만치에서 누군가가 다급하게 외치고 있었다. 일곱 번째 진격이 시작되는지도 모른다. 모르지만…….

"좋아."

어디선가 아득한 목소리가 들려왔다.

떠오르는 태양 아래 싸움은 한층 생생한 빛을 띠었다. 붉은 피와 부러진 창, 깨어진 방패, 더 이상 감기지 않는 눈들의 마지막 빛은 돌아보는 자 없이 사그라졌다.

마지막 방어선이 뚫리기까지 반시간도 채 걸리지 않았다. 어둠은 더이상 고원을 지키는 자들의 편이 아니었다. 압도적인 진격 앞에서 서른

명 남짓한 자들은 하나하나 꺾여갔다.

마브릴 군대에서 가장 돋보이는 자는 어젯밤 아라비카에게 채찍을 잃은 아스트로였다. 그는 어이없게 무기를 빼앗긴 후로 분노가 더해져 한층 광기 어린 학살을 자행했다. 더 죽일 사람도 없을 무렵 그의 곁에 어느새 다가온 라고트가 서 있었다. 그는 아스트로의 팔에 손을 얹었다.

"이제 그만해. 더는 필요 없어."

맹렬한 기세로 팔을 뿌리치려는 상대를 향해 라고트가 입 속으로 주문을 외웠다. 이어 나뭇등걸처럼 굳어진 상대의 몸을 쓸어안았다. 아직도 남은 병사들이 그늘진 비탈 곳곳을 들쑤시는 중이건만 라고트는 아스트로를 부축해 후방으로 물러났다. 그가 아르마티스들을 불쌍히 여겨 그런 일을 한 것은 아니었다. 그가 막고 싶은 것, 아니 보고 싶지 않은 것은 이성이 없는 짐승처럼 날뛰는 아스트로의 모습이었다.

"올라가라!"

아직 백여 명이 넘는 병사들이 살육의 흥분과 피로가 뒤섞인 목소리로 여기저기서 함성을 울렸다. 통쾌한 승리는 아니었고 양심에 거리낌이 없다고는 할 수 없는 싸움이었지만 귀찮은 일을 끝냈다는 후련함은 누구에게나 있었다. 그들 가운데 아르마티스 족에게 특별한 감정이 있는 자는 아무도 없었다. 그러나 명령과 권위에 누구보다도 잘 따르는 민족이 또한 마브릴이었다.

밤새 진행된 싸움으로 마력이 부족해 제 힘으로 아스트로를 옮기려 했던 라고트는 걸음이 더뎠다. 그러던 그가 뭔가에 이끌린 것처럼 고개를 들어 비탈 위쪽을 바라본 이유는 스스로도 알지 못했다. 밤새 악전 고투를 벌이며 올라가려 했던 그곳에 잘 아는 얼굴이 있었다. 한 번쯤은 보고 싶던 얼굴이었다. 동시에 마주치는 일만은 피하고 싶다고 생각하던 얼굴이기도 했다. 그는 자신이 아닌 더 멀리에 있는 무언가를 보고 있었다.

"……."

당장 시선을 돌리려던 마음과는 반대로 눈을 뗄 수가 없었다. 알던 모습보다 수척할 정도로 마르고 키도 커졌다. 그러나 그런 것보다 그 시절에는 결코 볼 수 없던 무언가가 그를 감싸고 보이지 않는 표정을 만들어냈다. 슬픔이리라 생각했나. 혹 분노를 짐작했었나……. 그러나 어느 쪽도 아니었다.

맑았던 얼굴에서 그토록 풍부하게 감돌던 감정이 사라지고 없었다. 저자는 라고트가 알던 키릴로차가 아니었다. 단지 하얗게 풍화된 그림자에 불과했다.

키릴이 손을 올렸다. 그제야 한참 전부터 키릴이 듣고 있었을 목소리가 라고트의 귀에도 들려왔다.

"그리 오랜 이별은 아니었지? 이제 내 검을 내놓겠나? 순순히 길 안내가 돼 줄 텐가, 아니면 다시 한바탕 해볼 테냐?"

카로단의 목소리에서 라고트는 약한 두려움을 읽었다. 마법을 두려워하는 모양인데 라고트는 이미 그 점에서 의구심을 느끼고 있었다. 그는 키릴의 옛 시절을 알았으므로 그가 설마 마법을 쓸 수 있는데도 죄

없는 아르마티스 족이 방패막이가 되어 몰살하도록 내버려두지는 않았으리라 생각했다. 그렇다면 키릴의 마법을 막는 뭔가가 있는 것이다.

"먼저 이 꼬마 계집애부터 제물로 바친 다음에 시작해 볼까?"

여자아이라고? 라고트가 흠칫 놀라 돌아보니 카로단이 열서너 살쯤 먹은 아르마티스 족 여자아이를 움켜잡고 입을 틀어막은 모습이 보였다. 라고트는 마법사인만큼 카로단이 하는 말을 즉시 알아들었다. 제물이라면 사령술(死靈術. 보석 등의 봉헌물 대신 산 제물을 써서 마력을 불러일으키는 마법)을 써보겠다는 건가?

카로단이 말을 이었다.

"너도 일전에 내 손을 봤으니 내가 하는 말이 단순한 협박이 아님을 알겠지? 실은 네놈을 제물로 쓰고 싶어서 몸이 근질근질한 판이지! 하지만 네 쪽에서 계집애를 죽여준다면 다른 제물을 찾지 않을 셈이야. 어때, 우리 거래할까?"

카로단은 여자아이를 방패로 쓸 작정인 듯했다. 더구나 여자아이가 죽는다면 동시에 사령술을 발동시킬 준비도 해 놓은 모양이었다. 키릴이 여자아이에게 동정을 느껴 자신에게 마법을 쓰지 않는다면 그것으로도 좋았다. 만약 그러지 않는다 해도 아이가 먼저 희생될 테니 자신의 강력한 사령술로 대항할 수 있을 것이다. 사령술은 오래된 시체보다 산 제물을 죽여 바칠 때 가장 위력적이었다.

"자, 시작해 보시지! 아니면 내가 먼저 해볼까?"

키릴은 들어 올렸던 손을 조금 더 높이 들었다. 그러나 아무 일도 일어나지 않았다.

"……."

카로단은 긴장한 얼굴로 줄곧 키릴을 올려다보았다. 둘의 거리는 서른 걸음 정도밖에 떨어지지 않았다. 그도 지금쯤은 키릴이 정말로 마법을 쓸 작정인지, 그럴 힘은 있는지 의심하기 시작했을 것이다. 키릴의 마법은 주문을 외울 필요 없이 즉시 발동된다는 것도 알고 있으니 그가 뭔가 대단한 것을 준비하느라 시간이 걸린다고도 생각되지 않았다. 그러나 일전에 엄청난 마법을 본 터라 그런 힘이 갑자기 사라졌을지도 모른다는 가설을 쉽사리 받아들이지 못하는 것뿐이었다.

카로단은 조바심이 났다.

"포기할 셈인가? 항복하겠나? 그러고 싶다면 멋진 방법이 있지. 바로 네 곁에 있는 그 여자 말이야."

카로단이 비주를 가리켰다.

"그 여자를 묶어서 내게 보내라!"

카로단도 비주의 무서움을 잘 알고 있었다. 그러나 그녀는 분명 태양의 탑의 열쇠였다. 키릴이 아무리 악랄하다 해도 비주는 쓸모가 있으니 죽일 수 없을 테고, 그렇다면 완벽한 인질도 되는 것이다.

키릴은 여전히 대답이 없었다.

카로단의 얼굴은 점차 스스로에게 도취된 것처럼 달아올랐다. 그는 비탈을 메운 마브릴 병사들을 향해 손을 내저으며 외쳤다.

"그래, 패배를 네 입으로 말하고 싶지는 않단 거냐? 그런 고민이라면 내가 덜어주지. 자자, 거기! 너희는 냉큼 올라가서 저 여자를 붙잡아 와라! 평범한 밧줄은 안 돼! 반드시 쇠사슬로 묶어야겠지!"

키릴의 입술이 약간 움직이는 것 같았다. 그러나 주문은 나오지 않았다. 빛은 없었다. 어떤 파동도 없었다.

마브릴 병사들이 머뭇거리다가 결국 움직이기 시작했다. 건장해 보이는 자들이 다섯이나 다가갔다. 비주는 반응을 보이지 않았다. 시선도 주지 않았다. 키릴도 그 쪽을 보지 않았다. 다섯 사람이 그녀 하나를 둘러쌌다. 쇠사슬이 음산하게 절그렁대며 바닥에 끌렸다. 그들은 약간 멀찍이 서서 쇠사슬을 감으려 했다. 써늘한 고리들이 하얀 옷자락을 구기고, 단단한 팔뚝을 얽어맸다. 비참한 광경이었다.

그때 큰북처럼 울리는 외침이 병사들의 행동을 가로막았다.

"옳지 않소! 그대들은 자신의 선한 마음을 검은 사슬로 옭아맬 참이오?"

키릴로부터 서너 발짝 떨어진 곳에 그라이티라와 족장이 서 있었다. 밤새 마법을 쓴 탓에 얼굴에는 지친 기색이 역력했지만 목소리만은 밝고 우렁찼다.

"그대들은 이미 많은 피를 흘렸소. 평생토록 갚을 수 없는 피요. 거기에 저 작은 아이의 희생까지 더하려 하고 있소. 나는 진실로 말하거니와 그대들이 저 신성한 소녀와 손님에게 이러한 무례를 범하려 하는 것을 보니 우리 일족의 행동이 옳았음을 새삼 확신하오. 그러나 더한 것은 안 되오. 마지막 시험이 남아 있소."

거기까지 말했을 때만 해도 카로단은 족장의 아르마티스어를 한 마디도 알아들을 수 없었다. 그런데 마법의 샘물을 마시고 귀가 뚫려 짐승과 나무의 말을 이해했다는 전설 속의 얘기처럼, 곧 명확한 뜻이 그의 뇌리에 와 박혔다. 이해할 수 없는 일이었으나 족장의 힘으로 일어난 것만은 틀림없었다. 카로단은 놀라 긴장하며 족장을 쳐다보았다. 그런 카로단을 굽어보며 그라이티라와가 목소리를 높였다.

"그대들이 이 자리에서 조용히 물러난다면…… 나는 어제오늘 자행된 학살에 대해 원한을 묻지 않을 것을 약속하겠소."

카로단은 이 말 속에 든 깊은 이해와 마지막 남은 하나까지 내주는 희생을 깨달을 만한 자가 아니었다. 그는 발끈하며 소리쳤다.

"헛소리를 지껄이는군! 기껏 부하들의 피를 흘려 놓고 여기서 물러난다면 내 꼴도 말씀이 아니라는 걸 모르시나 본데, 구석에 박혀 주제 파악이나 해볼 것을 권하겠소!"

그 말에 분노해 카로단의 마지막 뼈 한 조각까지 분질러 놓기 전에는 편히 눈을 감지 못할 아르마티스 전사들은 안타깝게도 몇 명 남지 않았다. 카로단은 한층 목소리를 높이며 명령했다.

"저자도 생포해라! 내 친히 반성의 시간을 주어야겠다!"

이쯤 되자 카로단도 키릴에게 더 이상 힘이 없음을 확신했다. 그러면 겁날 것이 없었다. 병사들도 족장은 두려워하지 않았다. 금세 서너 명이 달려들어 둘러싸고 붙들려 했다. 족장은 팔을 굳건히 뿌리쳤다. 그리고 눈을 감으며 이제 다시 알아들을 수 없게 된 아르마티스의 언어로

혼의 폭풍 **175**

뭔가를 외쳤다. 외쳤다고 느껴졌을 뿐인지도 몰랐다.

카로단이 당황해 손을 늦춘 사이, 입이 트인 여자아이가 비명에 가까운 외침을 내질렀다.

"족장이시여! 아니 되어요!"

키릴은 그렇게 외치는 여자아이, 아탈라를 보았고 동시에 족장의 몸에서 일어난 변화 또한 보았다. 빛이었던 것 같았다. 또는 그림자였다. 미명이 엇갈려 잠깐 투명해진 잔상을 보는 것처럼 서서히 흐려지고, 지워지고, 사라져,버렸다.

모두 말을 잊은 얼굴이었다. 이것은 투명화 마법이 아니었다. 모든 사람은 자신을 죽일 수 있다. 그러나 죽은 뒤의 일은 어찌할 수가 없다. 추한 모습으로 남을 시체까지 가져갈 수는 없는 것이다. 그러나 그라이티라와 족장은 그렇게 했다. 그는 아르마티스 족만이 가지고 있는 영적 능력으로 자신의 생명을 육체와 더불어 세상에서 깨끗이 지워버렸다.

다가올 결과에 대한 공포감이 사방으로 번져나갔다. 아니, 그보다 다른 것이 더 빨랐다. 처음에는 거대한 커튼이 떨고 있는 듯했다. 곧 큰 바람이 일어나 점점 더 세게 불었다. 눈앞이 아뜩할 정도로 짧은 순간이 흐르고, 내리쳐졌다.

콰쾅!

바위가 날아올랐다. 솜뭉치에 불과한 것처럼 거침없이 튀어 올랐다. 대지가 뜯겨 날리며 태양을 가렸다. 영(靈)의 바람이라는 것, 아직껏 본 일은 없지만 분명코 존재한다던 그것이 실체를 드러내는 중이었다. 자신의 생명을 깨끗하게 거두는 저 행동을 고대 이스나미르어로 '루아타체로 듀냐', 즉 '흩어진 생명' 이라고 불렀다. 그 결과 생명이 깨어져 먼지로 화하면서 허공에 남은 영혼이 잠시 동안 엄청난 에너지를 품는 것이다. 물론 이미 죽어버린 자가 그 에너지를 조종할 수는 없었다. 영혼이 갑자기 육체의 그릇을 잃고 혼란을 일으킨 탓에 일어나는 현상일 뿐이었다.

그러나 그 위력은 엄청났다.

"으아악!"

날아오른 바위들이 내리꽂히기 시작하자 비탈길은 아수라장이 되었다. 붙잡힌 자와 붙잡은 자의 차이는 지워져 버렸다. 어느 쪽이든 살아남는 것에 온 힘을 써야 했다. 다른 일은 생각할 틈이 없었다.

키릴은 혼란 속을 내려다보고 있었다. 잠깐 동안 자신의 위험, 또는 죽음조차 잊어버린 듯했다. 족장이 죽었다. 그것은 정말이었을까. 그가 학창 시절에 책으로만 읽었던 그 현상이 이 산비탈을 모조리 메웠다. 그는 구원받은 건가, 아니면 내던져진 건가.

비탈 아래로 반투명한 보호막이 자라났다. 저쪽 마법사의 힘일 것이다. 급하게, 그것도 강하게 차단해야 했기에 범위는 좁을 수밖에 없었다. 어젯밤의 사투에서 살아남은 마브릴 병사들은 보람도 없이 숱하게 죽어갔다. 카로단이 어떻게 되었는지는 알 길이 없었다.

아탈라는?

키릴은 바위와 돌들이 벼락처럼 내리쳐지는 비탈로 내려가기 시작했다. 자신이 무엇을 하려는지도 뚜렷이 알지 못했다.
 잔돌이 날아와 뺨을 찢고 옆구리를 쳤다. 흙바닥에서 피어오른 먼지들이 바람에 휘감겨 날아다니는 바람에 시야도 확보할 수 없었다. 그러나 그는 이성적이지 못한 상태에 사로잡혀 있었다. 눈이 아프다고 생각했다……. 잠시 후 눈물이 터져 온 얼굴이 얼룩졌다.
 책임감도 아니다. 죄책감도 아니다. 그러나 아무것도 하지 않을 수는 없었다. 마법이 사라졌다고 모든 능력을 잃은 양 무기력해졌던 자신, 손발이 멀쩡한데도 죽은 거나 다름없다고 느끼던 약해빠진 자신이 부끄러웠다. 오직 생명 하나, 살아있었다는 사실만으로도 이토록 강한 에너지가 천지사방을 뒤덮고 있다. 영혼의 힘이란 길가를 뒹구는 부랑자에게도 존재했다. 바로 자신에게도, 어떤 상태로든 살아 있는 자신에게도, 죽는 순간까지는 계속해서 살아갈 수밖에 없는 저 모든 인간에게도!
 그 손으로 한 소녀를 구하겠어…….
 걷고 있는지 날려가고 있는지 알 수 없었다. 주먹만 한 돌이 날아와 등을 때리자 키릴은 무릎을 꿇으며 비명을 토해냈다. 비명을 질러도 좋다, 살아 있으니까. 살아 있으면서 죽은 자만을 이해하려 했지. 산 자조차 이해하지 못한 채 죽은 자를 이해할 수는 없다. 자신조차 모르는 자가 남을 위해 살 수는 없다.
 기다시피 해서라도 계속 나아갔다. 바로 곁에 머리통만 한 바윗돌이 떨어져 찍히며 젖은 흙을 피처럼 흩날렸다. 그러나 멈추지 않았다. 이제 다 왔다. 이 근처였다. 카로단이 데려갔을 리 없었다. 먼지 때문에 눈을 뜰 수가 없자 아예 감아버렸다. 그리고 입을 열어 불렀다.

"아탈라!"

살아 있길…… 내 대신이라도.

잠깐 움츠렸다가 다시 몸을 펴며 두 손으로 바닥을 더듬었다. 눈앞에 돌로 머리통이 짓이겨진 시체가 보였다. 그 곁에 양쪽으로 땋아 늘인 검은 머리채가 언뜻 보인 듯했다. 온몸이 섬뜩해졌다. 키릴은 다시 한 번, 온 힘을 다해 불렀다.

"아탈라!"

"키…… 릴……."

잠시 후 자그마한 몸이 다가들더니 와락 안겨왔다. 둘 다 제정신이 아닌 데다 눈물범벅이었지만 서로 알아채지 못했다. 키릴이 이렇듯 눈물을 흘리는 것은 실로 수 년 만이었다. 그는 아탈라를 힘껏 끌어안으면서 그녀 때문이 아니라 자신 때문에 뭐라 말할 수 없는 희열을 맛보았다. 그러면서 하늘을 올려다보았다.

푸른 하늘을 배경으로 흙과 돌들이 회오리치는 허공은 참으로 이상한 광경이었다. 아탈라도 손등으로 눈물을 씻으며 허공을 보았다가 공포에 질려 다시 키릴의 품속으로 파고들었다. 큰 부상을 당하지 않고 여기까지 온 것만 해도 천행이었다. 이제 무슨 일이 닥칠 것인가. 영혼의 바람이 멈추고 저 바위가 모두 떨어져 내린다면…….

그때 키릴은 등 뒤에서 익숙한 바람을 느꼈다.

차고 신선한, 저 광풍보다는 약하지만 힘 있게 길을 뚫는 흐름이었다. 새로운 통로였다. 동시에 자신의 팔을 움켜잡는 손이 있었다. 몸이 허공에 떠오르더니 멀찍이 당겨졌다. 비주였다. 그녀가 다시 한 번 정령의 바람을 일으킨 것이다.

그러나 오늘의 바람은 키릴이 처음 비주를 만났을 때보다 훨씬 약했다. 이 순간 비주는 자신의 의지로 요르실드 정령을 부리고 있었다. 키릴은 첫날 이후로 다시는 비주가 정령을 다루는 모습을 보지 못했다. 그래서 그 힘은 정신적으로 강하게 고양되었을 때만 발휘되는 것이 아닐까 생각했었다.

더 생각할 여유는 없었다. 비주가 부른 정령들은 인간의 강한 영혼이 일으킨 바람과 접촉하고 싶어 하지 않았다. 잠시 뚫린 통로가 마지막 살길이었다. 세 사람은 날듯이 그 자리를 빠져 나왔다. 실은 비주가 두 사람을 들쳐 메고 나온 것이나 다름없었다.

세 사람은 마을이 있는 곳까지 달렸다. 비주는 단 한 번, 키릴의 얼룩진 얼굴을 바라보더니 잘 이해할 수 없는 부드러운 표정을 지었다.

"마지막 방법이라고 말씀하셨어요. 족장님의 뜻을 따르세요."

키릴은 침묵했다. 아탈라의 말을 이해했지만, 따를 수가 없어서였다.

일행은 셋뿐이었다. 사샤와 아라비카의 행방은 알아낼 길이 없었다. 키릴은 사샤가 몹시 걱정스러웠다. 그래서 더욱 아탈라가 말한 대로 떠날 수 없었다.

아탈라는 눈물과 흙으로 얼룩진 얼굴에 진지한 빛을 띠고 되풀이해 말했다.

"족장님의 뜻을 따르세요."

이날 아탈라는 평소 귀엽고 발랄하며 조금은 약빠르던 소녀와는 판이하게 달랐다. 그녀도 아르마티스 족이었다. 명예를 위해 마을의 파멸과 자신의 죽음조차 불사한 족장과 같은 피를 나누어 가지고 있었다. 키릴에게 대답을 다그치는 얼굴은 실로 작은 성녀처럼 엄숙하기까지 했다.

"사샤는 제가 찾아볼게요. 찾는 즉시 따라가도록 보내겠어요. 길도 자세히 일러줄 거고요. 전, 전…… 어떤 일이 있어도 족장님께서 지켜내신 숭고한 뜻을 헛되게 하지 않을 생각이에요. 비록 저는 생각 없는 작은 계집애에 불과하지만 옳은 길에 대해서는 여러 번 듣고 배워 왔어요."

키릴이 한참 만에 입을 열었다.

"아탈라, 그러지 말고 차라리 나하고 같이 가자."

키릴의 입에서 '같이 가자'는 말이 나왔다는 것은 파격도 이만저만한 파격이 아니었다. 사샤가 보았더라면 눈을 휘둥그렇게 뜨고 입을 다물지 못했을 것이다. 그만큼 키릴은 족장의 행동에서 느낀 바가 많았다.

그러나 아탈라는 단호히 고개를 저었다.

"아르마티스는 어머니의 땅을 떠나지 않아요. 더구나 어머니께서 상처를 입으셨고 자식들을 많이 잃으셨는데 그분을 위로해드리지 못할망정 어찌 그 곁을 떠나겠어요."

조금 떨어진 곳에 무릎을 세우고 앉아 있던 비주가 문득 아탈라를 보았다.

"어머니께선 지금 울고 계세요. 당신의 아름다운 아들딸들이 피 흘리며 죽어간 것을 애통해하며 울고 계세요. 저는 그분의 상처를 싸매어 드리고 명예로운 자들이 편히 쉬도록 깊이 묻겠어요. 그게 제가 해야 할 일이에요."

키릴은 고개를 저었다.

"너 혼자 할 수 있는 일이 아니야."

아탈라가 빙그레 웃으며 북쪽을 가리켰다.

"마을에는 아직 살아남은 사람이 많이 있어요. 성년을 앞둔 언니 오빠들이 저 산 위에 올라가 있는데 침묵을 찾고 나면 곧 내려올 거예요. 또 싸울 수 없었던 사람들이 족장님의 명에 따라 저 산 속의 동굴에 모여 있죠. 거기엔 제 오빠도 있어요. 아셨는지 모르겠지만 제 오빠는 벙어리에 귀머거리예요. 전사가 될 소질은 없는 사람이죠. 그렇지만 새로운 것을 만들어내는 데는 아주 뛰어나답니다. 굳은 땅을 팔 힘도 있어요."

"나도…… 돕고 싶어. 이 모든 일은 나 한 사람 때문이고……."

아탈라가 고개를 흔들며 말을 잘랐다.

"아뇨. 조금 있으면 마브릴들이 다시 당신을 찾으러 올 거예요. 당신은 어머니의 뜻을 잇기 위해 먼 서쪽으로 떠나셔야 할 분이죠. 족장께서는 알고 계셨어요. 제게 이 두루마리를 맡기셨을 때 이미 모든 일이 이렇게 될 것을 알고 계셨던 거예요. 그리고 망설임 없이 그 길로 가셨어요. 가세요. 저 어머니의 미궁으로. 그 안에는 괴물도 있고 웅덩이나 벼랑도 있다고 했으니 조심하세요."

어머니의 미궁이 입을 벌리고 그를 기다리고 있었다.

족장 그라이티라와는 회의가 끝난 후 키릴에게 길을 알려줄 수 없다고 했지만 그 길로 들어가는 입구를 표시한 두루마리를 빼어 아탈라에게 맡겨 두고는 지금과 같은 일이 일어날 때 그에게 넘겨주도록 말해 두었다. '생명에 관계된 일'이 일어나 다시 결정할 수 있다고 여겼을까? 또는 높은 영력을 지녔던 족장의 예지였을까?

길은 이제 키릴의 손에 들어왔다. 그러나 차마 발이 떨어지지 않았다. 사샤가 없었다. 자신 때문에 희생된 선량한 자들의 시체가 등 뒤에 있었다. 스스로를 희생시켜 도움을 준, 그럼으로써 정신적 충격마저도 안겨 준 족장의 혼이 이 자리에서 그를 지켜보고 있었다.

가야만 하는 것인가?

악마 카드(The Devil)

그 시절 지지에는 남들이 밤새워 사과주를 마시며 춤추는 동안 혼자 다락방에 앉아
어머니의 유일한 유품이던 카드를 만지작거리고 있었다. 그때의 카드는 지금 그녀가 가진
금박 줄을 두른 화려한 카드와 비교하기도 어려운 초라한 물건이었다.
당시에는 카드의 의미도 전혀 몰랐고 각 카드의 그림이 누구를 그린 건지도 몰랐다.
점을 치는 카드라는 것도 물론 몰랐다.
그러나 그림들만은 어린 지지에의 마음을 끌었다.
그중 1번 카드에 그려진 청년이 가장 좋았다.
검푸른 머리를 하고 하늘을 바라보는 아름다운 젊은이 밑에는 '마법사' 라고 쓰여 있었다.

강철 여왕

여왕은 팔걸이에 비스듬하게 기대어 텅 빈 대전을 내려다보았다.

굽슬굽슬하게 다듬어 어깨에 늘어뜨린 머리모양은 여왕의 취향이 아니었다. 그녀는 자주 손질할 필요가 없는 짧은 머리를 좋아했다. 그녀가 주목받는 공주가 아니었을 때는 그런 머리를 하고 있어도 아무도 뭐라 하지 않았다. 아름다움은 언니로 족했고 사랑스러움은 남동생으로 충분했다. 무관심 속에서 자라 폭력적이고 냉정하다는 평을 받던 공주는 사람들이 쉽사리 잊지 못할 과정을 통해 대공주 자리를 손에 넣었고, 이상하리만큼 오래 기다리더니 부왕이 죽고 나서야 여왕의 홀을 움켜쥐었다.

감히 내놓고 말하지는 못해도 여전히 많은 사람들이 주드마린 여왕이 찬탈자인가 아닌가를 놓고 쉽게 결론을 내리지 못했다. 여왕도 알고 있었다. 하지만 상관없었다. 그녀는 그런 자들의 속성을 잘 알았다. 행동으로 옮길 수 있는 자와 말뿐인 자는 잠깐만 보면 구분할 수 있었다.

이 머리.

여왕은 폭군 기질을 발휘해서 이 귀찮은 머리를 권하는 미용사를 윽박질러 짧게 자르도록 하지는 않았다. 이런 것쯤이야 양보할 수 있다. 인형 같은 얼굴이면 어떤가. 보호가 필요한 어린 여왕의 역할쯤 얼마든지 해낼 수 있다. 중요한 것은 실리뿐.

주드마린은 각의(閣議)를 마친 후 중신들을 물러가게 한 다음 혼자 대전 홀을 내려다보며 생각에 잠기는 버릇이 있었다. 각의에서 논의된 일 가운데 마음에 들지 않는 의견들을 어떻게 바꿀지 궁리하기도 했고, 몇몇 측근들만이 아는 장기적인 계획을 실수 없이 추진하기 위해 마음을 다잡기도 했다. 그러나 어떤 날은 일보다 상념이 더 많이 떠오를 때도 있었다.

이날 주드마린의 머릿속에서는 부왕 시이를 8세가 승하하던 밤의 기억이 유난히 맴돌았다. 아무리 해도 상념을 지울 수가 없자 그녀는 고개 흔들기를 그만두고 오히려 그 생각에 집중했다. 올해 초, 봄이 다 가기 전의 일이다.

키릴로차 르 반이 나타났던 밤으로부터 반달쯤 흘렀던 때였던가? 생각해 보면 그 즈음 이미 부왕의 거취는 중요한 일이 아니었다. 왕권은 장악된 뒤였고, 왕의 노쇠를 내세워 섭정 자리에 올랐으므로 나라 안팎의 업무를 전결하는 데도 지장이 없었다. 시이를 8세는 언제 죽어도 상관없던 존재, 정세를 아는 귀족이라면 그 앞에 서기조차 꺼리던 궁정의 그림자였다.

국왕의 거처조차 구석진 예농 탑으로 옮겨졌다. 본궁에 있는 국왕의 침실과 집무실 등에는 사람이 살고 있는 것처럼 매일같이 음식이 올라가고 빈 그릇이 내려왔지만 실제로는 아무도 살지 않았다. 그곳으로 들어가는 보고서와 상소문, 편지 등이 가는 곳은 바로 곁에 있는 섭정 대공주 주드마린의 거처였다.

예농 탑의 국왕 역시 언뜻 보기에는 행동에 제약이 없는 것 같지만 실제는 달랐다. 국왕은 물론 국왕을 모시는 시종들조차 본궁이나 궁정 외부 출입이 금지되어 있었다. 함께 유폐된 왕비는 운젤스트 왕자가 원인 모를 병으로 죽은 뒤 페인이나 다름없는 상태가 되어버렸다. 감상적인 늙은 귀족들을 비롯해서 대부분의 방문객을 막아버린 것은 당연한 처사였다. 예농 탑의 국왕에게 허가 없이 갈 수 있는 사람은 그 허가를 내주는 본인인 섭정 대공주뿐이었다.

마지막으로 방문했을 때, 주드마린은 부왕이 그날 밤에 죽을지도 모른다고 예감했다. 그래서 그녀는 예농 탑에 남아 있었다. 부모의 임종을 지키는 자식의 모습은 대외적으로도 나쁠 것 없었다. 그러나 그보다 그녀는 아버지가 마지막으로 어떤 말을 할지 궁금했다. 시이를 8세는 더 잃을 것이 없었다. 권력을 잃었고, 수족 같던 중신들을 잃었으며, 아들을 잃었고, 자유를 잃었다. 그런 아버지가 아직 그녀를 딸로 생각할까? 이것은 확실히 진지한 호기심이기도 했다. 그런 부왕이 죽음에 임

박해 할 말은 과연 무엇일까? 분노? 하소연? 저주?

그래서 주드마린은 대담하게 아버지의 침상을 지키고 있었다. 물론 문밖에는 충직한 로이카르트와 그의 부하들이 문 안쪽의 동정을 예의 주시하고 있었다. 오늘 밤은 자신이 아버지의 간호를 맡겠다고 하며 불안한 표정으로 서 있는 왕비도 제 방으로 쫓아 보냈다. 울고불고하는 꼴은 보기도 싫었거니와, 누군가의 죽음이 쓸모없는 인간에게 삶의 의지를 불어넣어 주는 불편한 일을 초래할 생각도 없었다.

"주드…… 마린."

시이를 8세는 옛 대공주 엘리스틴이 성년이 된 후에도 '엘리' 라는 애칭으로 부드럽게 부르곤 했지만 주드마린에게는 그러지 않았다. '우리 우아한 엘리 공주, 공부를 열심히 해야 좋은 왕이 되지' 라고 말하던 부왕의 목소리가 주드마린의 귓가에도 생생했다. 그러나 그녀는 '귀여운 주디' 였던 적이 없었다. 단 한 번도. 그녀는 가끔 그 일을 떠올리고 자조적으로 피식 웃곤 했다. 어디 귀여운 구석이 있어야 그렇게 부를 게 아냐.

"네, 아바마마."

잠시 헐떡거리는 소리가 들리더니 목소리가 이어졌다.

"그 말이…… 폐하라는 말보다 듣기…… 좋구나."

주드마린의 눈썹이 약간 올라갔다. 짐작하지 못했던 상황인 것 같았다. 그러나 그녀는 침착하게 대답했다.

"그러시다면 늘 그렇게 부르도록 하지요."

"그렇게……."

말이 멈췄다. 숨을 몰아쉬는 모양이었다.

"……오래는 아닐 것이야."

주드마린은 놀라지 않았다. 그녀는 시간낭비를 좋아하지 않았다. 이 날 하룻밤을 무익하게 보냈다간 이튿날 아침 피곤해서 늦게 일어난 그녀 자신에게 화가 났을 것이다. 다행히 그런 일은 일어나지 않을 것 같았다.

"……마린."

죽어가는 국왕이 새로운 애칭이라도 만들어보려는 모양이다. 실은 숨이 차서 앞의 말이 제대로 나오지 않은 것뿐이겠지만.

"가까이……."

주드마린은 두려워하지 않고 일어나 허리를 굽혀 왕의 입가에 귀를 갖다 댔다. 아픈 아이처럼 색색거리는 숨소리가 먼저 귀에 들어왔다. 문득 오늘밤이면 마지막 혈육이 사라지겠구나 하는 생각이 들었다. 가장 먼저 죽은 사람은 그녀를 낳은 옛 왕비였고, 삼남매가 있었지만 남은 사람은 혼자뿐이었다. 오히려 국왕의 항렬에서는 알리당스 대공 아래로 고르다 여공작, 월미제 백작, 알마이다 백작부인 등이 모두 살아 있었다. 아, 그녀에게 친절했던 사촌오빠 이스카시안이 생각난다. 그에 대해서는 정말 할 말이 없다. 지하에서 섬길 사람이 하나 더 늘어나는 것을 그가 기뻐할지 모르겠다.

복잡한 잡상이 스쳐 가는 순간 국왕의 입술이 움직였다.

"좋은 왕…… 주…… 드마…… 네가 해낼…… 있음을…… 믿……

다."

 주드마린의 눈이 약간 커졌다. 깨진 파편 같은 목소리지만 내용은 알아듣고도 남았다. 국왕은 임종에 이르러 권력을 쥔 채 행복하게 죽었던 옛 왕들의 흉내를 내려고 하는가?

 "너…… 정당하게 대하지 못…… 하…… 후회한…… 다. 나는 이제…… 가서…… 운젤…… 돌봐줄까 한…… 다."

 대답 없이, 그 자세 그대로 주드마린의 표정이 싸늘해졌다. 운젤스트의 이름은 아직까지 그녀에게 약한 금기로 작용했다. 조만간 떨쳐버리리라 믿고 있지만 아직까지는 그랬다. 그 이름을 부왕의 입에서 듣는 것은 더욱 더.

 이불이 약간 움직였다. 주드마린은 갑자기 부왕에게 손을 붙잡혔다.

 "위대한…… 왕이 되…… 주드…… 마…… 치렀던 모든 희생…… 만큼…… 네 삶…… 행복…… 내주고라도."

 착각이었을까. 그 순간 주드마린은 부왕의 손에서 온기가 스르르 빠져나가는 것을 느낀 듯했다. 마치 때가 되어 돌아가는 썰물 같았다. 썰물은 바다로 가지만 인간의 생명은 어디로 가는가?

 초점 잃은 흰 동공에 촛불 두 개가 너울거렸다.

 주드마린은 조금 전과 똑같은 얼굴로 침상의 부왕을 내려다보았다. 이제 방 안에는 그녀 혼자뿐이었다. 촛불 몇 개뿐, 빛조차 드문 방에서 거짓 울음을 울어줄 신하 하나도 없이 시이를 8세의 치세는 끝났다. 마찬가지로 '새 여왕 만세'를 외칠 자들도 없었다. 누군가의 축하를 받으며 자신의 자리를 실감하는 것이 아니라 스스로, 누구보다도 먼저 자신이 왕이 되었음을 받아들이며 그녀는 홀로 앉아 있었다. 아주 오래 앉아 있었다.

새벽녘, 침실 밖을 지키던 로이카르트는 방 안쪽에서 그를 부르는 주드마린의 가느다란 목소리를 들었다. 평소의 단호함은 사라지고 아픈 새처럼 약해진 목소리에 그는 와락 불안한 생각이 들었다. 부하들에게 대기하도록 명령한 뒤 조심스럽게 안으로 들어갔다. 저만치 그가 걱정하는 단 한 명의 여인이 국왕의 침대 앞에 앉아 시체처럼 흰 얼굴을 하고 있었다. 국왕이 환자인지라 조용히 할 생각이었지만 저도 모르게 큰 소리가 나오고 말았다.

"괜찮으십니까?"

주드마린이 고개를 끄덕였다. 가까이 오도록 손짓했다. 이어 이불을 들추는 시늉을 했다.

"내 손을 좀 빼내 줘."

그때까지만 해도 로이카르트는 일어난 상황을 정확히 파악하지 못했다. 주드마린의 손은 이불 안쪽에서 국왕의 손에 붙잡혀 있었다. 언뜻 보니 국왕은 눈을 뜨고 있었다. 그러나 아무 말도······.

로이카르트는 즉시 그 자리에서 무릎을 꿇으며 외쳤다.

"주드마린 여왕 폐하 만세!"

여왕은 첫 번째 하례를 무표정하게 받아들였다. 그러나 늘어뜨린 오른손은 미세하게 떨렸다. 로이카르트는 어떤 일이 있어도 자신의 뜻을 따라줄 것이다. 가장 먼저 새 국왕 탄생을 경축할 사람으로 그 이상 어울리는 자가 있을까.

주드마린은 그녀의 기사의 도움으로 사후 경직이 일어난 국왕의 손으로부터 놓여나 눈물 한 방울도 없이 자리에서 일어났다. 그런 그녀가 어째서 그토록 오래 죽은 부왕을 내려다보고 있었는지는 로이카르트조차 짐작하지 못했다.

그러나 주드마린은 국왕의 장례식이 끝나자마자 혼자 남은 왕비를 감옥이나 다름없는 도아플 탑으로 보내버렸다. 국왕의 경우와는 달리 출입을 대놓고 금했으며 죄수나 다름없는 감시를 붙이도록 했다. 전례대로 태후로 봉하지도 않았다. 오늘 이 일이 떠오른 것도 그 여자 때문일 것이다. 도아플 탑의 전 왕비가 죽을병에 걸렸다는 보고가 있었다. 죽을병? 그게 무슨 병인지 주드마린은 조금도 궁금하지 않았다.

딸깍.

이제는 익숙해진 소리가 주드마린의 상념을 깨뜨렸다. 대전 밖의 오른쪽 문짝이 열리기 직전에 내는 소리였다. 즉위 후에야 그 사실을 발견한 그녀는 어쩌면 부왕과 똑같았을지도 모르는 이유로 그 문을 고치지 않고 그대로 두도록 했다.

턱을 괴었던 손을 떼고 자세를 바르게 했다. 주드마린은 신하들에게 인간적인 모습을 보여줄 생각이 없었다. 실제로 많은 귀족들이 열세 살에 나라를 뒤엎고 친척을 비롯한 수십 명의 사형 집행서에 망설이지도 않고 서명한 여왕에게 일말의 두려움을 품고 있었다. 그녀는 한동안 그

강철 여왕 **193**

상태 그대로도 괜찮다는 생각을 갖고 있었다.

　방문을 알리는 시종의 목소리와 함께 들어온 것은 일츠 브릴모였다.

　"존엄하오신 여왕 폐하, 오랜만에 문안드립니다."

　"사흘 되었구려."

　비꼬자는 의도는 아니었다. 그러나 일츠는 오히려 싱긋 웃었다.

　"직책도 불분명한 하잘것없는 자가 그 이상 자주 드나들어서야 왕실의 권위에 누가 되지 않겠습니까?"

　주드마린은 가볍게 눈썹을 올리기만 했다. 그녀도 꽤 신경이 튼튼한 편이었다.

　"그래, 무슨 일이오?"

　"사흘 전에 언질을 드렸던 계획에 대해 구체적인 방안을 주청(奏請)코자 입시(入侍)를 청하였습니다."

　일츠는 어디서나 예의가 깍듯하기로 정평이 나 있었다. 이어진 이야기에서도 그의 말씨며 목소리에는 조금의 흐트러짐도 없었다. 주드마린은 어쩐지 싸늘한 표정으로 그의 설명을 듣고 있었다.

　"……그러니까 겉으로는 따르는 듯 보여도 마음으로는 내게 부복하지 않는 자들이 많다, 그런 이야기요?"

　"소신이 거듭 아뢰지 않아도 영명하신 폐하께서 이미 알고도 남음이 있으리라 사료되옵니다."

　주드마린은 대담한 신하를 싫어하지 않았다. 그러나 이자는 종종 묘하게 불편한 곳을 건드리곤 했다. 그녀는 무표정으로 대답을 대신했다.

"이렇듯 폐하께서 탁견이시니 아뢰는 소신이 참으로 보람되옵니다. 원컨대 그런 불경한 자들조차 폐하의 성지를 우러러보고 외경의 마음을 갖도록 완미한 자들을 일으킬 동기를 내려주옵소서. 그들이 두려워하지 않을 수 없도록, 뒤따르지 않을 수 없도록, 나아갈 수 있을 뿐 한 발짝 뒤에도 파멸만이 있음을 일깨울 극한의 상황에 몰아놓는 것이옵니다. 늙은 말을 달리게 하려면……."

일츠의 검은 눈이 빛났다.

"쉴 새 없이 채찍을 휘두르며 몰아대는 수밖에 없사옵니다."

"그러다가 말이 죽으면?"

미소가 나타났다.

"그리 된다면 그것만으로도 좋지요."

음흉함이나 간사함과 거리가 먼 저 미소에 얼마나 많은 사람이 속았던가.

주드마린은 신하에게 흉금을 터놓고 이야기하는 성격이 아니었다. 언제나 상대방이 먼저 이야기하도록 하고는 인내심 깊게 들었다. 행동은 결정적인 순간에, 벽력같이 몰아세워 혼을 빼놓는 것이 그녀의 방식이었다. 그리고 그 방식의 효율성은 과거 많은 성공들로 증명되어 왔다.

이윽고 주드마린은 가볍게 헛기침을 하며 말을 잇도록 명했다.

"이러한 효과를 냄과 동시에 폐하의 존명과 로존디아의 영광을 대내외에 드높일 방법이 있습니다."

"말해 보시오."

"전쟁입니다."

주드마린은 잠깐 침묵하다가 말했다.

"진심으로 하는 말이오?"

"그렇습니다."

"누구와?"

"그걸 이제부터 정해야겠지요."

주드마린은 뭔가 말할 듯하다가 다시 턱을 올렸다 내리면서 계속하라는 의사를 비쳤다.

"이득이 큰 대신 위험부담 또한 막중한 전쟁도 있습니다만, 그보다는 우선 실리적인 작은 전쟁을 권하고 싶습니다. 당장 돌아오는 이득은 적지만 부담도 적고, 추구하고자 하는 목적을 달성하기에 적당하며 작은 명분도 챙길 수 있는 전쟁 말입니다."

일츠는 '전쟁'이라는 말을 마치 새로 맞출 파티 드레스라도 되듯 언급했다.

주드마린이 앉은 옥좌의 왼쪽 벽에는 전 대륙을 그린 지도가 걸려 있었다. 자세하지는 않아도 대략의 윤곽은 나타난, 그러니까 실용적 목적보다는 장식용 태피스트리로서의 목적에 더 충실한 지도였다. 일츠가 그쪽으로 다가가자 주드마린도 고개를 돌렸다.

"결론부터 아뢰겠습니다. 폐하께서는 저 동쪽의 님블을 치셔야 합니다."

"까닭은?"

본격적인 내용에 이르자 일츠의 말투도 효율적으로 변했다. 주드마린 역시 격식을 갖추느라 '영명한 폐하의 하해와 같은 현명함으로' 따위의 언사로 시간을 낭비하기보다 그쪽을 선호했다.

"첫째로 님블은 드라니아라스 대평원으로 나아가는 교두보입니다. 아시다시피 우리나라는 황무지가 많아 영토의 넓이에 비해 곡물 생산량이 낮으므로 두어 해 기근이라도 들면 심각한 피해를 입어왔습니다. 평원의 곡창 지대를 얻는 것은 대를 이어 추진해야 할 중대한 과제입니다. 그 첫 번째 목표가 님블임은 두말할 나위 없는 사실입니다. 둘째로 님블은 작기 때문에 전 영토를 손쉽게 짓밟을 수 있습니다. 물론 님블의 사스포나 여후작은 노른슨의 모란차 왕에게 구원을 청하려 할 것입니다. 그들은 외사촌 간이니 돕지 않는다면 수치가 될 것이고, 노른슨과 로존디아 사이의 완충 지역이 없어지는 것을 누구보다도 바라지 않을 인물이 바로 모란차 왕이니까요. 그러나 노른슨에는 큰 약점이 있으니 주위 나라들과 사이좋게 지내지 못했다는 사실이 그것입니다. 국경이 산맥으로 막혀 있어서 그럭저럭 유지가 되긴 하지만 만일 평원 국경이었다면 사나운 노르마크 인들이 버릇없는 남부인 기질을 절제하지 못하는 노른슨을 가만히 두었을 리 없습니다. 이제는 대국이 된 이스나미르도 마찬가지입니다. 폐하께서도 아시다시피 노른슨은 테르시텔레 반도에서 이스나미르에 밀려 북쪽까지 온 처지입니다. 모란차 왕은 테르시텔레에 가보지도 못했으면서도 매양 따뜻한 남부 반도의 향수에 젖어 지낸다고 들었습니다. 두 나라의 관계는 개선의 여지가 없지요."

대부분 주드마린도 아는 사실이었다. 그러나 잘 아는 사실을 확인하는 데서 새로운 대안이 솟아나기도 했다.

"계속 아뢰겠습니다. 님블 다음은 낫소입니다. 낫소야말로 노른자위 땅을 가지고 있어 언젠가 반드시 공략해 보아야 할 땅이지만 마법사의 도시 이조르칸트 때문에 가장 쉽지 않은 곳이기도 합니다. 이조르칸트에 치명적인 피해를 주어 잠시라도 복구 불가능으로 만드는 방법이라도 있다면 모르겠습니다만……. 어쨌든 폐하께서는 일단 낫소와 손을 잡으셔서 님블과 노른슨을 고립시켜야 할 것입니다."

"실과 오브니는?"

어떤 질문이 나올지 미리 생각해 뒀던 듯 막힘없는 대답이 나왔다.

"실의 아젠틀리 공작은 야심가이며 장기적으로 오브니를 노린다고 확신해도 무방할 것입니다. 오브니는 비록 실보다 넓지만 큰 도시들이 독립 상태나 다름없기 때문에 차근차근 공략할 수 있는 영토입니다. 님블 다음으로 노린다면 그곳이겠지요. 그런 까닭에 폐하께서는 아젠틀리 공작에게 호의를 보여주어 그들이 오브니를 공략할 경우 적어도 묵인해 주겠다는 태도를 보이십시오. 실이 오브니를 노리고자 할 때 가장 눈치를 살펴야 할 상대가 바로 폐하이시니까요. 일이 잘 되면 저들이 오히려 폐하의 환심을 사고자 안간힘을 쓰게 될 것입니다. 선대 시이를 8세 폐하의 두 번째 비 되시는 디안 전하께서 오브니의 공주이셨던 시절에 아젠틀리 공작이 공비로 맞고자 선왕 폐하의 혼담을 방해한 일은 폐하께서도 기억하실 것입니다. 그로 인해 양국의 관계는 죽 좋지 않았는데, 이제 여왕 폐하께서 즉위하시고 디안 전하는 탑에 계시니 관계 회복을 꾀하는 데 협조적이리라 사료됩니다."

틀림없는 말이었다. 아젠틀리 공작이 오브니의 공주였던 전 왕비와 결혼하려 애쓴 것은 장기적으로 오브니를 삼키려는 계획의 일환이었을 것이다. 그러나 일이 이렇게 된 이상 디안 왕비를 싫어하는 주드마린의 환심을 사서 오브니 침략에 협조를 얻는 편이 훨씬 실리적인 책략이었다.

스조렌은 두 사람 모두 언급하지 않았다. 스조렌은 산맥 속의 드워프 족을 누르지 않는 이상 빼앗아 봤자 쓸모없는 땅임을 알기 때문이었다.

"처음부터 상대국을 병탄하지 않아도 괜찮습니다. 노른손이 저들의 고립을 느끼고 손을 뗄 즈음 님블은 자연스럽게 폐하의 품으로 굴러 들어옵니다. 바탕을 깔아 놓은 다음에 힘과 의지를 보여주면 충분합니다. 님블은 외지 귀족이 지배층을 이루고 있기 때문에 민심 기반이 취약합니다. 더구나 강국 사이에 끼여 눈치 보는 신세가 된 터라 백성들도 님블이라는 깃발에 그리 열의가 없다고 들어 왔습니다. 물론 사실 여부는 직접 가서 확인해봐야겠지요."

대전이 조용해졌다. 일츠는 머리를 한 번 쓸어 올렸고 주드마린은 지도를 바라보았다.

"그럼 슬슬 근본적인 질문을 해봐야겠군. 그대는 우리나라에 전쟁을 할 여력이 있다고 보오? 황폐하다고야 할 순 없지만 대내외로 크게 단결되어 있다거나, 단스킬 1세 시절의 황금기처럼 국력이 충만한 상황은 아닐 것이오. 전쟁은 시작하는 순간 막대한 경비와 군대가 소요될뿐더러 형세가 불리하다 하여 쉽게 그만둘 수도 없소. 님블을 얻는다고 쳐도 거기서 끝날 일이 아니란 말이오. 그 점은 어찌 생각하오?"

"소신은 폐하께 도리어 여쭙고자 합니다. 이 전쟁을 시작한다면 폐하의 궁극적인 적은 누구라고 생각하십니까?"

주드마린의 야심이 어디에 닿아 있는지 떠보려는 발언임을 모를 리 없었다. 그녀는 가볍게 웃었다.

"전쟁 따위에는 추호의 관심도 없고, 내정을 안정시키고 현 상태나마 유지하는 것을 지상 목표로 두고 있는지도 모르지 않소?"

"소신은 그때, 폐하께서 돌아가신 선왕 폐하께 대공주의 위(位)를 요구하시던 그 자리에 있었습니다."

주드마린도 알고 있었다. 그날 시이를 8세가 일츠를 알아봤음도 알고 있었다. 그 시선의 의미는 실망감이었겠지. 그런 것에 조금이라도 신경 쓸 자는 아니지만.

"나라의 미래를 농단하려는 파당의 귀족들을 강하게 질타하시는 목소리를 직접 들었습니다. 그때 폐하의 보령은 열셋 남짓, 그러나 가슴에 품으신 웅지는 노년에 접어드신 선왕 폐하와 비교할 수 없을 정도로 깊고 담대함을 알았습니다. 소신은 그때 생각했습니다. 폐하께서 강한 로존디아를 만들고자 하신다면 미력이나마 보필하여 보자. 비록 곁에서 신 끈을 매게 될지라도 가진 능력껏 힘이 되어드리자. 그리하여 소신은 그 후 끊임없이 대륙의 정세를 관망하였고, 언젠가 폐하께 변론을 펼칠 기회를 얻고자 하였습니다."

 그렇게 말하는 일츠의 표정은 정말로 신 끈을 매어주려는 얼굴과는 거리가 멀었다. 그도 굳이 표정을 꾸미려 하지 않았다. 그런 정도를 알아보지 못할 주드마린이 아니었다. 하지만 일츠가 빈말을 하는 것은 아니었다. 나름대로 최선을 다하겠다는 마음을 그런 식으로 표현했을 뿐이었다.

 "대륙 통일의 꿈이라도 꾸란 거요?"

 일츠는 빙그레 웃었다.

 "그것까지는 폐하의 뜻입니다. 소신처럼 미천한 신하가 주제넘게 왈가왈부할 일이 아니지요. 무엇보다 그것은 폐하의 치세, 그리고 소신이 살아가는 동안은 결코 이룩될 수 없는 일이기 때문입니다. 그러나 님블이나 오브니, 더 나아가 실, 그리고 노른슨과 낫소의 일부를 얻는 일은 다릅니다. 폐하께서 야심을 품지 않겠다고 하신다면 소신은 물러나겠습니다. 그리고 그런 꿈은 그만 꾸겠습니다. 하지만."

 궁인 한 사람이 조심스럽게 들어와 촛대들에 불을 붙였다. 이미 밤이었다. 궁인이 나가기를 기다려 일츠는 말을 이었다.

 "폐하께서는 전쟁에 필요한 자원의 조달에 대해 심려하실 필요가 없으십니다. 왜냐하면 그런 것들을 바치기 위해 폐하의 손짓만 기다리는 자들이 궁정에 숱하기 때문입니다."

 "구체적인 방안을 말해 보시오."

 "아시다시피 지금 왕국의 귀족들은 폐하를 두려워합니다."

주드마린의 인간성을 잘 이해하지 못한 자들은 그녀를 단순한 폭군으로 여겨 꼬투리만 잡으면 누구든 선왕의 가신들처럼 가차 없이 죽여 버릴지도 모른다고 생각하고 있었다. 그런 까닭에 그들은 여러 가지 핑계를 대며 궁정에 나오기를 꺼렸다.

　두려움의 두 번째 이유는 브릴모 대사제가 거느린 정예 사병이었다. 그들은 모두 아스테리온의 신앙을 따르는 재가 신자들이어서 대사제의 명령에 대한 신념은 어떤 갑옷이나 창보다 강했다. 또한 그들의 존재는 신성령 달크로이츠가 로존디아 왕가를 암묵적으로 지지한다는 의미도 될 수 있었다. 신성령의 아스테리온 무녀들은 대륙의 일에 쉽게 간섭하지 않지만, 어떤 이유로든 무녀들이 분노한다면 그 힘을 막을 세력은 이조르칸트의 마법사들밖에 없을지도 몰랐다. 이 점은 님블이나 노른슨의 지배자들 입장에서도 상당한 부담이었다.

　주드마린도 그런 점을 알고 있었다. 자신의 힘이 상당 부분 거기에 기대 있음을 알기에 그녀는 일츠 브릴모 앞에서 쉽사리 적극적인 의사를 드러내지 않았다.

　"두려움이란 잘만 이용하면 힘이 되는 것입니다. 지금 폐하를 진심으로 보필하고자 하는 자는 로이카르트 르 덴 경, 그리고 소신의 아비인 브릴모 대사제뿐입니다. 그러나 멀찍이서 사세를 관망하는 자들 중에도 권력을 싫어하는 자는 없습니다. 폐하의 눈 밖에 날까 두려워하고 있지만 폐하의 총애를 받게 된다면 그보다 좋은 일은 없다고 여길 것입니다. 이유인즉슨, 그들은 단결하여 왕가에 대항한 일이 없으며 늘 사소한 일들로 경쟁해 온 까닭이지요."

　알스님 여왕과 단스킬 공이 로존디아를 세우기 전에도 이 지역에 살며 세력을 이룬 자들은 있었다. 그러나 땅이 척박해 인구가 적던 그들은 하나 둘씩 호전적인 마브릴 왕가에게 정복되어 로존디아의 신하로 변모했다. 그러므로 지방 귀족들은 한 번씩 아미냐 왕가에 머리 숙인 과거를 가지고 있었다. 그 후 이스나미르나 세르무즈와 전쟁을 치르면서 중앙의 지휘를 따르다 보니 로존디아에는 일찍이 집중적인 왕권이 발달해 있었다.

　"그들 가운데 폐하의 눈에 들고 싶어 하는 자를 두셋쯤 뽑아 가까이 두시고 이례적인 큰 관직과 은혜를 베푸십시오. 아르나브르 출신이 아닌 지방 귀족 가운데서 택하시는 쪽이 좋습니다. 반년만 기다리시면 진귀한 선물을 싸들고 찾아오는 자들이 줄을 이을 것입니다. 그들의 충성을 받아 그들의 군대를 움직이십시오. 물론 선봉에는 소신과 아스테리온 군대가 설 것입니다. 그러나 뒤이어 밀물처럼 귀족들의 군대가 닥치도록 하십시오. 이 책략이 잘 되고 낫소와 실에 대한 외교 공작 또한 성공한다면 님블 땅은 한 해가 가기 전에 폐하의 손에 쥐어질 것입니다."

　밖에는 여왕 폐하의 만찬 준비를 끝내고 그녀가 납시기만을 기다리는 궁인들이 있었다. 이미 두 번이나 새로 음식을 준비해야 했다. 그러나 두 사람의 대화는 쉽사리 끝날 기미를 보이지 않았다.

　"그럼 필요를 다시 물어봅시다. 그대는 국왕으로서의 내 위치가 전쟁이라는 극한적인 수단을 동원하지 않고는 지켜나갈 수 없을 정도로 불안하다고 보오? 외부에 적을 만들어 분열된 내부를 단결시키는 것은 좋은 책략이오. 그러나 혹여 작은 실패라도 있을라치면 모래성처럼 무너져버리는 것이 또한 그러한 단결이오. 국운을 걸고 건곤일척의 수를 던지는 것보다 점진적이고 온건한 수단을 택해 동요하는 자들을 서서히 회유하는 것이 손해를 줄이고 실리를 챙기는 방법이라고 생각되지는 않소?"

"넘불 정도 정복하는 일을 두고 건곤일척이라니요. 폐하답지 않은 말씀이십니다."

다른 신하라면 저 두려운 여왕 앞에서 감히 꺼내지 못했을 말이었다. 주드마린은 눈썹 하나 까딱하지 않고 일츠가 말을 잇기를 기다렸다.

"원하신다면 지속적으로 정복을 벌이지 않으셔도 됩니다. 초반의 승리만으로도 폐하의 위엄은 중부에 떨쳐질 것입니다. 차후 내정에 있어서도 많은 효율을 기할 수 있겠지요. 경쟁하는 신하란 참으로 편리한 것입니다. 소신 역시 충성스러운 르 덴 경과 경쟁해야 하는 상황이 아니겠습니까? 물론 지금은 폐하의 총애에 있어 도저히 상대가 되지 않지만 말입니다."

"……"

묘한 말이었다. 주드마린은 로이카르트를 각별하게 대한 일이 없다. 로이카르트 역시 그 점을 당연하게 생각했다. 그는 보답을 바라고 충성을 하는 부류의 사람이 아니었다. 그러나 분명, 로이카르트를 믿고 있었다. 최초로 '여왕 폐하 만세'를 외치기에 가장 적당한 사람이었다고 여겼다. 일츠는 여왕이 로이카르트를 편애하지 못하도록 일부러 쐐기를 박으려는 것인가?

일츠가 다시 빙그레 웃었다.

"여흥으로 드린 말씀이니 마음에 두지 마십시오. 르 덴 경과 저는 해야 할 일이 다르고 각자 능한 분야가 다릅니다. 소신이 폐하의 영광을 드높이기 위해 밖으로 나간다면 르 덴 경은 폐하 곁에서 신변과 마음의 안정을 지켜 드릴 것입니다. 소신 역시 르 덴 경과 같은 사람이 폐하 곁에 없었더라면 이런 계획은 무모하다고 생각했을 것입니다. 적은 밖에도 있지만 안에도 있으니까요."

주드마린은 이어진 말에는 대꾸하지 않고 말했다.

"각각 일단락하면 될 일이니 다음 일은 다음에 결정해도 좋다, 그 말씀이오? 좋소. 마지막으로 하나 더 물어보지. 이 전쟁을 일으켜 그대에게 돌아오는 이득은 무엇이오? 국가의 미래, 왕가의 존망과 같은 재미없는 말은 생략하고 말해 보시오."

"폐하, 그 무슨 말씀이십니까. 소신으로서는 도저히 알기 어렵습니다."

그것은 일부러라도 한 번은 보여야 할 반응이었다. 주드마린은 고개를 젓고 냉랭한 눈으로 내려다보았다.

"그대의 진심을 의심하는 것은 아니오. 다만 나는 일츠 브릴모, 그대가 무모하거나 감상적인 자가 아님을 잘 알고 있소. 그대는 무엇을 원하오? 그대는 현재 관직조차 없소. 아직도 그대 가문의 이름 외에는 어떤 것도 가지고 있질 않소. 스스로를 신하라고 칭하고 있지만 추상적인 의미밖에는 되지 못하는군. 어떻소? 관직을 가져 보겠소? 방금 그대가 권한 일을 앞장서서 추진할 이름을 지녀 볼 생각이 있소?"

일츠 브릴모는 입을 다문 채 여왕을 올려다보았다. 그의 눈가가 미세하게 움찔거렸다. 둘의 사이를 이어주는 브릴모 대사제와 달리 여섯 살 차이밖에 나지 않는 두 사람은 서로를 인정하면서도 경계했다.

지금까지 전면에 나서지 않고 뒤에서 은밀하게 조종하는 책략, 마치 인형술과도 같은 방식을 특기로 해 온 일츠 브릴모였다. 그런 그를 표면으로 끌어내어 권한을 쥐어 주겠다는 것이고, 동시에 결과에 대해서도 책임을 지라는 뜻이었다. 일츠의 제안이 일츠가 말한 만큼 간단하다면 직접 추진하라는 말을 사양할 이유는 없었다. 반면 경우에 따라서는 족쇄를 채우겠다는 뜻도 될 수 있었다.

언제고 닥칠 상황이기는 했지만 일츠는 주드마린의 말 이면에 있는 의도를 파악하려 했다. 자칫하면 시작해보기도 전에 발목을 잡혀버릴 수도 있다. 어쩌면 여왕이 원하는 것이 바로 그것인지도 모른다. 하지만 이제는 거절할 수 없는 상황이고, 그렇다면 할 수 있는 일은…….

빠르게 성공해 보이는 것, 그것뿐이다.

"지당하게 받들겠습니다. 부족한 소신에게 미관말직이나마 내려 주신다 할진대 어찌 견마지로를 다하지 않겠습니까?"

"좋소. 그걸로 답이 되었소."

주드마린은 손을 저어 그만 물러갈 것을 명했다. 일츠 브릴모의 이름

뒤에 붙일 적당한 관직은 이미 생각해 둔 바가 있었다. 정식 선포는 귀족원 의원들이 모두 자리한 내일이 될 것이다.

달칵, 오른쪽 문이 다시 익숙한 소리를 내며 닫혔다. 궁인 하나가 기다렸다는 듯 나서서 아뢰었다.

"폐하, 저녁 수라가 식고 있사옵니다. 히랄드 홀(국왕의 식당)로 납시옵소서."

주드마린은 이중적인 생각을 품고 있었다. 그녀는 일츠가 꿰뚫어보았듯 성공을, 위대한 로존디아를 원했다. 수도의 궁전에 앉아 편안하게 여생을 보낼 생각은 없었다. 한때 로존디아에 속했던 땅에서 저렇듯 일어나 스스로를 나라라 칭한 실, 오브니, 님블 등 반역 도당들의 숨통을 조여 스스로 로존디아의 그늘로 기어들어 오도록, 그렇게 하는 데 고작 5년이면 되리라고 믿고 있었다. 일츠 브릴모는 그 일을 위해 휘두를 수 있는 멋진 창이다. 다만 자칫 잘못 다루었다가는 쥔 자에게도 피해를 주는 쌍날의 창인 것이다.

다시 한 번, 자신의 손 안에서 싸늘히 식어 가던 부왕의 앙상한 손과 목소리가 떠올랐다. 그 말……. 그 말을 할 때 부왕은 순간적으로 눈을 부릅떴다. 이율배반적인 증오를 느꼈기 때문에?

주드마린은 나름대로의 방식으로 아버지를 사랑하고 있었다. 자신의 피와 살을 만들어 준 존재, 넘겠다고 생각한 산, 마브릴다운 정신을 물려받은 근원.

그리고 자신의 삶을 지켜볼 보이지 않는 관객으로서.

그러나 주드마린의 핏줄 속에 흐르는 것은 누구에게도 물려받지 않은, 스스로 만들어 낸 강철 같은 피였다. 오래 참고, 오래 기다리고, 끝내 성공해야만 하는 자신에 대한 깊은 확신이었다.

주드마린의 귓가에서 부왕의 유언이 다시 한 번, 이번에는 젊었던 시절의 선명한 음성으로 울려 퍼졌다.

위대한 왕이 되어라, 주드마린.

주드마린은 미소 지으며 응답했다.
"되고말고요."

국왕 직속 비서관이자 특별 외교관의 직책까지 맡게 된 일츠 브릴모가 세 명의 수행원만을 이끌고 로존디아를 떠나 실로 향한 것은 나흘도 지나지 않아서였다. 그와 동시에 일츠가 은밀하게 지시한 일을 수행하기 위해 여전히 '자작'으로 불리는 남자가 오브니로 떠났다. 그가 대동한 두 사람의 밀사 가운데는 한때 디안 왕비의 측근이었으나 최근 일츠에게 매수된 로탄더 남작도 있었다.

표면적으로 밀사 대표 역할인 로탄더 남작의 품속에는 정교하게 위조된 디안 왕비의 친서가 들어 있었다. 그것은 디안 왕비의 친언니인 오브니 여왕에게 전해져 실과의 관계를 이간질하기 위해 쓰일 물건이었다.

어머니의 미궁

"비주, 지금 따라오고 있는 건가?"

"……."

잠시 후 나지막이 사박거리는 발소리가 들려왔다. 키릴은 그 소리가 멎도록 기다렸다.

사박.

그리고 다시 걷기 시작했다.

주위는 캄캄했다. 눈이 어둠에 익숙해진다는 것은 조금이라도 빛이 있을 때의 이야기였다. 아무리 봐도 아무것도 보이지 않는 이곳에서 민감해지는 것은 귀뿐이었다. 그런 귀로도 비주의 발소리는 가죽장화를 신은 자신의 발소리에 묻혀버리곤 했다. 비주는 늘 맨발이었지만 조금도 불편해하지 않았다.

긴 복도였다. 어디까지 이어지는지 모르지만 갈림길 하나 없이 똑바로 뻗어 있었다. 아탈라가 준 두루마리의 그림을 보고 찾아냈던 이곳의 입구는 신기하게도 마을 한가운데 놓인 석판을 들추고 내려가게 되어 있었다. 그간 아르마티스 마을에 있으면서 몇 번이나 이 판을 밟고 지나갔을 텐데 전혀 눈치 채지 못했다. 교묘하게 숨겨 놓았더라면 뭔가 있다고 의심했을지도 모른다. 그러나 그 석판은 아무것도 아닌 것처럼 그냥 흙에 묻혀 있었다.

흙을 걷어치운 뒤 아탈라가 두루마리에 쓰인 대로 석판 위의 무늬를 차례로 밟고 돌아다니자 둥근 판이 빙그르르 돌아가며 검은 구멍이 입을 벌렸다. 누렇게 퇴색된 계단이 보였다. 아탈라는 현명하게도 램프와 기름을 준비해 주었다. 그러나 이 미로가 얼마나 길지 아무도 몰랐기에 기름은 아껴야 했다. 키릴은 계단에 한 발을 내리며 아탈라를 돌아보았다. 소녀는 수줍게 웃으며 말했다.

"언젠가 다시 돌아오세요."

키릴은 뭐라 대꾸할 말이 없었다. 생각나는 말도 하나밖에 없었다.

"사샤를 보면……."

"남겨주신 지도 복사본은 꼭 전할게요. 걱정하지 마세요."

"꼭 따라와야 한다는 건 아니야."

소녀가 발그레한 얼굴로 다시 웃었다.

"아뇨. 그 앤 분명 따라갈 거예요. 그리고 베낀 지도만 보고도 잘 해내겠죠. 으음, 그런 생각이 들어요. 뭐랄까……."

황혼녘의 붉은 고원을 배경으로 두 줄기 땋은 머리채가 바람에 춤추었다. 검은 눈과 붉은 피부를 가진 소녀는 대지의 딸이었다. 천구에는 노을이 탔다. 어리지만 자신의 할 바를 알고 있는 현명한 소녀의 신비로운 힘······.

"사샤는 키릴을 닮았어요."

그 목소리를 기억해 냈을 때, 키릴은 걸음을 멈췄다.

소녀의 얼굴 너머로 황홀하게 타던 노을은 사라지고 지하 복도에는 불안하게 웅크린 어둠뿐이었다. 복도는 상상 이상으로 길었다. 키릴이 기름을 아끼려고 램프를 껐던 것도 이 긴 복도에서는 발을 헛디딜 염려가 없겠지 싶어서였다.

비주가 앞질러 가는 소리가 들렸다. 곧 멈춰 선 그녀가 뭔가 절걱거리는 것을 어루만졌다. 그제야 복도의 끝에 다다랐음을 알았다.

어둠 속에서 부시쌈지와 잠시 씨름한 끝에 램프를 켰다. 망망대해의 쪽배마냥 초라한 빛이었지만 문의 윤곽은 대강 알아볼 수 있었다. 아르마티스 노인에게 얻었던 검은 비단 두루마리를 펼치고, 아탈라가 준 두루마리에 적힌 대로 테두리에 그려진 무늬들을 하나씩 읽어 나갔다.

아르마티스 족은 그들 마을의 모습에서 알 수 있다시피 건축에는 재능이 없는 자들이었다. 그러니 이 지하 복도를 그들이 만들었을 리 없었다. 아탈라의 말대로 이곳이 그들의 위대한 어머니, 대지모신을 만나러 가는 길이라 해도 건축만은 다른 민족의 손을 빌렸을 것이다. 그건 누구였을까.

지금껏 어둠 속을 오느라 잘 몰랐지만 복도 벽에는 작은 꽃과 덩굴을 새긴 띠 모양의 무늬가 이어지고 있었다. 이 문에도 비슷한 문양이 있었다. 키릴의 키로도 간신히 닿는 높이에 직사각형 걸쇠 같은 것이 양쪽에 하나씩 붙은 것이 보였다. 그 표면에 두루마리 지도에 있는 것과 같은 길쭉한 꽃무늬가 새겨져 있었다. 그는 손을 뻗어 하나는 오른쪽으로 밀고 다른 하나는 직각으로 돌렸다. 그리고 바닥에서 또 하나의 걸쇠를 찾아 반대쪽 끝으로 밀었다.

덜컥, 소리를 내며 문을 붙잡고 있던 잠금 장치가 열렸다.

이곳의 문은 모두 이런 식이라고 했다. 오래 전 아르마티스 노인이 이 두루마리를 가리켜 '스조렌 난쟁이들의 물건'이라고 했던 말이 떠올랐다. 이런 식으로 문을 잠그는 방식은 드워프 족의 것이 아니던가?

비주가 문을 밀어 열더니 앞장서 들어갔다. 뒤따라 들어간 키릴은 이 문을 다시 잠가야 할까 고민했다. 사샤가 뒤따라온다면 잠그지 않는 편이 좋을 것이다. 그 녀석은 키가 작으니 저 위에 있는 걸쇠를 만질 길이 없을 듯했다. 아탈라가 방법을 알고 있으니 아르마티스 족이 나중에 와서 잠글 수 있겠지.

키릴은 문을 닫기만 하고 앞을 보았다. 어둠 속을 비추는…… 푸르스름한 빛?

비주의 몸이었다. 그녀의 몸 전체에서 연한 빛이 흘러나오고 있었다. 발밑 정도는 충분히 비출 정도였다. 좀 전까지는 분명히 없었는데 어찌된 일일까?

잠시 후 키릴은 어렴풋이 깨달았다. 지금까지 비추는 어둠속을 걸으며 조금도 불편을 느끼지 않았던 것이다. 네이판키아 족인 그녀가 보통 인간과는 다른 감각을 많이 가지고 있음은 알고 있었다. 어둠은 그녀에게 장애가 되지 못했다. 그러나 키릴이 램프를 켜는 것을 보고 그 빛을 흉내 내기 시작한 것이다. 그녀 민족의 특징인 보호색의 일종일 것이다. 키릴은 망설이다가 램프를 다시 껐다. 그러나 앞장서 걷기 시작한 그녀는 자신과는 달리 키릴에게는 빛이 필요하다는 사실을 이해한 것 같았다.

주위가 한결 잘 보였다. 들어온 곳은 작은 홀이었고 세 갈래 통로가 뻗어 있었다. 초를 얹어놓는 곳처럼 보이는 작은 받침대가 벽에 붙어 있었는데 한 번도 본 일이 없는 낯선 생김새였다. 심지어 초를 꽂아 고정시킬 뾰족한 부분조차도 없었다.

키릴은 지도 내용을 떠올리며 첫 번째 통로로 들어섰다. 다시 복도였다.

또 하나 이상한 점은 이 지하 전체의 천장이 매우 높다는 점이었다. 드워프들이 만들었다면 이렇게 높을 리가 없었다. 물론 그들도 방문자를 생각해서 건축물을 그들의 키에 맞추지는 않지만, 이 천장은 대륙에 사는 어떤 종족의 키보다도 높았다. 이곳에 적당하려면 비카르나 족보다도 한 배 반 이상 커야 했다. 대륙에 그 정도로 키가 크고, 이런 곳을 건설할 만한 자들이 있던가?

그런 식으로 두 사람은 몇 개의 복도와 홀을 연속해서 지나쳤다. 그곳들은 모두 비슷하게 생겼다. 일곱 개째의 홀에 들어섰을 때, 비주가 발을 멈추더니 한쪽 벽으로 다가가 귀를 댔다. 이어 말했다.

"소리."

키릴은 듣지 못했다. 당연한 일이었다. 비주의 귀로 간신히 잡히는 소리가 키릴에게 들릴 리 없었다. 그녀의 모습이 좌측 통로로 사라졌다가 다시 나타났다. 그리고 키릴을 빤히 쳐다보았다.

이런 때의 비주는 마치 영리한 짐승 같았다. 표정으로는 무슨 생각을 하는지 알 수 없지만, 키릴이 따라오기를 바라는 것만은 알 수 있었다. 지도가 가리키는 방향과는 어긋났지만 키릴은 그녀의 뒤를 따라갔다. 불가해한 세계, 눈으로 볼 수 없는 마법을 자유자재로 사용했었던 자신조차 들어갈 수 없는 곳이 그녀의 세계였다.

저 앞에서 비주가 달려갔다. 그 뒤로 푸른 잔상이 흩어졌다. 이윽고 자신의 발소리 외에도 다른 소리가 느껴졌다. 물소리였다.

발이 느려지고, 걷다가 드디어 멈추었다. 어둠 속에서 은빛 띠가 흘렀다. 그 띠를 거슬러 올라간 곳에 인공적으로 만든 폭포가 하얗게 물보라를 일으켰다. 그 앞에 비주가 무릎을 꿇고 앉아 손을 담그고 있었다.

자연은 네이판키아를 속이지 않는다. 비주는 담근 손을 오므려 찬란한 물을 퍼 올렸다. 반짝, 손이 움직이는 듯하더니 자신의 머리에 물이 끼얹어졌다. 푸르게 빛나는 머리카락에 하얀 물안개가 한 겹 덧씌워졌다. 어깨에 붙은 망토가 날개처럼 나부꼈다.

키릴은 주위를 둘러보았다. 비주가 있는 곳 말고는 어두워서 잘 보이지 않았지만 한때 이곳은 작은 정원이었던 듯했다. 머리 위로 2층 높이에 반지 모양의 회랑이 작은 기둥들로 빙 둘러싸였고, 아래는 화단이었을 듯싶은 빈터였다. 물론 식물은 없었다. 빛이 없는 곳에서도 자랄 수 있는 광채 나는 이끼류 약간이 난간과 기둥 곳곳에서 꿈결처럼 빛날 뿐이었다.

키릴은 비주 곁으로 다가가 함께 손을 물에 잠갔다. 내려다보니 물속에서 자갈들도 묘하게 빛났다. 가느다란 폭포가 그의 얼굴에 옅은 물방울을 뿌렸다. 문득 아르나브르에 있던 분수대, 친구들과 자주 약속하곤 하던 그곳이 떠올랐다. 태양빛이 환하던 그곳과 달빛 같은 광채에 감싸인 이곳, 잃어버린 것과 다시 얻어가는 것의 차이처럼 대조적인 두 모습이었다.

비주가 물을 퍼 올려 마시다가 눈을 굴려 키릴을 보았다. 마침 키릴도 같은 일을 하려던 참이었다. 키릴이 비주를 보았을 때, 그는 아직껏 그녀의 얼굴에서 한 번도 보지 못했던 것을 보았다.

미소였다.

"……"

키릴의 눈동자가 크게 열렸다. 자신은 그녀를 이해할 수 있을까? 마음속에서 약하지만 분명한 불꽃이 확 일어났다. 둘은 한참이나 서로를 빤히 보며 아무 말도 하지 않았다. 그때 머리 위에서 여자의 목소리가 나지막이 킥킥거리며 울려 퍼졌다.

"훗훗…… 조금 더야, 조금 더."

키릴은 비주가 언제 일어났는지도 보지 못했다. 화살처럼 몸을 날린 그녀가 믿을 수 없는 높이로 뛰어올라 2층 난간의 기둥을 한 손으로 붙잡더니 몸을 솟구치며 올라갔다. 한 통로로 뛰어 들어가자 곧 비명이 울렸다.

"아, 아, 캑캑, 아니란 말이야! 나라니까…… 캑, 이 목 좀 놓고……."

비주의 손에 붙잡혀 한 여자가 끌려 나왔다. 키릴은 어이가 없어 눈을 크게 떴다. 익숙한 얼굴이었다. 여자는 비주가 목을 놓아준 모양인지 다시 키득거리다가 말했다.

"오호라, 아까보다 더 커진 눈이잖아? 이 무서운 아가씨보다 실은 내가 더 좋은 거야?"

지지에 카니크였다. 싸움이 시작될 즈음 어느새 사라져버려서 자기 입으로 말하던 대로 혼자 빠져나갈 길을 발견한 모양이라고 생각하고 말았었다. 그런 그녀가 엉뚱하게도 이런 곳에 있다니?

"놀랐어? 아이, 너무 당황하진 마. 이번엔 같이 가자고 우기지 않을 거니까. 내가 어떤 여잔지 알잖아? 이득이 안 남는 곳에는 가자고 사정사정해도 안 가."

키릴은 침착함을 되찾고 물었다.

"그래. 여기엔 무슨 이익이 있지?"

"글쎄, 좀 둘러봐. 보물이라도 나올 법한 분위기 아냐? 그 추레한 산골 동네에 이런 궁전이 숨겨져 있었을 줄이야. 흥미진진해 죽겠는걸."

키릴은 방금 전의 장면을 지지에가 보고 있었다고 생각하자 내심 무안했다. 그래선지 더욱 목소리가 싸늘하게 나왔다.

"어떻게 들어왔지?"

비주는 지지에를 놓고 훌쩍 바닥으로 뛰어내렸다. 천장이 높다보니 2층 높이도 만만치 않았지만 아무 문제도 되지 않았다. 그녀는 곧 키릴에게 다가서며 적대적인 눈으로 지지에를 쏘아보았다. 지지에의 웃음소리가 까르르 났다.

"이런, 이런. 방해했다고 그렇게 미워할 것까진 없잖아. 나, 아가씨 무서워한다고. 정말로 무서워. 그러니까 자꾸 미워하면 심장마비 걸릴지도 몰라, 응? 푸훗훗……."

물론 비주는 대꾸하지 않았고 키릴이 다시 말했다.

"묻는 말에나 대답해."

"왜 내가 대답해야 돼? 여기가 당신 거야? 이러고 있으니 마치 남의 집에 몰래 들어오기라도 한 것 같네? 내가 여기서 뭘 하든 당신이 상관할 거 없잖아. 안 그래?"

솔직히 틀린 말은 없었다. 그러나 키릴은 아르마티스 족에게 마음의 빚을 졌기 때문에 '그럼 당신은 당신 갈 길 가라, 난 내 갈 길 갈 테니' 하고 돌아설 수는 없었다. 이곳은 엄연히 아르마티스 족의 성지였다. 비록 그들이 만들지는 않았을지 몰라도, 어찌 되었든 여기에 만일 보물 비슷한 거라도 있다면 저 여자가 가져가도록 할 수는 없었다.

"대답하지 않으면……."

거기까지 말했지만 이제 지지에를 억압할 방법이 없었으므로 키릴은 말을 멈추었다. 지지에도 그 기색을 눈치 챘는지 잠깐 망설이다가 다시 의기양양하게 입을 열려 했다. 그때 비주가 다시 움직였다.

비주가 지지에를 붙잡아 1층으로 끌어내리고, 그들이 앉아 있던 인공 연못 옆에 쓰러뜨려 목을 짓누르는 데는 한숨 몇 번 내쉴 시간도 필요하지 않았다. 키릴은 비주가 지지에를 가까이하길 꺼린다는 것을 알고 있었다. 그러나 비주는 키릴이 웃음거리가 되는 것도 원하지 않는 것 같았다.

"뭐…… 뭐야……. 이게 무슨 짓…… 으윽, 놔! 놓으라니까!"

키릴은 기분이 약간 씁쓸했지만 하던 말을 이었다.

"이렇게 하면 대답할 마음이 나나?"

"으윽…… 욱…… 캑캑……."

지지에는 한참 동안 꾸민 티가 날 정도로 신음소리를 내고 있었는데 그러면서 어떻게 할지 궁리한 모양이었다. 잠시 후 비주가 무릎으로 등을 짓누른 채 목을 놓아주자 한숨을 푹 내쉬며 입을 열었다.

"좋아. 알았어. 별로 숨길 것도 없는 얘기야. 아라비카 알지? 키 큰 비카르나 족 친구. 음, 비카르나는 다 키가 크던가? 하여튼 싸움이 시작되기 직전에 그 친구가 이리로 들어오는 비밀통로를 가르쳐 줬어. 그곳이 어딘지는 말할 수 없지만……. 그런데 당신들은 어딜 통해서 들어온 거야?"

지지에는 아라비카가 가르쳐 준 길에서 왼쪽이 아닌 오른쪽으로 멋대로 접어드는 바람에 여기에 도착했다는 말은 하지 않았다. 키릴은 이상한 생각이 들어 물었다.

"아라비카가 당신에게 이리로 들어오는 길을 가르쳐 줬다고? 여기가 어디라는 것도 말해 주던가?"

"몰라, 그런 건. 그때 난 전투에 휘말리지만 않으면 족했다고. 솔직히 여기가 이런 데일 줄은 전혀 몰랐어. 사실 지금도 뭐 하는 데인지 잘 모르겠어. 당신은 알아?"

"여기까지 오는 동안 닫힌 문들이 있었을 텐데 어떻게 열고 왔지?"

지지에는 무슨 소리냐는 표정을 지었다.

"문? 그런 거 없던데?"

지지에가 들어온 길은 키릴이 온 길과는 다른 곳임이 틀림없었다. 그것도 바로 내부로 통하는 중요한 통로였다. 그런데 어떻게 그런 길을 아라비카가 알고 있었을까?

"어떻게 왔든 당신은 들어왔던 통로로 다시 나가는 것이 좋겠군. 이곳은 아르마티스 족에게 신성한 장소야. 당신한테 보물이나 안겨 주려고 있는 곳이 아니지."

지지에가 입술을 비죽이더니 되쏘았다.

"그러는 당신은? 따지고 보면 당신도 자기 이익을 얻으려고 여기서 어슬렁대는 거 아닌가? 당신 분명, 그 서쪽으로 간다는 길을 찾고 있는 거겠지? 당신한테 목적이 있다면 다른 사람한테도 목적이 있다는 생각을 좀 하라고. 당신이 나나, 여기 들어와 있다는 걸 그 여자 족장이 안다면 가만히 있지 않을 텐데?"

어머니의 미궁

키릴은 잠시 침묵하다가 말했다.

"그라이티라와 족장은 죽었다."

지지에는 깜짝 놀랐다. 물론 그녀의 놀라움은 안타까움이나 애도보다는 호기심에 가까웠다.

"죽다니, 왜? 그 군대한테 죽은 거야? 그럼 사람들이랑 마을은? 혹시 모두 학살당하고 엉망이 된 가운데 당신들만 이리로 도망쳐 온 건가?"

"……."

그건 틀린 말이긴 했지만 키릴의 마음을 감싼 갑옷이 약간 벗겨진 부분을 정확히 찌르고 말았다. 게다가 지지에는 한 바퀴 두리번거리더니 한 번 더 같은 상처를 헤집어냈다.

"그러고 보니 그 꼬마 녀석도 없잖아?"

지지에는 키릴의 기색을 슬쩍 살피고는 자신이 한 말이 가져온 효과를 파악한 모양이었다. 금빛 눈동자를 굴리면서 상황을 짐작해 보았다. 아르마티스 마을에 좋지 않은 일이 벌어진 거야 뻔하고, 그거야 어찌되었든 이 상태에서 벗어나는 것이 급선무였다. 그럴듯한 것이 나올 것만 같아서 일껏 미로를 탐험하고 다녔는데 쓸데없는 참견 한마디 했다가 얌전히 쫓겨날 수는 없는 노릇 아니겠는가?

"자, 됐지? 내 말에도 일리가 있을 테니까 우리 조용히 헤어져 제 갈 길이나 가도록 하자. 당신이나 나나 참견을 싫어하는 성격이잖아?"

"그럴 수는 없지."

키릴은 비주에게 손짓하여 지지에를 일으킨 다음 놓아주도록 했다.

방금 한 말과는 반대여서 지지에는 일어나 옷을 탁탁 털면서도 의아한 표정이었다.

"으…… 이런 바닥에 눕히다니 이 먼지 좀 봐. 에취! 으음, 그럼 나 이제 가도 되는 거지?"

정말로 지지에는 몇 걸음 떼어놓아 보았다. 여전히 잡는 기색은 없었다. 대신 이런 말이 들렸다.

"내 말을 못 알아듣지는 않았을 텐데."

"뭐?"

지지에는 불안해하면서도 재빨리 몇 걸음 더 옮기려 했다. 실은 뛰어서 달아나려고 했다. 그러나 소용없었다. 두 걸음도 더 옮기기 전에 비주의 손이 그녀의 팔을 낚아챘다.

"이, 이거 놔!"

아무리 애쓰며 몸을 비틀어 봤자 비주의 손에서 놓여날 방법은 없었다. 손목이 아픈 나머지 눈물이 다 났다. 화가 나서 쏘아보는데 키릴의 목소리가 들렸다.

"묶어놓지 않는다고 달아날 수 있다고 생각하는 건 아니겠지."

"……."

사납게 노려보아 봤자 아무 소용도 없음을 안 지지에는 반항을 포기했다. 이리하여 사기꾼 카드쟁이에서 도굴꾼으로 전업해보려 했던 지지에 카니크는 꼼짝없이 포로가 되어 끌려가는 도리밖에 없었다.

어머니의 미궁 **221**

몇 시간 지나지 않아 지지에는 타의가 아닌 자의로 키릴을 따라가게 되었다. 첫째로 키릴의 손에서 지도를 발견했던 것이 이유였다. 어차피 키릴도 길을 찾기 위해선 지도를 꺼내는 수밖에 없었던 것이다.

"뭐야, 지도가 있었잖아!"

지지에는 옷 안쪽 주머니를 뒤지더니 뭔가 너저분하게 적힌 쪽지를 끄집어냈다. 눈을 굴려 슬쩍 대조해보더니 자신의 손에 들린 초라한 양피지 조각을 어이없어하며 구겨버렸다.

"체, 괜히 이것저것 적느라 고생만 했잖아."

키릴이 구겨진 양피지를 무심히 건너다보자 지지에는 뭉친 것을 가벼운 손놀림으로 휙 날려버리고 싱긋 웃었다.

"나도 여기서 불운한 해골이 되어 훗날 오는 사람들에게 위기감이나 조성하고 싶진 않았어. 어쨌든 잘 됐는데? 제안 하나 하고 싶은데 말이야. 당신도 나하고 같이 여기서 한몫 잡아보는 게 어때? 이래봬도 나, 눈도 예리하고 손도 빠르거든. 내 안목으로 봤을 때 이 정도 규모의 유적에는 당신과 내가 한평생 쓰고도 자손 대대로 물려줄 수 있는 보물이 있을 거야. 틀림없지! 응? 어, 이봐, 내 안목 무시하는 거야?"

어쩐지 전에 한 번 들어봤던 듯한 말이었다. 키릴이 대꾸 없이 걸음을 옮기기 시작하자 지지에는 눈만 돌리면 달아날 궁리를 하던 조금 전과는 정반대로 종종걸음 쳐 그들을 뒤따르기 시작했다. 조금 있으면 팔짱이라도 끼고 조를 기세였다.

"어이, 이봐! 이건 단순한 제의가 아냐! 나 정도로 소질 있고 재능 넘치고 탁월한 감식안과 직감을 자랑하는 동료가 또 있을 거 같아? 난 이 일이 천직이야! 나하고 동료가 되잔 말이야! 이것 봐, 이봐, 듣고 있는 거야, 내 말?"

어둠 속으로 성큼성큼 걷는 키릴과 그 뒤를 따르는 비주의 뒤로 지지에의 목소리가 메아리를 이루며 뒤따라갔다. 앞서가는 키릴의 걸음은 어쩐지 자꾸만 빨라지고 있었다. 한시바삐 지지에를 왔던 길로 돌려보내고 갈 길을 가기 위해서였을 테지만, 슬슬 그의 심정은 그녀가 떠드는 소리를 조금이라도 멀리서 듣겠다는 쪽으로 바뀌고 있었다. 사샤가 있었다면 '우리가 지금 정말 저 여자를 잡아가는 건가요? 혹시 우리 쪽에서 도망치고 있는 중 아니에요?' 하고 물었을 법했다.

왔던 길을 거의 되돌아갔을 무렵, 두 번째 이유가 발생했다.

사샤를 위해 열어놓았던 문들이 두 개 남았을 때였다. 이젠 가라고 해도 안 갈 태세로 뒤따라오며 지껄여 대던 지지에의 자화자찬도 제풀에 어느 정도 꺾였을 무렵이었다. 복도 너머 어둠 속에서 날카로운 금속들이 부딪치는 소리가 들려 왔다. 누군가 또?

판단을 내리기도 전에 비주의 모습이 사라졌다. 그녀의 몸에서 나는 어렴풋한 빛이 어두운 복도를 언뜻언뜻 비추는 것만이 보였다. 그러나 그녀가 복도 끝에 다다르기도 전에 겁에 질린 듯한 외침이 좁은 공간을 찢었다. 새로운 인물이 개입한 것이 틀림없었다.

키릴은 돌아오라고 외치기 위해 입을 열려고 했다. 그런데 지지에의 손이 다가와 그의 입을 막아버렸다. 등 뒤에서 나지막이 속삭이는 소리가 들렸다.

"소리 내지 마. 당신의 존재를 들키는 게 제일 위험한 일일걸."

지지에도 짧은 순간 동안 많은 생각을 했다. 가장 큰 걸림돌이었던 비주가 지금 사라졌다. 자신의 품에는 이 부주의한 자들이 빼앗지 않은 단도가 있다. 위협해서 지도를 빼앗고 달아나 버리면 그만일지도 모른다. 혹 위협에 굴하지 않으면 찔러버리면 되지 않나. 마법을 잃은 이 자는 조금도 겁나지 않는다. 등 뒤에서 찌르는 것쯤이야 숱하게 보고 겪어온 일상이었다.

그러나 그런 일을 한다면 저 잔인한 아가씨의 보복을 피할 길이 없을 것이다. 용케 돌아오기 전에 멀리 도망친다 해도 안전해지리라는 기대는 감히 할 수 없었다. 또한 비주에게는 협상이 통하지 않는다. 동정심은 더더욱 기대할 수 없었다. 너무 위험한 도박이 되어버린다.

그러나…….

실은 지지에가 키릴을 배신하지 않은 데는 자신도 갈피를 잡기 어려운 또 다른 동기가 있었다. 가끔 떠올라 머릿속을 어지럽히던 사실, 바로 네냐 족의 노래였다.

지지에는 실제로 네냐, 아니 정확하게는 반만 네냐 족이었다. 그녀의 어머니가 네냐였다. 그 노래 역시 네냐 족의 노래로서 따져보면 어머니에게서 배운 셈이었다. 그렇다면 이자는?

어머니를 못 보게 된 후로 다시는 네냐 족, 또는 네냐를 안다는 사람조차 만나보지 못했다. 스스로도 잊었던 일이었다. 자신이 출신 따위에 연연한다는 생각은 해본 일도 없었다. 자신 말고 누군가를 이롭게 하는 일 따위는 다시 하지 않겠노라고 맹세한 그녀가 아닌가.

"저들이 누구겠어? 당신을 따라온 마브릴들일 게 뻔하지. 어리석은 아르마티스들을 윽박질러서 길을 알아낸 게 틀림없잖아. 조심해. 당신의 존재를 들키면 도망가기 힘들어져."

"……."

키릴은 자신의 입을 막은 지지에의 손을 떼어버릴 수 있었지만 그러지 않았다. 지지에가 잘못 판단한 것이 있다면 키릴이 마법사이긴 해도 다른 마법사들처럼 마법 외에 아무것도 할 줄 모르는 사람은 아니라는 점이었다. 과거 귀족 자제들과 함께 검술 등의 신체 훈련도 빠짐없이 받아 온 그였다. 비록 몸이 좋지 않다 해도 숙련된 전사도 아닌 지지에 같은 여자의 손목을 꺾는 것쯤은 간단했다.

잠시 후 키릴은 지지에의 손목을 잡아 내렸다. 지지에는 잡힌 손목이 이상스럽게 화끈거린다는 생각을 했다.

"당신도 나도 참견은 싫어하지."

키릴은 비주가 간 쪽으로 나아갔다. 지지에는 낭패한 심정으로 그 뒷모습을 바라보았다.

어두웠다. 스스로 빛을 내는 비주가 곁에 있었기 때문에 지금까진 램프도 켜지 않았다. 지지에는 잠시 고민했다. 그만 달아나 버릴까. 지도는 직접 천천히 만들면 되지 않나. 위험을 무릅쓰고 저자들을 따라갈 필요가 있나. 자칫 한 패로 몰리면 재수 없게 죽을 뿐인데.

지지에가 판단을 내리지 못하는 동안 키릴은 빛에 점차 가까워졌다. 푸른 잔상, 아니 빛으로 된 그림자다. 한쪽 벽으로 붙었다가 다시 뻗어 나간다. 옷자락이 사각거린다.

보인다.

"모두 물러나시오!"

낯선 외침인데 목소리가 어쩐지 익숙했다. 잘 알던 어떤 사람이 나이가 들어 나타난 것처럼. 그러나 어린 시절의 일들은 너무 멀리 있어서 당장은 아무것도 떠오르지 않았다. 이어 같은 목소리가 고대 이스나미르어로 외쳤다. 주문이었다.

갑작스런 빛이 눈앞을 휘감았다. 벽이라도 녹일 듯한 열기가 이글거리며 밀려왔다. 피할 곳이라고는 양쪽으로 갈라진 복도뿐이었다. 판단할 겨를도 없이 뛰어들고 보니 맞은편 복도에서 그림자인지 모를 것이 두 개 어른거렸다. 비주는 보이지 않았다. 이 뜨거운 곳에서 맨발의 그녀가 버틸 수 있을 리 없다고 생각하자 마음이 급해졌다. 다시 본래의 통로로 달려갔다. 그때, 누군가가 달려들어 덥석 그의 품에 포개어졌다.

"아!"

빛을 잃은 비주의 몸이었다. 정신을 잃지는 않았지만 발을 바닥에 딛지 못했다. 바짝 매달린 그녀의 무게 때문에 허리가 휘청거렸다. 쇠약해진 키릴에게는 그녀를 번쩍 들어 올릴 힘이 없었다. 그러나 내려놓는 것은 더더욱 안 될 말이었다. 가죽장화를 신고도 이렇게 열기가 강한데 화덕이나 다름없는 바닥을 맨발로 디딘다면 아무리 네이판키아 족이라 해도 발이 타버리고 말 것이다.

팔에 힘이 들어갔다. 비주는 키릴의 머리를 꼭 감싸 안았다. 비척거리는 다리를 버티며 한 발짝씩 물러났다. 격렬하게 뛰는 심장 박동이 비주에게도 전해질 정도였다. 다른 것은 버티겠는데 심장만은 이상하게 압력을 견디기가 힘들었다.

비주는 나뭇가지처럼 가벼운 소녀는 아니었다. 실은 평소 보던 것보다 훨씬 무거운 것 같았다. 그녀의 순발력과 지구력, 엄청난 탄력의 근육과 관절 같은 것을 생각하면 꺾어질 듯 가녀린 아가씨들처럼 가볍기를 기대하는 것은 무리였다.

들어왔던 복도 입구가 멀어지고 주위가 어두워졌다. 비주의 몸에서 다시 옅은 빛이 흐르기 시작했다. 간신히 발밑을 밝힐 정도였지만 도움이 되었다. 복도는 왼쪽으로 비스듬하게 휘어졌다. 열기도 서서히 가라앉아 갔다.

어깨 안쪽으로 늘어진 비주의 땋은 머릿결이 키릴의 머리를 닮아 간다고 생각했을 때 단정한 목소리가 들려왔다.

"내려 줘."

허리를 감았던 팔을 풀자 비주가 스르르 미끄러져 내려왔다. 정말로 그녀는 검은머리가 되어 있었다. 몸에서 나는 빛조차 검어진 것 같았다.

비주를 내려놓고 나니 맥이 탁 풀리며 기분이 이상해졌다. 머릿속이 어수선하고 갈피가 잡히지 않았다. 방금 전, 그러니까 이 숨겨진 미로에 비주와 둘이서 들어와 헤매기 시작한 후부터 지금까지 해온 모든 일이 논리적이지 않고 일관성이 결여된 것처럼 느껴졌다. 마치 꿈처럼 몽롱한 안개 속에 있었다. 지도를 꺼내 여기가 어디고 어디로 갈지 파악해야 한다는 것조차 먼 일처럼 느껴졌다.

지지에는 어디로 가버렸을까. 그 여자라면 알아서 잘 도망쳤겠지. 아무래도 좋으리라. 하지만 본래 목적은 그 여자를 여기서 내보내는 것이 아니었나.

적들은 어떻게 뒤따라왔을까. 그들이 아탈라를 윽박질렀나. 그래서 여기로 들어오는 방법을 알아낸 것일까. 그 소녀는 쉽게 비밀을 발설할 사람이 아닌데. 하지만 마법을 써서 실토하게 했을지도 모른다. 그렇다면 그들과 싸우는 듯했던 제3의 인물은 누구지? 두 사람인 것 같았는데?

모르겠다. 지금은 생각하지 않는 편이 좋을 것 같다. 우선은 멀어져야 한다. 만일 적들이 사샤를 위해 아탈라에게 남긴 지도의 복사본까지 손에 넣었다면 일부러 빙빙 돌아가야 할지도 모른다. 지금의 자신은…… 숨어야 하는 처지니까.

키릴은 말없이 비주의 손을 끌어 잡고 걷기 시작했다. 그 손이 몹시 따뜻했지만 그는 그것도 느끼지 못했다.

키릴은 지지에와 묘한 인연이라도 있는 모양이었다. 미로 속이 얼마나 복잡한지 지도만으로도 알 수 있는 터에 뭔가가 이끌기라도 하는 것처럼 그들은 다시 마주쳤다.

"어라? 또 당신이네? 잘도 도망쳤나 보군?"

지지에는 어떤 방에 나란히 놓인 놋쇠 항아리들을 하나하나 엎어서 그 안에 뭐가 들어 있나 확인하던 중이었다. 도굴꾼의 길이란 생각보다 고달팠다. 키릴과 비주가 쳐다보거나 말거나 그녀는 계속해서 항아리를 뒤집으면서 투덜거렸다.

"뭐야, 쳇. 이것도 먼지뿐이잖아. 앞길이 잘 뚫려 있다면 이 항아리만 내다 팔아도 어느 정도 돈이 될 텐데. 너무 무거워서 가지고 나가기가 힘들겠네. 에이 참, 뭘 쳐다보고 있어? 도와주지 않을 거야?"

도와주다니 말도 안 되는 소리였다. 키릴은 황당한 심정으로 지지에가 항아리를 모두 살펴보고 아무것도 안 나오자 화가 나서 뻥 걷어차다가 발끝이 아파 우는소리를 하는 것까지 지켜보고 있었다. 열중하느라 더웠는지 입고 있던 판초를 벗더니 다짜고짜 키릴의 손에 맡기기까지 했다. 그래놓고 느긋하게 손수건을 꺼내 땀을 닦았.

키릴이 말했다.

"당신을 다시 데리고 나가야겠군."

지지에가 휙 고개를 돌리더니 어이가 없는 표정을 했다.

"아직도 포기 못 했어? 적당히 하셔. 뒤쫓아 오는 놈들을 확 쓸어버릴 마법도 이제 없는 주제에. 그런 놈들한테 걸려 봤자 당신이나 나나 저 아가씨나 다들 안 좋아."

본성이 갑자기 변하는 것도 아니고, 여전히 안하무인이었다. 땀을 다 닦고 멋대로 맡긴 망토를 도로 낚아채어 가더니 갑자기 만면에 미소를 띠며 그를 빤히 보았다. 키릴은 마음 한구석이 불안해졌다.

"뭐, 우린 성격이 달라서 서로 상관하지 않는 편이 좋을 테지만 난 당신을 따라가기로 결정했어. 어쨌든 당신한테 지도가 있잖아? 따라가기만 하면 길을 잃을 염려도 없을 테고, 나중에 당신이 원하는 서쪽 입구를 찾고 나면 나한테 그 지도 좀 물려줘. 난 서쪽으로 가는 사람이 아니잖아? 엄연히 들어왔던 쪽으로 다시 돌아가야 된다고. 지도도 없이 되돌아가려고 헤매다가는 미아가 되어버린단 말이야. 그런 다음엔 해골이 되고. 설마 거기까지 가서 나 집에도 못 가게 그까짓 지도쯤 안 주진 않겠지?"

"······."

'좋을 대로만 생각하시네' 하고 쏘아 줄 사샤가 없어서 유감이었다. 키릴과 비주에게는 이럴 때 대꾸할 말을 찾아내는 능력이 없었다. 지지에는 할 말을 잃은 둘을 번갈아 쳐다보며 생긋생긋 웃더니 기지개를 켰다.

"자, 가자! 지도 좀 펼쳐보지 그래? 우리 이제 어디로 가는 거야?"

비주도 포기했는지 이제는 지지에를 봐도 별다른 반응을 보이지 않았다. 키릴이 돌아서서 걷기 시작하자 지지에는 소풍가는 아이처럼 가벼운 걸음으로 따라왔다. 떼어버릴 방법은 전혀 없는 것 같았다.

이토록 넓고 아무것도 없는 지하 세계를 누가, 무엇 때문에 만들었을까. 문, 복도, 방을 지나면 넓은 홀, 그 안에는 다시 문, 어지러울 정도로 비슷비슷한 공간이 되풀이된다. 무엇을 나타냈는지 알 길 없는 무늬들이 벽과 천장으로 번져가다가 사라지고, 다시 나타나 뒤를 따른다.

정교한 무늬들 중 사람이나 동물을 나타낸 것은 없었다. 기하학적인 도형이 대부분이고 어지럽게 얽힌 실꾸리가 가장 많았다. 실꾸리가 한 번 나타나면 거기에서 풀려 나온 끈 무늬가 한참 동안 물결치며 따라왔다. 그 다음으로 많은 것은 덩굴이었다. 잎은 없고 줄기와 가시뿐인 덩굴무늬 역시 굽이치며 뒤를 따라왔다.

벽이 장식된 것에 반해 의자나 탁자, 침대, 장롱, 선반과 같은 일반적인 의미의 가구는 전혀 없었다. 오로지 지지에가 열렬히 뒤져보고 싶어 하는 항아리들만 많았다. 점토를 굽거나 놋쇠 따위로 만든 항아리의 표면에는 미세한 금을 경계로 각각 다른 빛깔로 채색되어 있었다.

보면 볼수록 사람이 살려고 만든 공간은 아닌 듯했다. 벽의 무늬와 크기만이 다를 뿐, 방마다 서로 다른 용도가 있었을 법한 느낌이 없었다. 먼지를 먹고 공기를 마시는 유령에게나 어울릴 방과 복도가 끝없이 지나갔다. 그들이 지나가는 것이 아니라 그것들이 지나쳐 갔다.

지지에는 그럴 듯한 구석을 뒤지도록 키릴이 기다려주지 않는다며 불평했지만 소용이 없자 뭔가 들어 있으면 소리가 나려니 생각하며 발에 걸리는 대로 항아리들을 걷어차며 따라왔다. 그 결과 조용함은 끝장이 났다. 놋쇠 항아리가 넘어질 때도 요란했지만 점토 항아리가 깨지기라도 하면 한층 짜증스러운 소리가 사방에 울려 퍼졌다. 참다못한 키릴이 한마디 했다.

"당신이야말로 뒤따라오는 자들을 부르고 있군."

지지에가 눈을 동그랗게 떠 보였다.

"어머나, 겁이 났던 거야? 난 전혀 아닌 줄 알았어."

지지에의 뻔뻔스러움은 그 뒤로도 끝이 없었다. 비록 항아리 걷어차기는 중단했지만 어떻게든 걸음을 늦추려고 갖은 수를 동원해 키릴을 귀찮게 굴었다. 그런 노력과는 별개로 어쨌든 멈추어야 하는 때가 왔다.

"그래야지! 잠도 자지 않고 어떻게 그 멀리까지 가겠어? 스조렌 산맥을 관통해서 그 너머로 나가는 길인데 며칠은 걸리는 게 당연하지. 안 그래?"

지지에가 반색을 하든 말든 바닥에 담요를 깔던 키릴은 아무 대꾸도 하지 않았다. 하는 품을 보니 저 여자는 어쩌면 밤잠도 자지 않고 주변을 들쑤시고 다닐지도 모르겠다 싶긴 했다. 그런 황당한 열정이 어디에서 나오는지 모를 일이었다.

따지고 보면 지지에의 이상한 점은 그뿐이 아니었다. 스조렌 산맥 너머로, 아직까지 대륙의 그 누구도 가지 않은 길을 가면서도 그녀는 신기해하는 기색이 없었다. 두려워하지도 않았다. 어쩌면 동전 몇 개라도 더 모으는 데 지나치게 몰두한 나머지 신비로움이나 두려움 등을 느끼는 감각은 덜 발달했는지도 몰랐다.

키릴도 나름대로 만만찮은 점이 있었다. 담요를 꺼내 비주의 자리를 만들고 자신을 위해 로브를 벗어 깔았지만 지지에의 잠자리는 전혀 상관하지 않았다. 식량을 나누어 줄 생각도 없는 것 같았다. 지지에가 제 나름대로 싸 짊어지고 다녔기에 망정이지 그렇지 않았다면 전에 며칠씩 쫓아오며 굶던 사샤 꼴이 날 뻔했다. 지지에는 '흥' 하고 콧방귀를 뀌었을 뿐 별달리 투덜대지는 않았다. 자기 성격이 그래선지 그녀는 남의 이기적인 태도에도 익숙했다.

잠자리로 택한 곳은 널찍한 홀이었다. 문이 달린 입구는 다 닫았지만 뚫린 채 둘 수밖에 없었던 복도가 둘 있었다. 일단 쉬기로 했으니 신경 쓰지 않기로 했다.

조금 떨어져 누운 비주의 몸에서 서서히 빛이 사라지자 주위는 완전히 어두워졌다. 그 즈음 지지에가 일어나 어디론가 가는 기척도 났다. 키릴은 팔베개를 했다가 어쩐지 불편해서 다시 옆으로 돌아누우면서 눈을 감고 생각에 잠겼다.

얼마나 왔을까. 비슷비슷한 복도나 방을 몇 개나 거쳐 왔는지 잘 기억나지 않는다. 점차 아래쪽으로 내려가고 있는 것만은 확실했다. 몇 번인가 계단이 있었지만 모두 내려가는 것뿐이었다. 지도를 떠올려 보면 오늘 온 거리는 3분의 1쯤 된다. 정말로 그만큼 왔다면 다행이겠지만 스조렌 산맥의 규모가 설마 그것밖에 안 될까. 만일 아니라면 지도에도 없는 부분이 그 너머에 있다는 뜻일까. 그때는 어떻게 해야 할까.

다른 생각도 났다. 따라 들어왔던 자들은 소식이 없는데 아직 따라오고 있을까. 설마 포기하지는 않았겠지. 입구를 지키고 있을지도 모른다. 다시 나오리라 판단하고서. 자신이 서쪽으로 가려 하는 줄 모른다면 그럴 수도 있다. 단순히 도망쳤다고 생각할 테니까. 하지만 그라이티라와 족장의 말대로라면 그들 역시 서쪽으로 갈 작정일 테니 역시 뒤따라오기가 쉬울 것이다.

그들과 마주친다면 사샤가 위험할 텐데…….

기분이 이상해졌다. 언제부터 사샤를 그렇게 걱정했던가. 돌이켜 보니 여기까지 오면서 내내 사샤가 가장 마음에 걸렸다. 그 애가 따라올 수 있을까, 따라오지 않는 편이 더 나을까, 따라오려다가 좋지 않은 일을 당하면 어쩌나.

이런 마음은 되도록 없애버리는 편이 좋을 듯했다. 다른 사람을 더 돌봐줄 여유는 없었다.

어느새 잠들었는지도 몰랐다.

어둠 속에서 두 목소리가 속삭였다. 어둡다 보니 얼굴은 조금도 보이지 않았다. 아마 그들끼리도 보이지 않았을 것이다.

"에이 참. 그냥 나타나버리면 될 걸. 이게 뭐야. 조심조심 뒤따라오느라 땀만 빼고."

어둠 속에서 상대편이 도리질을 했다.

"무슨 소리야. 지금껏 잘 해왔는데 이제 와서 포기하긴 아깝잖아. 멋진 순간을 노려야지."

"으으, 당신은 정말 질리는 게 뭔지 모르는 사람이야."

목소리가 그치더니 조심조심 발소리가 멀어졌다. 밤인지 낮인지 모를 시간은 그렇게 흘러갔다.

키릴은 오랜만에 꿈 없이 깨어났다. 흐릿한 빛이 나는 쪽을 보니 비주가 먼저 일어나 앉아 있었는데 조금 떨어진 곳을 빤히 보는 모습이었다.

상반신을 일으키고, 자느라 풀었던 머리를 묶으며 그쪽을 보았다. 잠든 지지에가 보였는데 그리 편히 자는 것 같지는 않았다. 어젯밤 늦게 돌아왔을 테니 늦잠을 자는 거야 신기한 일은 아니었지만 그런 정도가 아니었다. 잠든 그녀의 표정이 심하게 일그러져 있었다.

둘 다 지지에에게 호감이 없었던 까닭인지 얼른 깨우려는 사람은 없었다. 그러다가 깨려니 생각하며 잠시 건너다보았을 뿐이었다. 굳이 말하자면 아침인 셈인데 어두컴컴해서 기분이 묘했다. 감옥에 있을 때도 아침을 알리는 빛은 있었는데.

그런데 지지에의 상태는 갈수록 나빠져 갔다. 표정뿐 아니라 몸까지 웅크렸고 신음이 새어나왔다.

"으으…… 으……."

복통이라도 있나 싶었지만 여전히 깨우지도 않고 키릴은 담요와 로브를 챙겼다. 내심 지지에가 자는 동안 떠나는 편이 낫지 않을까 생각했을 정도였다. 건량을 조금 씹고 나서 일어나려는데 갑자기 지지에의 목소리가 들렸다.

"싫어. 이러지 마."

깼을까? 낭패까지는 아니라 해도 달갑지 않은 기분으로 돌아보니 지지에는 아직 눈을 감고 있었다. 하지만 잠꼬대라 하기에는 지나치게 또렷한 목소리여서 괜히 자는 체 하는 게 아닐까 싶었다.

목소리가 곧 다시 났다. 그런데 내용이 뜻밖이었다.

"나한테는 당신밖에 없잖아. 다 버리고 여기까지 왔는데. 응? 싫어…… 아직은 그러기 싫어……."

키릴은 막 가려던 자세 그대로 지지에를 내려다봤다. '당신'이 설마 자신을 말하는 건 아니겠지 싶었다. 다행히 짐작은 맞았다. 단호한 목소리가 다시 말했다.

"난 아직 당신의 아내가 아니잖아. 제발…… 날 사랑한다면서. 이런 부탁쯤은 들어줄 수 있잖아?"

말이 뚝 그쳤다. 지지에는 몸을 구부린 채 바닥을 구를 듯 괴로워했다. 보다 못한 키릴이 다가가 깨우려는 순간 그녀가 갑자기 비명을 질렀다.

"으아아악!"

이어 뭔가에 홀리기라도 한 것처럼 벌떡 일어나 앉더니 크게 뜬 눈이 키릴을 정면으로 보았다. 그 순간 지지에는 제정신이 아닌 것 같았다. 반사적으로 키릴을 와락 껴안았던 것이다.

"아!"

짧은 탄성을 지르고 잠시 말이 없었다. 키릴이 그녀를 밀쳐 낸 것도 순간이었다. 그도 그녀 못지않게 당황했던 것이다.

지지에는 영문 모르는 아이처럼 멍하니 키릴을 바라봤다. 마치 엄마에게 달려가 안기려 했는데 상대가 실은 낯선 여자여서 매정하게 밀쳐 내어진 아이가 지을 법한 표정이었다. 침묵이 흐르다가 지지에가 불쑥 말했다.

"미안해."

지지에는 두 손으로 양 뺨을 감싼 채 한참 고개를 숙이고 있었다. 이윽고 짐을 정돈하여 그 자리를 떠날 때까지 키릴과 지지에는 한 마디도 나누지 않았다.

다행히 지지에의 성격은 변화무쌍해서 그런 상태가 오래 가지는 않았다. 얼마 지나지 않아 그녀는 곧 처음처럼 불만을 늘어놓거나 농담과 비아냥거림을 되풀이했고, 가끔은 애교를 떨거나 우스운 격려의 말도 던졌다. 반나절 내내 가만히 있지 못하고 강박적으로 무슨 말인가를 했는데 상태가 어제보다 한층 심해진 것 같았다.

점심 직후 세 사람은 첫 관문에 부딪쳤다. 키릴이 가진 지도가 가리키는 방향에 문이 없었다.

"여기가 확실해?"

있는 거라고는 누르스름한 석벽과 무늬들뿐이었다. 키릴은 벽을 여기저기 만져 보았지만 아무 장치도 없었다.

지지에는 태평하게 빙글 돌아서며 말했다.

"다른 길이라도 찾아보자. 싫어? 벽 뚫을 거야? 맨손으로?"

좌우로 뻗은 복도가 있어서 먼저 오른쪽으로 가 보았다. 그러나 점차 길이 복잡해지면서 본래의 자리로 돌아오는 길조차 헷갈릴 지경이었다. 지도에는 가야할 길만 표시되어 있을 뿐, 그 외의 장소는 간략하게 처리되거나 심지어 검게 칠해져 있어서 본래의 길에서 많이 벗어나는 것은 바람직한 일이 못 되었다.

결국 제자리로 되돌아와 이번에는 왼쪽으로 걷기 시작했다. 유난히 항아리가 많은 곳이라서 지지에는 뒤로 좀 처졌다. 키릴이 간 방향에서 기괴한 비명 소리가 울렸을 때에야 그녀는 항아리들에서 눈을 뗐다.

키키키킷!

줄곧 고요했던 유적이라 지지에는 엉겁결에 바닥에 주저앉았을 정도로 놀랐다. 다음 순간에는 도우러 가는 대신 반대 방향으로 도망치고 있었다. 잠시 후 그녀는 다시 멈춰 섰다.

"……."

이유는 몰랐지만 그냥 갈 수가 없었다. 지지에는 이상한 소리가 들렸던 방향으로 불안한 걸음을 떼어놓았다.

키킥, 킥! 키르르르…… 키킷!

쇳소리가 섞인 괴성에 오금이 떨리고 목이 조여 왔다. 숨쉬기도 힘들어졌다. 걸음은 점차 느려지고 보폭도 좁아졌다. 그녀는 전사도 아니거니와 용감하지도 않았다. 쉴 새 없이 놀리는 혓바닥만큼 쓸 만한 손발을 갖지 못했다. 괴물 근처에 갔다간 눈 깜짝할 사이에 죽어버릴지도 모른다고 생각하는 겁 많은 사람에 불과했다.

결국 지지에는 멈춰 섰다가, 뒷걸음질 치기 시작했다.

키킷! 키킷!

들리는 거라고는 괴물의 소리뿐이고 키릴이나 비주의 목소리는 전혀 들리지 않았다. 설마 둘 다 벌써 죽어버려서? 그럴 리 없다. 둘 다 비명을 지를 만한 성미가 아니어서 그렇지 어떻게든 싸우고 있으리라.

……아닐지도 모른다. 실은 당장 도망치지 않으면 몇 초 뒤의 미래는 뒷날의 여행자들에게 위험을 경고하는 불운한 해골 세 개 중 하나가 되는 것뿐일지도 모른다. 그러고 싶지 않다. 죽기 전에 자신에게 해줄 일이 얼마나 많은데.

이 와중에도 지지에는 어떻게든 키릴의 지도를 회수하지 않으면 여기서 빠져나가기 힘들다는 생각을 하고 있었다.

"바보!"

뭔가가 휙 지나가면서 지지에의 어깨를 때린 것 같았다. 공포와 망설임에 정신을 팔고 있던 터라 뭐가 뭔지 보지도 못했다. 더구나 비주가 곁에 없으니 사방이 어두웠다. 그러나 누군가가 돌바닥을 차며 달려가는 소리만은 확실히 들렸다. 그것도 한 명이 아니었다. 그러고 보니 방금 '바보'라고 외친 목소리는 어디선가 많이 들어본 듯한데?

이어 큰 소리로 누군가가 외쳤다.

"바닥이 드러난 호수에서 낡은 목걸이를 찾는 일은 이제 그만둬!"

지지에는 잠시 어리둥절했다. 뒤이어 그녀는 저런 말을 할 사람이 한 명뿐임을 깨달았다. 그 녀석 외에 저런 밑도 끝도 없는 소리를 할 사람은 없다!

"……."

지지에는 그들을 쫓아가는 대신 가방에 손을 넣어 더듬으며 입속으로 기도 비슷한 뭔가를 중얼거렸다. 이윽고 손끝에 뭔가가 집혀 나왔다. 카드였다.

어머니의 미궁 **239**

"힘 카드……."

카드에는 '흰 발의 거인'이라고도 불리는 전설 속의 인물 유리아나 키드 인릴과 그의 방패에 붙은 크로노모드의 머리가 그려져 있었다. 지지에는 고개를 끄덕이고 카드를 도로 집어넣더니 그제야 달리기 시작했다.

"다들 나한테 감사해야 해. 이런 수고를 자처하다니 오, 난 정말 운이 나빠. 하지만 너희에게는 이런 내 존재가 얼마나 행운인지."

아라비카는 알고 보니 생색의 달인이었다. 절반은 비주의 활약 덕택에 이겼으면서도 엄지손가락을 꼽아 자신의 가슴을 가리키며 끝도 없이 자화자찬을 해댔다. 그러나 키릴은 그런 말에 귀를 기울일 여유가 없었다. 함께 나타난 다른 한 명을 보며 떨떠름한 얼굴로 입술을 짓씹고 있었건만 그 시선을 받는 당사자만은 알았다. 그의 표정이 당황하고, 안도하고, 심지어 기쁜 나머지 표정 관리가 되지 않은 결과임을.

그래서 사샤는 관대하게 연달아 외쳤다.

"만나서 반갑다는 거죠? 어떻게 여기까지 왔는지 궁금하다는 거죠? 왜 지금까지 못 만났는지 모르겠다는 거죠? 그래도 살아 있어서 어쨌든 다행이라는 거죠? 마지막으로 좀 고맙기도 하다는 거죠?"

"……."

사샤는 영리한 소년이었기 때문에 대답 따윈 기대하지 않았다. 대신 비주를 한바탕 얼싸안아 모든 표현을 대신했다. 물론 비주의 태도도 키릴보다 더하면 더했지 못하지 않았다. 그녀는 목석처럼 선 채 포옹하는 소년을 내려다보았을 뿐이었다.

어쨌든 포옹의 결과 사샤의 몸에는 비주와 아라비카가 방금 해치운 이름 모를 괴물의 체액이 잔뜩 묻고 말았다. 길이만 두 아름은 넘는 벌레 모양의 괴물은 몸은 느렸지만 길게 뻗은 촉수만은 빨라서 비주와 아라비카를 고생시켰던 놈이었다.

"그건 그렇고 저 괴물은 어디서 나왔지?"

상대가 듣지 않는 자화자찬에 지친 아라비카가 모처럼 말이 되는 소리를 하자 흉내에 익숙한 사샤가 말을 받았다.

"그건 그렇고 저 괴물은 뭘 먹고 살았담?"

나름대로 뭔가 노력했다는 생각에 잔뜩 지쳐 있던—물론 심적으로—지지에가 그제야 정신 차리고 소리쳤다.

"그런 거야 어찌됐든 너희가 어디서 튀어나왔는지 그거나 말해!"

아라비카가 여기 있는 이유는 예측하기 어렵지 않았다. 지지에에게 이리로 들어오는 통로를 가르쳐 준 장본인이었으니까. 아스트로와 싸우는 도중에 사샤를 잃어버렸던 아라비카는 그제야 소년을 싸움 통에 내버려둬선 안 되겠다는 생각이 들어 사샤를 찾아낸 후 지지에가 들어간 통로로 데려가 가둬버렸다. 싸움이 끝날 때까지 나오지 말라면서.

사샤는 키릴과 비주가 어떻게 되었는지 모를 상황에서 혼자 속 편하게 숨어 있을 수는 없었다고 주장했다. 실은 떠들썩한 아수라장을 좋아하는 녀석의 취향과 안 맞았기 때문일 듯했지만, 어쨌든 아라비카가 구멍을 무거운 돌로 막아버려 제 힘으로 나갈 수가 없자 겁도 없이 안쪽으로 들어갔다. 가다 보면 다른 입구가 있겠거니 생각하면서.

싸움이 일단락되자 아라비카는 사샤를 찾으러 갔지만 있으라고 한 자리에 소년은 없었고, 결국 녀석을 찾으러 안쪽으로 들어갈 수밖에 없었다. 굳이 찾으러 간 이유에 대해 아라비카가 점잔을 빼며 한마디 했지만 지지에는 그 말을 처음 들었을 때처럼 웃을 수 없었다.

"안쪽에는 괴물이 나오거든."

어쨌든 나왔잖은가?

미로 속에서 해후한 둘은 곧 키릴과 비주가 이 안으로 들어왔음을 알았고, 약간 장난기가 발동해서 수호자 노릇이라도 해볼 겸 이렇게 뒤따라왔다고 했다. 정말로 그랬다면 아까 비주의 반응이 덤덤한 이유도 평소 감정 표현이 적어서만은 아닐지도 몰랐다. 네이판키아는 다른 인간족의 몇 배로 기척을 잘 알아채는데 둘이 따라오는 것을 지금껏 몰랐다고 보기는 힘들었다. 알면서도 적이 아니라고 여겨서 내버려둔 것이 아니었을까?

이야기를 다 들은 키릴은 아라비카를 흘끗 보았다. 기를 쓰고 자신을 따라오려 하는 사샤는 그렇다 쳐도 저자가 이 먼 곳까지 단순한 장난기로 따라왔다는 말은 잘 믿어지지 않았다. 자칫하면 길을 잃고 나가지 못할 수도 있는 일이었다. 큰 친분도 없거니와 이득이 생길 구석도 없는 여행이 아닌가?

아라비카는 그런 점을 해명할 생각이 없어 보였다. 여전히 재미있어

하며 싱글거리는 얼굴을 보니 앞으로도 계속 따라올 작정인 듯했다.

또 하나 밝혀진 사실이 있었다. 키릴이 궁금해 하던 마브릴 군대의 행방이었다. 사샤가 의기양양하게 말했다.

"우리가 유인해서 한 방에 가둬버렸어. 운 좋았으면 지금쯤은 나왔을지도 모르겠네?"

이 두 사람이 저들의 주장대로 키릴이 걱정되어 고생고생하며 따라왔다기보다 저들끼리 놀고 즐기다 보니 여기까지 와버렸는지도 모른다는 의심이 반드시 억측만은 아닐 것 같았다.

다섯으로 불어난 일행이 움직이기 시작했을 무렵, 화제는 괴물의 정체가 무엇이냐 하는 쪽으로 돌아갔다.

"나도 처음 보는 놈이거든. 여기서 뭘 먹고 지냈는지도 의문이고. 여기 들어와 어슬렁대다가 시체가 된 놈이 많았나?"

평소 자주 드나들기라도 한 듯한 아라비카의 말에 사샤가 말했다.

"저 덩치로 벌레나 잡아먹으며 살 순 없을 것 같은데."

"그렇지. 전에 이런 얘기를 들은 일이 있어. 세상에는 이스나에가 되지도 못하고 다시 환생하지도 못한 상태로 잠시, 또는 꽤 오래 떠도는 혼들이 있대. 그런데 그런 혼들을 빨아먹으면서 살아가는 괴물이 또 있다는 거지. 혼을 먹은 놈들은 이상한 힘을 갖게 되기 때문에 그놈들의 촉수에 한 번 감기면 영영 풀리지 않는다는 거야."

"에이 거짓말. 그런 괴물을 보지도 못했으면서 그놈한테 촉수가 있는지 없는지 어떻게 알아?"

사샤의 예상외로 예리한 지적에 아라비카는 잠시 궁리하다가 다시 말했다.

"하지만 아까 그놈한테는 촉수가 있었잖아."

"무슨 소리야. 아까 그놈이 네가 말한 그 괴물인지는 전혀 알 수 없잖아. 아까 너도 모르겠다면서."

그러나 아라비카도 지지 않았다.

"그렇지만 그런 괴물이 아니고서는 이런 데서 살 수 있을 리 없어. 틀림없이 그놈이야."

지지에까지 참다못해 끼어들었다.

"그건 네가 그 괴물의 촉수를 봤기 때문에 떠올린 생각일 뿐이잖아. 그 괴물이 여기서 어떻게 살았는지 네가 어떻게 결론을 내릴 수 있겠어? 다른 방법이 있어도 네가 모를 뿐이잖아. 네가 세상 모든 걸 다 아는 사람도 아니고."

이어 사샤가 외쳤다.

"게다가 그놈의 촉수는 풀리지 않는 촉수가 아니었잖아! 네 추리는 처음부터 모두 엉터리야!"

궁지에 몰린 아라비카는 도로 고민하는 표정이 되었다. 사샤는 속으로 우스워죽겠다고 생각하면서 그가 새로운 억지를 부리기를 기다렸다. 예상대로 아라비카가 다시 입을 열었다.

"아냐. 그놈의 촉수는 풀리지 않는 촉수였어."

"뭐?"

사샤도 좀 전의 싸움을 보았다. 괴물이 촉수를 뻗어 지지에를 붙잡긴 했지만 결국 풀렸지 않은가?

"그러면 지지 누나가 어떻게 여기 있는 거지? 풀리지 않는 촉수라면 그 자리에 계속 붙잡혀 있어야 될 거 아냐?"

그러자 아라비카가 기다렸다는 듯 의기양양하게 외쳤다.

"바로 그거야! 그놈은 죽었거든. 그놈의 촉수는 실은 풀리지 않는 촉수였는데 그놈이 죽었기 때문에 풀린 거야! 안 그랬으면 지금도 계속 붙잡혀 있겠지!"

사샤와 지지에가 동시에 외쳤다.

"말도 안 돼!"

이어 지지에가 키득거리기 시작하자 사샤도 덩달아 웃음을 터뜨리고 말았다. 둘이 계속 웃기만 하자 아라비카는 앞서 가던 키릴의 옷자락을 잡아당겼다.

"이봐, 당신이 설명해 봐. 도대체 뭐가 틀렸다는 거야?"

"결과에서 원인을 향해 거슬러 가며 처음에 없던 새로운 전제들을 도입한 결과 결국 저들과 같은 결론에 도달해버린 거지."

학창 시절에 배우던 논리학이 괴상하게 변질되어 나온 대답 따위, 아라비카에게는 전혀 설명다운 설명이 아니었다. 잠시 후 그가 결국 말했다.

"그래, 이제 알겠어. 지지에, 당신이 지금 안전한 것은 동료들이 위험에 처했음을 알면서도 주춤거렸던 덕택이겠지? 알다시피 괴물의 촉수에 가장 먼저 붙잡힌 사람은 당신이었잖아. 만약 당신이 처음부터 달려갔다면 나와 사샤가 오기 전에 희생되었을 가능성이 클 거야. 그러니까 당신의 판단은 옳았군. 안 그래?"

"뭐?"

갑작스런 질문에 말문이 막힌 지지에가 아라비카를 돌아보려다가 생각을 바꿨는지 오히려 걸음을 빨리했다. 그래봤자 아라비카는 넘어가 주지 않았다.

"당신은 나와 사샤가 갑자기 나타나 도움을 줄 줄 알고 있었을 거야. 그런 예상도 없이 동료들을 사지에 내버려뒀을 리가 없잖아? 현실적으로 당신은 비주 아가씨의 힘이나 키릴이 가진 지도 없이는 여기서 살아나갈 길이 없어. 그러니 동료가 사랑스럽든 말든 지키는 게 마땅하지. 그런데 그러지 않은 걸 보면 분명 뜻밖의 도움이 나타날 걸 확신했던 거야. 만세! 예상은 들어맞았지."

"……무슨 말을 하고 싶은 거지?"

이제 지지에는 웃지 않았다. 목소리도 굳어졌다.

"아참, 어쩌면 내가 잘못 생각했는지도 몰라. 실은 저 괴물은 조금도 위험하지 않았던 모양이지. 사샤가 가르쳐 준 대로 풀리지 않는 촉수를 가진 괴물은 아니었던 거야. 그러니 그런 괴물쯤은 꼭 당신이 나서지 않아도 어떻게든 됐겠지."

"……"

이제 둘은 대화를 하고 있지 않았다. 그쯤 되자 사샤도 아라비카가 멍청해서 괴물과 촉수의 이야기를 이상하게 이끌어 간 게 아님을 느끼고 꺼림칙한 심정으로 지지에의 얼굴을 훔쳐보았다. 아라비카의 목소리는 점차 특이하게 변해갔다. 처음부터 비꼬는 어조는 아니었지만 희극적인 유쾌함조차 사라지고, 막판에는 보이지 않는 제3자를 향해 말하는 인형극의 해설자 같은 목소리가 되었다.

"그래! 이제 알았어. 위험 따위는 처음부터 없었군. 결과를 보면 알 수 있지. 다치거나 죽은 사람이 없잖아? 그러니 모두의 행동은 옳았어. 어쩌면 괴물은 본래 없었는지도 몰라. 아니, 그 따위 괴물이 있거나 없거나 하는 문제는 중요하지도 않지. 우리가 살아 있는 이상 지난 일 따위를 말해서 무엇 하겠어? 앞으로 있을 일도 마찬가지지. 결과가 좋을 거라고 확신하고 멋대로 행동하면 돼."

지지에도 더 참지 않았다.

"당신은 참 불쾌하군. 꼭 그런 식으로 말해야 하나? 내가 싫으면 싫다고 대놓고 말해. 빙빙 돌려서 비웃지 말고."

"싫다고 말하라고? 난 싫어하지 않아. 어떻게 사는 사람이라도. 물론 당신이라도. 난 필요하다면 누구라도 지켜주지. 하지만 대놓고 말하는 게 좋다면 당신부터 싫으면 싫다, 좋으면 좋다, 대놓고 보여주면 돼. 죽든 말든 상관없는 사람들하고는 그만 헤어지라고. 누군가를 이용하고 싶으면 자신도 이용당할 각오를 하든가."

지지에가 눈을 치떴다.

"도움 조금 줬다고 주제넘은 말을 해도 좋다고 생각하는 모양인데

착각은 그만둬. 당신이 나를 어떻게 생각하든 난 전혀 신경이 안 쓰이니까. 당신은 역시 고용인 부류였군? 도움을 받았으니 대가를 줬어야 했나? 몰라봐서 미안하네. 가격 불러봐. 얼마면 될까?"

화를 내지 않는 아라비카라 해도 이쯤 되면 발끈하지 않을까 싶었지만 대꾸는 뜻밖이었다.

"그래. 당신이 그렇게 생각한다면 그렇게 해야지. 아까 당신을 묶은 촉수를 잘라 줬으니 그 대가로 30메르장 받기로 하지. 나머지는 거래 개시를 위한 무료 봉사였다고 생각해 둬."

주머니를 뒤져 동전들을 꺼내는 지지에의 손이 약간 떨렸다. 아라비카는 거리낌 없는 태도로 돈을 받아갔다. 주머니에 쓸어 넣다가 주화 한 개가 바닥에 떨어졌는데 주울 생각도 없는 것 같았다. 보다 못한 사샤가 주워서 아라비카에게 내밀었다. 그는 웃는 것처럼 입술 끝을 올리면서 그걸 받아갔다.

돈주머니를 닫은 아라비카가 혼잣말에 가락을 붙여 흥얼거렸다. 언젠가 한 번 들었던 말이었다.

"그런 식으로 살겠다면 그런 식으로 살게 해 주자. 위험도 후회도 없는 삶이여, 좋기도 좋아라."

길이 막혔던 벽 앞으로 돌아온 일행은 두 번째 휴식을 취했다. 모두 잠이 들었을 무렵 키릴은 문득 깨어났다.

언제나처럼 꿈 때문이었을 것이다. 꿈이란 우스꽝스럽다. 잡고 싶은 것도 달아나고 싶은 것도 보여주지만 잡게도 달아나게도 해주지 않았다. 그저 어떤 기적도 일어나지 않는다는 것, 기적은 꿈속에서만 일어난다는 것을 보여주기 위해 존재하는 것만 같았다.

일어나 앉아 땀을 식힌 키릴은 로브를 바닥에 내버려둔 채 몸을 일으켜 벽으로 다가갔다. 비주가 잠들어 있었기 때문에 오랜만에 램프에 불을 붙이고 벽을 올려다보았다.

벽은 줄곧 그랬듯 덩굴과 끈 무늬뿐이었다. 지금껏 보아온 바로 저 끈 무늬는 끊기는 법이 없었다. 벽을 타고 이어지다가 어느 복잡한 실꾸리 속으로 빨려들어 가고, 거기서 다시 새로운 끈이 솟아났다. 실꾸리 속으로 들어간 끈과 나오는 끈은 서로 연결되어 있을까? 아니면 오던 끈은 저 복잡한 꼬임 속에서 끝나고 새로운 끈이 시작된 것일까?

그 질문은 마치 다시 태어난 자신은 과거의 자신과 같은 자인가 하는 물음처럼 들렸다. 자신은 혼란 속에서 옛 자신을 잃어버렸을까? 아니면 어떻게든 놓치지 않고 한 가닥이라도 끌고 왔을까?

지금까지는 삶의 목적은 과거에서 왔되 본성은 완전히 달라졌다고 생각해 왔다. 그 생각이 맞는다면 그건 어느 쪽에 가까울까? 끊어진 것? 이어진 것? 과연 두 가지는 완전히 분리될 수 있을까? 자신은 어느 쪽을 원하는가?

답이 나오지 않아도, 적어도 이 끈의 진실은 손으로 따라가 보면 알 수 있다. 키릴은 손가락을 뻗다가 언제나처럼 흠칫했다. 이지러지진 흉터가 낙인처럼 새겨진 손. '네가 마법을 쓰려고 손을 올릴 때마다 스스로를 증오하게 해 주겠다' 고 했던가. 마법을 잃었는데도 흉터들은 여전히 남아 있었다.

그런 손끝을 뻗어 끈 무늬를 더듬으려 했을 때 이상한 일이 벌어졌다. 손이 벽에 닿지 않았다. 닿았어야 할 곳을 넘어 계속 손가락이 들어갔다. 먹물에 담그기라도 한 것처럼 일그러진 손끝이 사라졌다. 다른 손도…….

키릴은 손을 멈추고 미간에 주름을 모았다. 눈속임인가. 벽처럼 보이지만 실은 마법으로 만든 영상에 불과했단 말인가. 더 밀어 넣자 손 전체가 안으로 들어갔다. 칼로 자른 듯한 손목만이 남았다. 그러나 보이지 않는 손은 뭔가를 찾아냈다. 네모꼴의 쇳조각이었다. 움켜쥐고 돌렸다.

삐이이익…….

습한 공기가 확 몰아쳤다. 눈앞에 검은 구멍이 커다랗게 입을 벌렸다. 잠시 바라보던 키릴은 돌아서서 벗어 놓았던 로브를 집었다.

"으응……. 무슨 일이야?"

사샤가 맹렬히 흔드는 바람에 깨어난 아라비카는 곧 상황을 알아차렸다. 잠자리에는 그와 사샤, 그리고 지지에뿐이었다. 키릴과 비주는 간 곳이 없었다.

아니, 간 곳은 있었다. 잠들기 전에는 벽뿐이던 곳이 문이라도 열린 양 뻥 뚫려 있었다. 내려가는 계단도 보였다. 아라비카는 곧 어깨를 으쓱하더니 물었다.

"짐도 가져갔나?"

"그래. 우릴 두고 둘이서만 가버렸어."

사샤는 마음이 몹시 상한 듯 목소리가 푹 꺼져 있었다. 벌써부터 일어났어야 할 일이 결국 일어났구나 싶었다. 어제 만났을 때 분명 반가워하는구나 생각했는데 다 착각이었나 싶었다.

"음, 어떻게 할까?"

아라비카의 말을 들으며 사샤는 잠시 망설였다. 따라가야 하나? 새삼스럽게 자존심을 내세울 상대는 아닌데. 하지만 어디로 간 줄 알고 또 따라간단 말인가.

아라비카가 사샤의 마음을 읽은 것처럼 말했다.

"따라가고 싶지?"

"……그래."

"그럼 따라가자."

사샤는 아라비카가 일어나는 모습을 턱을 쳐들며 보았다. 아라비카에게는 망설임도 불안감도 없는 것 같았다. 사샤가 하고 싶다면 그대로 해주는 것뿐, 다른 고려는 전혀 없어 보였다. 여기까지 함께 와 준 것만 해도 그랬고 이제 또 따라가자는 것도 마찬가지였다. 남의 만족만이 목적이라는 것처럼. 그에게는 남겨 두고 온 삶이 없단 말인가?

"괜찮겠어?"

사샤가 그렇게 물은 것도 무리가 아니었다. 아라비카는 어느새 짐을 다 챙겨 짊어지며 말했다.

"마음 가는 대로. 지금은 갈 수 있으니까 가면 돼. 문은 열려 있고 가로막는 것도 없는데 왜 하고 싶은 대로 못하겠나. 그 단순한 일을 하지 못하고 살아가는 수많은 사람들을 위해서라도, 할 수 있는 순간만은 하고 싶은 대로 해라."

아라비카가 사샤를 내려다보며 빙그레 웃더니 덧붙였다.

"언젠가 그 단순한 일을 할 수 없는 때가 반드시 오니까."

다 이해하지는 못해도 어느 정도 공감한 사샤는 고개를 끄덕였다. 아라비카는 자는 체 하는 지지에를 돌아봤다.

"언제까지 잠든 척 할 거야? 당신은 어떻게 하고 싶어? 얘기를 해 봐."

지지에는 등을 돌린 채 눈을 뜨고 있었다. 그러나 돌아보지는 않았다.

"당신은 남의 소원을 들어주는 존재가 아니야. 착각하지 마."

사샤는 아라비카의 등을 보고 있었고 지지에는 고개를 돌리고 있었으므로 그 순간 아라비카가 지은 표정을 본 사람은 아무도 없었다. 목소리만 들렸을 뿐이었다.

"나도 알아. 하지만 나 역시 살아 있는 동안은 하고 싶은 일을 해도 좋지 않나."

지지에는 그 목소리에서 이상한 기색을 느꼈지만 일부러 무시했다. 오늘은 남의 기분을 고려할 상태가 아니었다.

"좋을 대로 실컷 하셔. 내가 알 바 아니니까. 다만 멋대로 남을 수혜자로 만들려고 하지는 마. 어제 봤지? 난 다른 사람이야 죽든 말든 나만 살아 있으면 족한 사람이니까. 당신의 선행 놀이에 끌어들여져서 감사 인사나 꾸벅꾸벅 하고 있을 정도로 한가하지 않아."

"뭐, 그렇다면."

지지에는 돌아누운 채 두 사람이 떠나는 기척을 모두 듣고 있었다. 이상하게 기분이 나빠지려 했다. 그녀는 손바닥을 꼭 말아 쥐며 다른 생각을 하려 애썼다.

키릴은 비주가 뒤따라오는 것을 눈치 챘을 때 오히려 잘 되었다고 생각했다. 본래는 혼자 내려가 살펴보고 돌아올 생각이었지만 비주가 따라온다면 돌아갈 필요가 없었다. 나머지는 반드시 함께 다녀야 할 이유가 없는 사람들이었다. 예상치 않게 그들과 얽힌 상황이 못내 불안했다.

사샤가 아무 일 없이 기운찬 모습으로 나타나자 반가웠던 건 사실이었다. 그러나 그걸 인정하고 나니 그 소년과의 동행도 그만둘 때가 되었다는 생각이 다시금 들었다. 사샤가 없던 때 느낀 불안감을 다시 겪고 싶지 않았다.

스스로도 알고 있었다. 자신도 누군가를 아끼고 사랑할 수 있으리라. 더 이상 누군가를 아끼고 사랑할 수 없으리라는 생각이야말로 어리석은 오만이었다. 그렇기 때문에 더더욱 피해야 했다. 틈을 보이기 시작한 마음이 조금씩 넓혀지다가 열려 버릴까봐.

오래 전 사랑한 사람들 때문에 짊어진 책임이 자신을 여기까지 데려왔다. 이제 남은 삶은 짧을 텐데 아르마티스 족에게 진 빚을 또 어찌 갚을 것인가. 누구의 생명은 중하고 누구의 희생은 가벼울 리 없는데 자신을 위해 죽어간 사람들을 무슨 기준으로 가를 수 있단 말인가.

긴 계단이었다.

지그재그로 돌면서 내려갔다. 처음에는 계단 좌우에 거칠게 깎은 바위벽이 있었다. 그러나 내려갈수록 넓어지더니 공기의 흐름까지 느낄 수 있는 공간으로 변했다. 손에 쥔 램프로는 좌우 벽을 비출 수가 없을 정도였다. 계단이 끝나 바닥에 내려선 키릴은 더위를 느꼈다. 땅 밑에 큰 난로라도 있는 것처럼 은은한 열기가 전해져 왔다. 몇 갈래 길 가운데 그는 지도가 시킨 대로 가운뎃길을 택했다.

여기는 산맥의 중심인가.

키릴은 새삼스럽게 외로움을 느끼고 의아해했다. 언제, 누가 곁에 있었다고 이제 와서 외롭다고 생각한단 말인가. 늘 혼자가 당연했는데.

그러나 키릴은 비주를 불렀다.

"이쪽으로 와."

비주는 어떤 때 마치 자연물처럼 감정이 없어 보여서 무슨 말을 해도 이해하지 못할 것 같은 상대이기도 했다. 키릴은 말을 하고 싶었다. 오랫동안 그는 자신의 기분을 남에게 설명한 일이 없었다. 아니, 실은 설명할 수가 없었다. 말재주가 부족했던 것이다. 그는 언제나 세상을 어눌하게 느끼는 사람이었다.

주위에는 자신과 비주뿐이었다. 달리 볼 사람도 들을 사람도 없으리라.

"산맥 속이야. 아르마티스 족의 어머니는 이곳에 있을까?"

비주가 대답하지 않자 오히려 마음이 놓였다.

"그분의 품은 굉장히 뜨거운 모양이지."

"저쪽으로 더 가보자. 이곳은 마치 거대한 대장간의 화덕 같은데."

사박거리는 발소리가 따라왔다. 키릴은 램프를 내려 발밑을 비추며 걸었다. 그러나 곧 그럴 필요가 없어졌다. 램프가 어쩐지 도움이 되지 않는다 생각하다가 그제야 사방이 밝아졌음을 깨달았다. 이곳이 화덕 같다는 말은 농담이나 비유가 아니었다. 용도가 있다면, 거인이 자신의 무기를 담금질하는 곳이 아니었을까?

길은 어느새 자연적인 다리로 변했다. 그 아래로 붉은 용암이 산맥의 피처럼 흘렀다. 돌로 된 피부 아래 흐를 법한 느린 강이었다. 내려다보고 있으니 얼굴이 홧홧하게 달아올랐다.

키릴이 멈추자 비주도 멈춰 섰다. 천연의 지협으로 된 다리는 두 사람이 간신히 나란히 걸을 수 있을 너비에 난간 같은 것은 없었다. 똑바로 걷기만 한다면 떨어질 일은 없겠지만 조금이라도 비틀거린다면 바로 용암 속으로 떨어지고 마는 위험천만한 길이었다.

그런 길을 바라보자니 내심 떨렸다. 키릴은 오히려 솔직하게 두려움을 인정했다. 물러설 것이 아니니 부끄러워할 필요도 없었다. 위를 올려다보니 이 정도로 밝은데도 천장이 보이지 않았다. 산맥 속에 어째서 이렇게 넓은 공간이 있을까?

"비주, 저길 건널 수 있겠어? 저 밑으로 흐르는 강은 아주 뜨거울 거야. 떨어지면 살아남지 못할걸."

문득 키릴은 자신이 소년 시절의 말투로 돌아왔음을 깨달았다. 감옥 시절 이후로 늘 써왔던 차갑고 상대방의 관심을 거절하는 말투가 아니었다. 실로 오랜만이었다. 스스로에게도 무척 정답게 들렸다.

"가까이 가서 볼래?"

둘은 다리가 시작되는 지점까지 가서 용암을 살펴보았다. 가까이에서 보니 용암의 강이 흐르는 곳은 까마득한 아래였다. 떨어진다 해도 꽤 오래 비명을 질러야 할 듯했다.

"조심해……."

문득 친구들을 생각했다. 이제는 전처럼 생각만으로도 가슴이 조여들지는 않았고, 비교적 담담하게 떠올릴 수가 있었다. 앙리오트였다면 눈 딱 감고 단숨에 달려 건너자고 했을 것이다. 프란디에라면 밧줄을 이쪽에 묶고 서로를 연결해 확실한 안전책을 짰겠지. 그렇지만 중간에 그 밧줄을 흔들며 장난치다가 사고를 자초할 사람은 분명 롬디오일 테고, 이스카시안은 모든 것이 확인된 다음 맨 나중에 건너겠다고 주장할 것이 틀림없었다. 그러면 일츠는, 일츠 브릴모는…….

그 생각을 떠올렸을 때 키릴은 다리 한가운데까지 와 있었다.

"……."

일츠를 떠올리는 순간 머릿속에 현기증이 일었다. 우뚝 멈추어 섰다. 양팔 너비밖에 안 되는 길이다. 두 걸음만 잘못 디디면 끝장이었다. 그때 뒤에서 비주의 손이 다가와 키릴의 양어깨를 붙잡았다.

간신히 현기증이 가셨다. 그때 다리 건너편에 그림자가 보였다. 마치 키릴을 기다리는 것처럼 서 있었다.

재회, 죽은 자의 눈동자

"무덤뿐이잖아."

사샤는 오싹해졌는지 어깨를 움츠리며 주위를 둘러보았다. 시체 따위가 두렵다고 생각한 일은 없던 그였다. 아니, 얼마나 오래 버려졌을지 짐작도 가지 않는 이 묘지에는 이제 시체도 없을 것이다. 그런데 이상하게 그쪽이 더 섬뜩하게 느껴졌다. 한때 살아남은 자들이 경건하게 여겼을 장소는 텅 비어 있고, 두려움의 대상이던 존재들도 닫힌 관을 벗어나 어디론가 가버렸으리라.

"얼른 가자."

사샤는 아라비카의 두터운 손을 잡아끌며 걸음을 빨리 했다. 그럴 리 없겠지만 마치 뼈를 깎아 만든 것처럼 하얗게 풍화된 관들이 구불구불 열을 이루며 멀어져갔다. 관 뚜껑마다 복잡한 문양들이 어떤 집안의 문장이라도 되는 것처럼 새겨져 있었는데 같은 것은 하나도 없었다.

"무덤이 기분 나쁘냐?"

사샤의 손에 끌려 긴 다리를 휘적휘적 놀리면서도 아라비카는 주위의 관 뚜껑들을 흥미로운 듯 살펴보았다. 사샤의 대꾸가 들렸다.

"그럼 넌 기분 좋냐?"

"죽은 사람들인데 뭐가 걱정이야? 무서운 건 살아 있는 놈들이지. 죽은 자는 말이 없는 법이라고."

"말 안하고 행동만 하는 놈들이 본래 무서워."

"그래? 그럼 우리도 앞으로 말 안 하고 행동만 하면 되겠는데."

아라비카는 이런 식으로 종종 쓸모없는 대책을 잘 생각해 냈는데 어제의 일로 보아 그게 농담인지 생각이 모자란 건지 잘 구별이 되지 않았다.

사샤는 대꾸하지 않았다. 그는 아까 긴 계단을 내려와 마주친 갈림길에서 오른쪽부터 차례로 가 보기로 한 결정이 실수가 아니었을까 생각하고 있었다. 이 정도 속도로 왔으면 따라잡았을 법도 한데 키릴과 비주가 지나간 흔적은 어디에도 없었다. 사샤 혼자였다면 그런 흔적이 있다 해도 발견하지 못하는 것이 당연했겠지만 아라비카가 함께 있지 않은가. 사샤는 그간 함께 오며 아라비카가 길을 찾거나 필요한 것을 발견하는 능력, 이른바 추적자의 재능이 탁월함을 알게 되었다.

"흔적이 없는 게 확실하다 그거지? 그것 참, 당신은 도대체 진짜 직업이 뭐야?"

"글쎄, 너를 만났을 때는 산길 안내인이었던 것 같은데."
"여긴 산이 아니잖아."
"산의 뱃속도 산이지. 본질은 같잖아."
"그렇다면 어디 우리도 안내해 보실까."
마지막 말은 등 뒤에서 들려왔다. 사샤와 아라비카가 반사적으로 몸을 돌렸을 때 주먹만 한 불덩이들이 날아들었다. 십여 개나 되었다.
몸이 날래기로는 쌍둥이 같은 두 사람이라 피하기는 어렵지 않았다. 사샤는 움츠렸다가 큰 관 뒤로 몸을 날렸고, 아라비카는 바닥을 차며 근처의 관 뚜껑 위에 올라섰다. 마지막 불덩이가 정면으로 날아들자 아라비카가 갖고 다니는 쇠 지팡이가 반 바퀴 돌더니 날려 버렸다. 불덩이들은 관 모서리들을 부수며 떨어져 으스러졌다.
"용케 빠져 나오셨군!"
"덕택에 마중이 늦었지!"
카로단이 그렇게 외치며 검을 뽑아들었다. 그는 처음에 미로에서 사샤를 발견하고 키릴도 함께 있겠거니 싶어 무작정 뒤쫓다가 이들에게 속아 석실에 갇혔던 일로 무척 화가 났다. 카로단이 드워프 족이 문을 잠그는 방식을 알 리 없었고, 라고트나 오일란드는 성미 급한 카로단의 걸음에 뒤처지는 바람에 함께 있지 않았던 것이다. 마법사들은 카로단을 찾아내기까지 반나절이나 헤매야 했다.
이상하게도 아라비카는 드워프도 아니면서 이 미로의 문들을 자유자재로 열고 잠갔다. 마법사들이 도착해 겨우 탈출한 카로단이 욕을 해대는 동안 라고트는 이런 문을 잠근 상대에게 내심 감탄했다. 드워프족의 문은 잠금 장치의 반대쪽에서도 문을 열거나 잠글 수 있는데 후자는 특히 상당한 기술이 필요했다. 라고트도 열긴 했지만 잠글 수 있을지는 확신이 없었다.

아라비카는 한 손으로 지팡이를 돌리면서 웃었다. 긴장한 기색은 전혀 없었다.

"늦으면 쓰나. 난 사정 봐주는 사람이 아닌데."

카로단이 이를 가는 소리가 울렸다. 그는 다른 것은 몰라도 증오심만은 맹렬하게 품을 수 있는 사람이었다.

"네놈처럼 건방진 놈들을 위해 관이 아주 많이 준비되어 있군!"

카로단은 아라비카의 맞은편에 있는 관 위로 뛰어올라갔다. 아라비카가 대꾸했다.

"자리 넉넉한데 자네도 좀 눕지 그래?"

윙, 소리와 함께 지팡이가 한 바퀴 돌며 검과 얽혔다. 새가 울부짖는 것 같은 마찰음이 났다. 숨어 있던 사샤가 고개를 내밀어 보니 적은 카로단과 마법사 한 명, 그리고 병사 십여 명이 전부였다. 사샤는 밖의 싸움이 어떻게 끝났는지 몰라서 적들이 어쩌다 저 꼴이 됐는지 의아했지만 알아서 추측하는 도리밖에 없었다. 문득 아라비카가 채찍을 빼앗았던 남자 생각이 났다. 그 사람은 보이지 않았다.

아라비카는 긴 지팡이 가운데를 두 손으로 쥔 채 마치 두 날을 가진 무기라도 휘두르는 것처럼 신기한 몸놀림을 보였다. 우측을 볼 때는 지팡이 우측을, 좌측에서는 좌측을 약간만 움직이면 칼날이 쉽사리 봉쇄되었다. 언뜻 생각하면 지팡이가 너무 길어 불편할 듯도 한데 오히려 훨씬 능란하게 사용했다. 한 번 더 세게 부딪치자 검의 이가 나가는 소리가 들렸다.

카로단은 칼날이 상하든 말든 개의치 않고 계속 맹렬히 공격해 왔다. 둘은 그새 서너 개의 관을 옮겨 다니며 대적했다. 그러나 저쪽에는 마법사가 있었다. 아라비카는 곁눈으로 그자가 새 마법을 준비하는 모습을 보았다. 예상보다 끔찍한 마법이었다. 맨 끝의 단어만이, 그것도 고대 이스나미르 어 특유의 애매한 발음으로 들렸다.

"······아스트로!"

사샤는 눈앞의 관 뚜껑이 덜덜 떨리는 것을 보고 놀라 물러나다가 다른 석관에 부딪쳤다. 그런데 등에 닿은 관도 덜컥거리더니 뭔가가 터지는 소리가 났다. 한두 군데가 아니었다. 반경 예닐곱 걸음 내의 관 십여 개에서 모두 똑같은 소리가 뇌성처럼 울렸다. 관 속에서 소리를 낸다면 그게 뭘까? 상상하는 순간 사샤는 땅이라도 파고 들어가 숨고 싶어졌다.

쿠구구구궁······.

관은 열리지도 부서지지도 않았다. 대신 뚜껑 위로 뭔가가 불쑥 일어났다. 반투명한 몸에 눈을 번뜩이는 그것은 영혼이나 시체가 아니라 시체에 남아있던 에너지가 마법사의 부름을 받아 실체로 화한 것이었다. 그렇다면 저 관속에는 아직 시체가 있었단 말인가?

궁금해 하고 있을 여유가 없었다. 아라비카는 지팡이를 휘둘러 검의 움직임을 잠시 봉쇄한 다음 펄쩍 뛰어 세 칸 너머의 관 위로 옮겨갔다. 그러나 그런 식으로 도망치기에는 이미 늦었다.

캬아아아아!

죽은 자의 에너지들이 불쾌한 괴성을 지르며 관 뒤에 주저앉아 있던 사샤를 덮쳐갔다.

"으악!"

공격이 닿기도 전에 두려움으로 혼이 빠져나갈 지경이었다. 드디어 뭔가가 닿았는지 다리가 시릿하더니 움직일 수 없을 정도로 심하게 저렸다. 반투명한 보자기가 머리 위에 씌워지는 것 같다 싶은 순간, 뜻밖의 일이 벌어졌다.

에너지들이 물러났다. 천장 위로 똑같이 생긴 회색 잔영들이 빠르게 멀어져 갔다. 그게 끝이 아니었다. 그것들은 다시 뭉쳐져 박쥐 떼처럼 날아 내려오더니 사샤가 아니라 엉뚱한 자들을 덮쳤다.

"이, 이게 어찌 된 일이야!"

카로단의 외침은 비명에 가까웠다. 그러나 사샤는 더 놀라운 광경을 보느라 적들이 어찌됐는지 신경 쓸 틈이 없었다. 저만치 아라비카가 눈을 감고 관 위에 단정히 앉아 있었다. 지팡이도 놓은 채였다. 그의 두 팔에서 정체모를 빛이 번쩍거렸다. 흡사 빛으로 된 글자들 같았다.

지지에는 일부러 느지막이 일어나 일행이 내려간 계단을 외면한 채 엉뚱한 길로 접어들었다. 그러다가 멈춰 생각에 잠겼고, 다시 걷다가

서다가 했다. 아무리 궁리해도 답이 나오지 않았다.

밖으로 나가긴 해야겠는데 이래서는 어느 세월에 길을 찾을지 알 수 없었다. 그렇다고 다시 쫓아가자니 자존심이 상했다. 언제 자존심 따위 세우며 살아왔느냐고 스스로를 설득해보려 했지만 평소와 달리 쉽사리 납득되지 않고 불쾌감만 커져갔다.

"빌어먹을."

결국 자리에 주저앉아 골똘히 생각해 보았다. 왜 이렇게까지 기분이 꼬였을까.

주제넘게 참견하는 자도, 안중에도 없다는 듯 행동하는 자도 불쾌했지만 그것만이 이유는 아니었다. 그들은 마음먹은 대로 휘둘러지지 않았다. 많은 것을 바라지도 않았는데. 속이려 할 때 적당히 속아주고, 친한 체 할 때 적당히 받아 주고, 속 깊은 곳까지는 건드리지 않고 표면에서만 미끄러지는 관계. 어려울 거 없다. 조금도 어려운 일이 아닌데…… 왜 자신은 그렇게 하지 못하고 있을까.

그러니까 정작 그러지 못하는 사람은 그들이 아니라 자신이었다.

머리끝을 매만져 보았다. 길었던 머리채를 이런 모양으로 처음 잘라 준 사람은 한 노파였다. 그 노파는 무척 많은 것을 가르쳐 주었다. 그때 배운 것들 중 지금까지 실천하는 교훈이 한두 가지가 아니다. 속기 전에 속이고, 도둑맞기 전에 훔쳐버리라고 했던가. 너무 훌륭한 말이어서 지지에는 그걸 가장 먼저 그 노파에게 실험해 보았던 것이다.

그리고 보면 그간 유일하게 의지해온 대상, 한 벌의 카드도 그 노파의 선물 아닌 선물이었다. 지지에의 손이 가방 속으로 들어가 카드를 한 장 끄집어내려다가 주저했다. 질문이 불명확할 때 카드에게 대답을 강요할 수 없다는 것을 누구보다도 자신이 잘 알고 있었다.

원하는 대답을 정해 놓고 질문해서도 안 된다. 마음속을 더듬어 문제의 실체를 잡아내지 않으면 안 된다. 자존심을 죽이고 저들을 따라가느냐 마느냐의 문제가 아니다. 달라진 관계를 원하는 사람은 어느 쪽인가? 용기가 없는 쪽은? 자신은 뭔가 바뀌기를 원하긴 하는 건가? 원한다면 왜 피하지?

바뀐 자신을 장담할 수가 없어서였다. 상처 입을 수 있는 피부로 돌아가기가 겁나기 때문이다. 누군가의 애정을 갈구하던 소녀로 돌아가는 것이 두려워서다.

지지에는 좀 전에 손에 집혔던 카드를 바꾸지 않고 그대로 꺼냈다. 그리고 카드를 보며 한동안 아무 말도 하지 못했다.

심판 카드.

노현자 아룬드(14월)의 상징인 노현자의 두 모습 가운데 하나, 때가 되어 대가를 거둬가기 위해 수확의 낫을 들고 있는 무시무시한 늙은이가 눈앞에 있었다. 머리 위로는 14월의 별 낭시그로 호가 빛났다. 의미는 분명했다. 당장 선택하라는 것이다. 지금껏 미뤘던 이유는 자기 방어 심리였을 뿐 이제 폭로되어도 좋다고, 또는 폭로해버리겠다고 카드가 말했다. 동시에 너 자신을 설명해보라고, 지금까지 해 온 행동을 변명해보라고 말하고 있었다.

잠시 후 지지에가 나직이 뇌까렸다.

"사람은 그리 쉽게 변하지 않아."

지지에는 카드를 바닥에 내려놓고 문자 아룬드(12월)에 하룻밤 동안 달빛을 먹게 한 석필을 꺼냈다. 카드 주위에 동그라미를 그리고 자신이 아는 몇 안 되는 고대 이스나미르 어 단어를 사방에 썼다. 이딜라(카드), 장트(기억), 피아(예언), 그리고 데를론(궁전).

손바닥을 카드 위에 덮자 석필로 쓴 글씨들이 빛나기 시작하더니 이윽고 연기로 변해 사라져 버렸다. 손을 뗐을 때 카드는 그 자리에 없었다. 가방 안의 제자리로 되돌아갔을 것이다. 지지에가 네냐 족 어머니에게 물려받은 몇 안 되는 기술 가운데 하나였다. 그녀는 정확한 의미도 모르고 다만 카드의 의미에 휘둘리지 않겠다는 의미로 이 의식을 행하곤 했다.

석필을 양피지에 싸서 도로 집어넣으려 했을 때였다. 갑자기 석필이 바르르 떨리더니 오뚝하니 일어서는 것이 아닌가.

"어머!"

일어선 석필이 허공으로 팔딱 뛰어오르자 지지에는 정신없이 몸을 뒤로 물렸다. 허공에 멈추는 것을 봤을 때는 더욱 놀랐다. 귀신의 장난인가? 미로 속에 영혼이 돌아다니나?

까딱.

석필이 지지에를 향해 인사를 했다. 이어 눈을 동그랗게 뜬 그녀 앞에서 빙글빙글 돌며 춤을 추었다. 보이지 않는 자의 손에 잡혀 있다 해도 저렇게 희한하게 움직이기란 힘들었다. 지지에는 입술을 오므렸다가 소리쳤다.

"누구야! 안 보이는 건 질색이야!"

석필이 멈추더니 미안하다는 듯 다시 한 번 꾸벅거렸다. 어이가 없었다. 그러더니 드디어 누군가가 손에 쥔 모양으로 변했다. 허공에 글씨가 나타나기 시작했다.

지지에가 중얼거렸다.

"뒤집어서 썼잖아. 거울 글자는 보기가 힘들어."

지지에는 점을 치는 사람이라 단순히 겁만 먹지는 않았다. 영혼의 존재를 느낀 것도 오늘이 처음은 아니었다. 석필은 지지에의 말을 알아들은 것처럼 멈추었다가 쉽게 알아볼 수 있는 방향으로 다시 썼다. 빛나는 선으로 된 글씨는 몇 개가 이지러지기도 했고 글씨체 역시 조금 이상했지만 뜻은 알아볼 수 있었다.

이딜라의 예언자, 네 이름은 네냐 어머니의 것이군.

"네냐 어머니?"

지지에는 선뜩한 기분이 들어 어깨를 움츠리며 되물었다. 보이지 않는 상대는 어느새 뒤로 돌아와 자신의 어깨에 손을 얹을 수도 있었다. 그런데 네냐 어머니라니, 그건 무슨 말인가?

"내 어머니는 나하고 이름이 달라."

글씨가 또다시 나타났다.

네 어머니가 아니라 네냐의 어머니. 네냐의 운명을 만든 여인. 방랑하는 자 카니크 페라루하의 누이.

"카니크…… 페라루하……?"
지지에는 당혹스러웠다. 카니크는 죽은 어머니의 성이었지만 유래는 전혀 몰랐다. 그녀의 네냐 족 어머니는 딸에게 아무것도 말해주지 않았다. 아니, 말해줄 수가 없었다.
석필이 쓴 '카니크 페라루하'라는 단어는 지금까지 쓴 다른 글자들과는 달리 빠르고 아름다운 달필이었다. 이어 석필은 지지에의 이름을 똑같은 달필로 썼다.

검푸른 머리와 흰 옆얼굴의 카니크 지지에.

"그…… 그건 내가 아니야. 나하고는 상관없어. 난 네냐가 뭔지도 몰라. 내겐 오빠도 없어."
그렇게 말하면서도 지지에는 호기심이 일어 석필이 다음 글을 보여주길 기다렸다. 그녀는 자신의 네냐 뿌리에 대해 잘 몰랐다. 남은 것이라고는 키릴에게 들려주었던 노래와 어머니가 지어 준 이상한 이름, 아버지가 몹시 싫어해서 결코 입 밖에 내지 못하게 했던 이 이름뿐이었다.

어머니의 이름은 우연히 주어지지 않아.
그 이름은 이제 너의 것.
그리고 너의 딸과 아들의 것.
그들이 대륙에 돌아올 때
다시 다른 자의 것이 되겠지.
그렇게 보석 같은 이름은 이어져 간다.

'딸과 아들'이라는 글자를 보는 지지에의 눈이 흔들렸다. 물론 자신에게는 자식이 없었고 앞으로도 그런 존재들은 없으리라 생각해 왔다. 그녀는 결코 어머니가 되고 싶지 않았다. 특히, 그녀의 어머니 같은 어머니는.
"당신은 누구지? 오래 전에 죽은 영혼인가? 이스나에인가?"
짧고 빠른 대답이 휘갈겨졌다.

어느 쪽도 아냐.

"그러면? 혹시 사령(邪靈)?"
석필이 멈추었다가 맹렬한 기세로 움직였다.

함부로 말하지 마라. 내 존재의 작은 일부분이라도 짐작할 네가 아니다.

지지에는 두려워져서 새삼 멈칫했다. 자기 앞에 나타나 비교적 우호적인 태도를 보이는 이 초자연적 존재를 화나게 해봤자 좋은 일은 전혀 없을 듯했다.

"미안해. 더 아는 것이 없다보니 그냥 해본 말이었어. 모르는 건 할 수 없지만 뭔가 부를 이름은 있어야지. 당신은 내 이름을 아는데 나는 당신의 이름을 모르는군. 이름이 혹시 있다면……."

글씨체로는 감정을 알기 힘든 법인데 이 알 수 없는 상대의 글씨에서는 감정이 느껴졌다. 상대는 딱딱하지만 적대적이지는 않은 태도로 답했다.

에르나비크.

"에르나…… 비크. 만나서 반가워. 그런데 왜 내 앞에 나타났는지 물어봐도 될까?"

상대가 여자인지 남자인지 아이인지 어른인지도 구별이 가지 않았<u>으므로</u> 말을 고르기가 힘들었다.

네가 지지에의 이름을 가졌기 때문이야. 초승달의 처녀, 검푸른 머릿단의 지지에, 그녀와 나는 오랜 인연이 있다.

"단지 그뿐이야? 하지만 난 그녀를 모르는데 무슨 얘길 해야 되지?"
뒤이어 나타난 문장을 보며 지지에는 말문이 막혔다.

넌 네 얘기를 하면 돼. 네가 스스로의 소원을 분명히 알고 말한다면 내가 이루어 주지.

단순한 말이 아니었다. 지지에의 소원을 저 정체 모를 '에르나비크'는 이미 알고 있고, 지지에가 스스로도 깨닫고 말하면 들어주겠다는 뜻이었다. 그러나 그러지 못한다면? 다시 말해 거짓말을 한다면?
 이미 알던 사실이 다시 싸늘하게 다가왔다. 오래 전 어느 하루부터 거짓말을 하기 시작해서 지금까지 거짓말만 해 오느라 진실을 말하는 법은 거의 잊고 있었다.
 그러나 상대방은 두려웠다. 자신의 이름이, 누구인지는 모르지만 어느 훌륭한 옛 인물과 같은 모양인데 그 이름을 더럽힐 정도로 형편없는 여자라는 사실을 알면 화를 낼지도 모른다. 옛날의 '카니크 지지에'가 그리 훌륭한 인물이 아니었다 해도 지금의 '지지에 카니크'보다는 낫겠지. 자신은 거짓말과 사기로 동전푼 챙기는 것밖에 모르는 형편없는 여자니까. 진심을 말하는 건 카드를 만질 때뿐. 하지만 진심으로 말해 주는 카드의 충고조차 오늘은 거절했다. 에르나비크도 그걸 보았을 것이다.
 지지에는 두려움과 자괴감에 사로잡혀 한참 생각한 끝에 말했다.

"괜찮아. 거절할게. 난 이대로도 괜찮아. 다른 길도 없고. 그러니까 소원도 없어. 다들 날 가만히 내버려두기만 했으면 좋겠어."

어이가 없군. 너 자신을 그렇게 모르나?

눈앞에서 은빛 글자들이 지워지더니 작은 구멍이 나타나 점점 커졌다. 지지에가 놀란 나머지 숨조차 멈춘 사이 구멍 속에서 어둠이 걷히더니 어떤 영상이 구체화되었다. 높은 절벽 아래 불타는 용암이 흘렀다. 그 위에 가느다랗게 걸쳐진 길이 있고 익숙한 자의 모습이 어른거렸다.

길로 달려드는 다른 그림자가 보였다. 금빛 머리가 용암 때문에 한층 선연했다. 익숙한 그림자는 비켜서려 했다. 그러나 상대보다 빠르지 못했고, 달려든 자가 그의 팔목을 비틀며 발목을 걸어찼다. 아래로 떨어뜨릴 작정인 듯했다. 둘은 넘어진 채 위험천만하게 좁은 다리 위에서 뒹굴었다.

뒤에서 다른 그림자가 접근해 왔다. 그때 지지에가 잘 아는, 그러나 평소와는 너무나 달라진 목소리가 외쳤다.

"가까이 오지 마, 비주!"

아니다. 아아…… 아니야. 이럴 수는 없다.
잘못 본 게다. 있을 수 없는 일이다. 일어나선 안 될 일이다.

지금보다 더한 지옥에 던져질 수는 없다고 생각했는데.

키릴, 키릴츠, 키릴로차 르 반은 눈앞에서 흔들리는 검은 비단 복면을 올려다보았다. 그자의 손이 쓰러진 자신의 어깨를 짓누르고 있었다. 그 자세로는 할 수만 있다면 벌떡 일어나 적이 중심을 잃도록 해서 용암 아래로 밀어버리는 것이 가장 좋은 방법이었다. 그러나 할 수 없었다. 자신뿐 아니라 다른 누구에게도 손대게 할 수 없었다.

금빛 머리가 바로 이마 위에서 흔들렸다. 허리를 굽혀 반쯤 열린 복면 너머로 섬세한 입술이 보였다. 아아, 할 수 없다. 아무것도 할 수 없다.

어째서 너는 여기에 있는 것이냐.

선뜻 다가온 손이 키릴의 목을 움켜쥐었다. 한 손만으로도 강한 힘이었다. 이해할 수 없을 정도로, 마법으로 강화되지 않고는 가능하지 않은 힘으로 그자는 키릴의 목을 눌렀다.

"……"

눈앞이 흐릿해졌다. 가슴이 터질 듯 고동쳤다. 죽음이 눈앞에 와서일까, 아니면 그보다 더한 고통이 심장을 찌르기 때문일까.

키릴의 손이 맥없이 올라가 비단 복면을 젖혔지만 이미 눈이 잘 보이지 않았다. 눈물 때문이었는지도 모른다. 뿌옇게 흐려진 세상은 손쓸 수 없는 잔인한 안개 속…….

잠시 후, 핏기 잃은 키릴의 손이 상대의 목을 똑같이 움켜잡았다. 처음에는 매달리다시피, 그러나 곧 알 수 없는 집념에 사로잡혀 손아귀의 힘은 강해져 갔다. 바꾸지도, 다시 시작하지도 못하는 이 세상을 이 손으로 끝장내고 싶다. 너와 내가 사라진다면, 그래, 너와 내가 함께 사라진다면.

움켜쥔 목에서 생명의 꿈틀거림이 전해져왔다. 맥박이 파들파들 떨렸다. 살갗은 물컹거렸고, 따뜻했다. 이런 것을 비주는 어쩌면 그렇게 쉽게 꺾어버릴 수 있을까.

비주…… 너는?

팔이 덜덜 떨릴 정도로 힘을 주었다. 이제 숨이 쉬어지지 않았다. 마지막으로 입술을 움직이려 했다. 아무 소리도 나오지 않건만 마지막까지 움직였다. 들리지 않을 한 마디를 위해.

보고 싶었다, 너를 다시.

시야와 정신이 동시에 흐려지는 동안 문득 시원한 바람이 새어들어 왔다. 퍼뜩 정신을 차렸다. 숨이 트였다. 목을 조르던 손이 풀려 있었다. 자신의 손도 이미 손가락 몇 개로만 상대의 목에 걸려 있을 따름이었다.

적의 입가가 보였다. 여전히 둘 사이를 가리며 흔들리는 복면, 그 너머에서 익숙한 숨결이 흘러나왔다. 그러나 그만이었다. 자신의 손이 돌바닥에 부딪치는 것도 느끼지 못한 채 키릴은 상대가 그의 몸에서 떨어지는 것을 보고 있었다.

지지에는 한 마디도 하지 못했다. 눈을 부릅뜨고 에르나비크가 열어준 영상을 뚫어지게 보았을 뿐이었다. 그 영상 위로 마치 그림에 서명이라도 하듯 은빛 글씨가 나타났다.

솔직하지 못하군.

갑자기 화가 치밀었다. 정체 모를 이자가 왜 자신을 시험하는 것인가. 자신이 키릴을 구해 달라고, 그가 죽지 않도록 도와 달라고 외쳤어야 한다 이건가?
지지에는 분노를 누르며 말했다.
"됐어, 이거면 충분해. 당신은 부인했지만 내가 보기에 당신은 악에 가까운 존재야. 아니라면 사람을 이렇게 시험할 리 없지. 내가 저자를 구해 달라고 왜 애걸해야 하는데? 저자는 나한테 아무 의미도 없어. 친구도 친척도 연인도 아니야. 뭘 원해? 내게 죽어 가는 자를 동정할 자비심이 남아있는지 시험하려고?"
글씨가 다시 나타났다. 이번에 섞인 감정은 틀림없이 비웃음이었다.

나는 네게 그런 요청을 하라고 한 일이 없는데.

지지에는 벽을 냅다 걷어차며 소리쳤다.
"그래서? 뭘 어쩌겠다는 거야? 그만 집어치우시지? 왜 이쪽이나 저쪽이나 남의 일에 상관하지 못해 안달인데? 내 인생은 내가 알아서 쓰레기장에 처넣을 테니까 누군지도 모를 당신까지 달려들어 쓰레기를 치울 필요는 없단 말이야!"

잠시 후 지지에는 뜻밖의 소리를 들었다. 누군가가 웃고 있었다.

푸후후훗, 후후후……

등줄기를 타고 땀방울이 흘렀다. 이마에도 식은땀이 흥건히 배어났다. 나지막한 웃음소리는 젊은 여자의 것이었다. 이 여자가 에르나비크?
다시 글씨가 나타났지만 이제는 조금 전처럼 편히 볼 수가 없었다. 상대는 목소리마저 가진 실체였다.

넌 진실로 일관되게 정직하지 못하구나. 가식과 헛된 자존심의 덩어리로구나.
억지로 네 입을 빌리느니 그냥 내 손으로 선물을 주는 편이 낫겠다.
그렇지만 알아둬.
그런 태도 때문에 언젠가 큰 실수를 저지르게 될 거야.

키릴은 일어섰다. 그자는 표정 없는 눈으로 키릴을 바라보고 있었다. 아무 감정도 없이. 키릴은 그런 태도를 이해할 수 없었지만 동시에 불길한 짐작이 떠올랐다. 최악의 상황만큼은 누구보다도 잘 예측할 수 있는 자신이었다. 무슨 일이 일어났는가. 상상만으로도 몸이 떨렸다. 텅 빈 듯 초점 없는 눈은 마치 죽은 자의 그것과도 같은…….

그때 키릴이 오던 방향에서 새로운 그림자가 나타났다. 그자는 건너오려 하는 대신 이쪽을 유심히 보더니 웃음을 터뜨렸다.

"하! 근사한 재회 중이군."

그자는 마법사인 듯했으나 두건을 내려 쓰고 있어 얼굴은 보이지 않았다. 그는 웃음을 그치더니 말했다.

"서로 죽일 수가 없는 모양인데, 내가 해결해 줄까?"

사내가 두 손을 모으며 주문을 외우자 사방에서 천둥 같은 소리가 우르릉대는가 싶더니 불길의 강에 소용돌이가 생겨났다. 소용돌이는 다리의 교각을 이룬 땅을 후려쳤다. 비록 규모는 작았지만 워낙 아슬아슬하게 좁은 땅이어서 울림이 일어나며 다리가 흔들렸다. 한 번, 또 한 번 되풀이되자 다리 곳곳에서 부서진 돌들이 떨어졌다.

"오래 전에…… 교수님께서 네 녀석과 마법 대결을 해보라고 하셨는데 말이야……."

그자가 몇 마디 더 주문을 외우자 소용돌이가 하나 더 나타났다. 두 소용돌이는 맹렬히 돌며 교각에 부딪쳤다. 한쪽에서 큰 바위가 쪼개져 용암 속으로 떨어졌다.

"난 싫다고 했어. 왜냐면…… 네 녀석한테 이길 것 같지가 않았거든. 지는 대결은 해서 뭘 하겠어…… 안 그래?"

다시 바위 몇 개가 용암 속으로 사라져 갔다. 이대로라면 다리가 무너지는 것은 시간문제로 보였다. 그러나 키릴도, 마주선 자도 서로의 얼굴을 뚫어져라 볼 뿐 다른 어떤 일도 보거나 듣지 못했다. 비주는 조금 떨어진 곳에서 그 광경을 바라보고 있었다. 키릴이 가까이 오지 말라고 했기에.

소용돌이는 세 개로 늘어났다. 다리가 무너진다면 카로단이 원하는 서쪽으로 가는 길도 끊기건만 그 마법사는 조금도 신경 쓰는 기색이 아니었다.

"지금처럼…… 이기는 대결을 해야지. 이런 날은 언젠가 오거든. 기다리기만 하면…… 인내심만 있으면 돼……."

다리 한쪽이 막 쪼개지는 순간, 마주보던 상대가 키릴을 향해 손을 뻗어왔다. 키릴의 목덜미를 움켜쥐더니 허공에 번쩍 들어올렸다. 조금만 움직이면 키릴의 몸은 저 용암 속으로 던져질 판이었다. 그런데도 키릴은 비주를 향해 억지로 고개를 저었다.

"아니…… 안 돼."

다리의 끊어진 부분이 다음 부분을 때리고, 균열이 발밑까지 달려왔다. 막 두 사람이 선 곳에 닿으려는 순간 등 뒤에서 비주가 화살처럼 달려들었다. 그녀는 뭔가를 쥔 듯한 자세로 손을 높이 올렸는데 손에는 아무것도 없었다. 그녀는 그 자세 그대로 세 걸음 만에 키릴 곁에 도달했다.

그러나 늦었다.

"아!"

표정 없던 비주의 입에서 처음으로 비명이 튀어나왔다. 키릴의 몸은 적의 손을 떠나 용암 속으로 내던져졌다. 곧이어 손에 든 것이 검이었다면 발목을 자르려 했다고 할 만한 자세로 비주가 달려들었고, 저 금발의 적, 아스트로는 놀랄 만한 탄력으로 몸을 솟구쳐 무너지는 부분을 건너뛰었다. 비주가 뒤따라와 반격하리라는 예상은 그만의 생각이었다. 비주는 쥐고 있던 검을 추스르는 것처럼 손목을 오므리더니 바닥을 박차고 용암 속으로 뛰어내렸다.

뼈의 도시

먼지가 아지랑이처럼 피어올랐다. 세계는 노랬다. 하늘이 저토록 푸르건만 사방에 흰 물방울 하나 없었다. 바짝 마른 자갈과 모래만이 세계의 전부인 양 펼쳐져 있었다.

바람이 자고부터 보이기 시작한 지평선은 희망이 아니라 절망만 안겨 주었다. 가까운 곳에서 먼 곳까지 무변한 세상이었다. 말없이 누운 긴 모래언덕뿐이었다. 언덕은 어느 순간 사라졌다가 다시 나타나 평평해지고 마침내 깊은 골짜기가 되었다. 실은 살아 있는 무언가의 일부가 아닐까. 숨을 불어넣어 부풀렸다가 가라앉히고 불편한 자세를 고쳐 눕는 굴곡 많은 이는 아마도 여인, 어디에 있는지 모를 눈으로 푸른 허공에 황폐한 시선을 보내며 말하는 듯했다.

이 세상은 무(無)인 편이 좋았으리라고.

두렵고 두려우며 두려우신 분.
세상 만물의 머리를 거느리시며
혼령들의 군주로 군림하시는 그분.
산 생명 모두 값없이 만드셨으니
거둘 때도 대가 주지 아니할 분.
매의 눈으로 불의한 자 보시고
갈고리 긴 발톱으로 채어 가사
정수리부터 발끝까지 둘로 찢어
살과 뼈를 씹고 혼을 마실지니
숙인 머리를 결코 들지 말지니라.
오직 찬미하고 경외할 그분 앞에서.

누른 모래땅 위에 검은 피부를 한 자가 책상다리를 하고 앉아 노래인지 주문인지 모를 말을 읊조렸다. 그는 머리를 풀고 모든 장신구를 떼어낸 모습이었다. 손바닥을 안쪽으로 향한 채 팔을 뻗어 둥글게 구부리자 웃옷을 벗어 드러낸 검은 가슴에 청동색 광채가 흐르는 듯했다. 두 팔에는 어깨부터 손등에 이르기까지 물결 같은 무늬가 굽이쳤다.
다시 바람이 불기 시작하자 검푸른 머리가 흩날리며 춤을 추었다.

신의 사도여. 두려워하는 자여. 의지 굳은 하르마탄의 혼이여.

'신' 이라는 말은 하르마탄의 비카르나 족에게는 아주 특별한 의미였다. 그러나 대륙의 다른 종족들에게는 '운명'이나 '하늘', 때로는 '귀신'과 비슷한 의미에 불과했다.

오랜만에 고양감이 몸 전체를 휘돌았다. 태양이 내리쬐건만 눈꺼풀 속은 여전한 암흑, 그 속에서 초월자와의 교감이 물줄기가 터지듯 솟아 올랐다. 팔의 무늬가 빛나기 시작했다. 어깨부터 손등까지 눈부신 빛이 뻗어 나왔다. 무늬의 정체는 문자였다. **빽빽하게 쓴 주문 글자였다.**

검은 인간은 눈을 뜨고 손 너머의 지평선을 바라보았다. 먼지와 아지랑이가 엉켜 열기 어린 춤을 추었다.

신성한 땅이여, 인간의 발이 뒤늦게 닿아
제 소산 내주기를 거부하는 오만한 땅이여,
너에게 자비와 동정을 구걸하지는 않는다.
생명은 살아가기 위해 한없이 이기적인 존재.
너 생명을 품지 못한 땅에 비길 바 아니니
핍박에 굴하지 않고 성난 말처럼 달려간다.

신성한 손이 짓지 않은 자 세상에 없고
손 뻗어 거두지 못할 자 어디에도 없으니
너 또한 필멸자의 육신을 지녔을 뿐이다.

생명은 살아가기 위해 영원히 이기적인 존재.
네 웅크린 품에서 숨겨진 샘을 움켜 마시고
적대적인 태양 아래에서도 다리를 뻗으리라.

 강건한 입술에서 흘러나온 말은 외침에 가깝되 노래처럼 풍부하게 울렸다. 빛나는 팔과 휘날리는 머리, 자신만만하게 눈을 치켜뜬 그는 아무도 무너뜨릴 수 없는 성채처럼 적대적인 대지 위에서도 자유로웠다. 태양 아래 뿔 산호처럼 빛나는 검은 피부는 자연스러웠다. 흰 피부는 백열의 사막과 어울리지 않았다. 약속과 믿음의 타로핀처럼 태양빛조차 빨아들이는 존재만이 이곳에 어울렸다.
 살아 있는 타로핀이라고도 불리는 비카르나는 아르마티스 족과는 또 다른 의미로 신비로운 정신 문명의 소유자들이었다. 대륙의 나라들보다 훨씬 오랜 역사와 문명을 가꿔온 차크라타난의 지배자이며, 그들만의 방식으로 세상과 자연을 이해했다. 아라비카 아라빈다는 한때 이 신성한 민족을 위한 제사장의 운명을 타고났었다.
 짧은 제의를 마치고 일어선 아라비카는 온 몸에 붙은 모래를 털어 냈다. 발 옆에 개어 놓았던 웃옷을 집어 달아오른 등에 걸치고 검은 쇠 지팡이를 집어 들었다. 색실을 꼬아 만든 끈으로 머리를 묶었다. 그의 팔에서 빛나던 글자들이 서서히 흐려지다가 사라졌다.
 발끝에 푸석한 모래가 차여 흩날렸다.
 백여 걸음 넘게 걸어서야 일행이 있는 곳에 되돌아왔다. 사샤가 제일 먼저 반색했다.

"기우제라도 지냈어?"

아라비카가 고개를 끄덕거리며 바닥에 시체처럼 누운 한 사람을 흘끗 보았다.

"좀 어때?"

담요로 햇빛을 가려 주느라 진땀을 흘리던 지지에가 한숨을 내쉬었다.

"똑같아. 뭘 더 해줘야 좋을지 모르겠어."

"이제 좋아질 거야. 내가 장담해."

아라비카를 올려다본 지지에가 맥없는 미소를 날렸다.

"오죽하면 내가 저 말을 믿고 싶어질까."

사샤는 지지에와 달리 그 말을 곧이들었는지 재차 되물었다.

"그래? 뭘 했는데? 기도했어? 이스나에한테?"

다들 기운이 없었지만 아라비카만은 그렇지 않았다. 그는 심지어 그 무거운 지팡이를 한바탕 휘둘러 보이며 대꾸했다.

"오오, 협박에 굴하라 빌어먹을 땅이여, 라고 외쳐 주었지."

"......으음."

실망한 사샤가 주저앉고 나서도 아라비카의 얼굴에서는 자신감이 떠나지 않았다. 엉성한 차양을 완성해 환자에게 걸쳐 주는데 성공한 지지에가 한바탕 기지개를 켜다가 아라비카를 훔쳐보았다.

"당신은 정말 잘 버티네. 그럴 리 없겠지만 마치 덥지도 않고 물도 없어도 되는 것 같아."

아라비카는 다들 피하고 싶어 하는 태양을 올려다보다가 다시 지지에를 보았다. 검푸른 눈이 소년처럼 진지해졌다.

"하르마탄에 가 봤어?"

"하르마탄 섬?"

아라비카가 빙긋 웃더니 정정했다.

"비카르나들은 하르마탄도 대륙이라고 해. 사실 이스나미르와 맞먹을 정도로 크거든."

지지에는 웃는 대신 입 끝만 실룩였다.

"그렇다 치지 뭐. 어쨌든 거긴 못 가봤어."

"그곳은 바람의 땅이지."

이야기를 시작하는 아라비카의 눈이 반짝였다.

"고대 이스나미르 어로 '폭풍의 고향'이라는 뜻이거든. 어떤 사람들은 '고향'이라는 뜻의 '탄'을 '눈동자'라는 의미의 '탄'과 바꿔 생각해서 '폭풍의 눈동자'라고도 해. 아라스탄 호수의 '탄'은 눈동자라는 뜻이라는데, 애매하게 구전된 고대 이스나미르 어의 발음이야 어느 땅의 어느 학자도 장담 못하는 거니까. 굳이 따지자면 하르마탄의 '탄' 쪽이 조금 긴 발음이라고 하지."

지지에는 관심 없는 얼굴로 턱을 까딱거렸다.

"요점만 말해."

"하하, 알았어. 당신은 늘 단순한 쪽을 좋아하지."

환자가 잠든 것을 확인한 사샤도 아라비카의 이야기에 무심코 귀를 기울이고 있었다.

"난 거기서 나고 자랐어. 비카르나는 하르마탄을 잘 떠나지도 않지만 혹시 대륙에 건너왔다 해도 아이를 낳을 땐 반드시 고향으로 되돌아가지. 하르마탄이 대륙보다 남쪽이라 따뜻할 것 같다고 생각하는 사람들이 있는데 그게 그렇지가 않아. 메마르고 황량한 데다 바람만이 저들의 고향인 양 몰아치는 땅이지. 짧은 겨울은 대륙 북부보다 추울 정도야. 여름은 건조한 데다 정신을 잃을 정도로 덥고. 난 하르마탄을 떠난 뒤로 한 번도 진정한 추위, 또는 진정한 더위나 메마름을 느껴 본 일이 없어. 하르마탄에서 나이를 먹은 자들은 황폐한 땅에 적응하는 법을 저절로 배우게 되지."

아라비카가 헛기침을 하더니 덧붙였다.

"물론 나는 추위와 폭설…… 인가 하는 것으로 유명한 노르마크 땅에는 못 가봤으니까 겨울에 대한 의견은 틀렸을 가능성도 있지."

지지에는 금방 알아들었다.

"당신, 눈을 본 일이 없지?"

아라비카가 멀뚱한 눈으로 고개를 저었다.

"눈? 무슨 소리야? 하르마탄에도 싸락눈 정도는 와. 그리고 내가 대륙에서 지낸 지가 벌써 몇 년인데. 노르마크는 못 가봤지만 이스나미르 북쪽에도 눈은 상당히 내리더라고. 실에 있었을 때는……."

거기까지 말하던 아라비카가 갑자기 입을 다물더니 말을 돌리려는 것처럼 다른 이야기를 꺼냈다.

"그런데 비주는 왜 이렇게 안 돌아오지?"

지지에는 곁눈으로 아라비카를 살펴봤다. 사연이 있다는 것쯤 눈치 빠른 그녀가 알아채지 못할 리 없었지만 그녀는 굳이 캐묻지 않고 말을 받았다.

"누가 네이판키아 족의 행동을 이해할 수 있겠어. 이대로 돌아오지 않는다 해도 그리 특별한 사건은 아닐걸."

"그건 그렇지 않아."

아라비카는 조잡한 담요 차양 아래 누워 있는 사람을 바라봤다.

"저 친구를 두고 떠날 리가 없지."

"……"

지지에는 반박하지도 동의하지도 않은 채 고개를 돌렸다. 태양을 등진 그녀의 표정이 살짝 굳어졌다.

일행이 아르마티스 족의 미궁을 빠져 나와 탁 트인 황무지를 걷기 시작한 지도 한 아룬드(달)가 흘렀다. 그간 함께 고생한 끝에 그들은 마음을 터놓는 정도는 아니라 해도 그럭저럭 자연스럽게 도울 정도의 우애는 갖게 되었다.

사실 그건 미묘한 균형이었다. 그들 각각은 저 미궁 속에서 잊을 수 없는 경험들을 했다. 그중 몇은 서로 관련이 있었다. 정체 모를 힘이 용암으로 떨어지는 키릴과 비주를 붙잡아 미궁 출구로 이동시킨 사건을 설명할 수 있는 사람은 지지에뿐이었다. 그러나 그녀는 아무 말도 하지 않았다. 키릴 역시 그들이 간 곳에 어째서 지지에가 먼저 와 있는지 의아하게 여겨야 마땅했는데 아무 질문도 하지 않았다.

아라비카와 사샤가 잠시 후 뜻밖이라는 듯 나타난 것 역시 설명이 되지 않았다. 추적자 중 마법사 하나가 다리 일부를 무너뜨려서 적들이 뒤쫓아 오지 못했을 정도인데, 그들은 그저 앞으로 나아가다 보니 이곳에 다다랐다는 희한한 설명밖에 하지 못했다.

키릴이 자신이 만난 뜻밖의 적에 대해 말하지 않은 것은 물론이었다. 그는 어쨌든 다리 너머에 남겨졌다…… 죽지는 않았을 것이다.

이렇듯 서로 아무 설명도 하지 않았건만 어느새 그들은 동료처럼 행동하고 있었다. 반면 상대가 자신을 얼마나 신뢰하는지는 누구도 확신하지 못했다. 한 걸음씩 다가선 것에 불과했다. 언제 다시 물러설지는 아무도 알지 못했다.

해가 저물 무렵에도 비주는 돌아오지 않았다. 일행은 어쩔 수 없이 이곳에서 하룻밤 머물 준비를 했다. 밤이 되면 사막은 추웠다. 모닥불이라도 있으면 좋겠지만 나무 한 그루, 풀 한 포기 찾아보기 힘든 곳이라 불은 엄두도 낼 수 없었다.

모래바닥에 구덩이를 팠다. 이 일은 매번 아라비카의 몫이었고 그도 누가 도와주기를 기대하지 않았다. 지지에는 저녁식사로 먹을 말린 식량을 나누었다. 열흘 전부터 양을 반으로 줄였지만 각자 가져왔던 식량 주머니가 대부분 바닥이 나서 이틀 뒤도 장담할 수 없는 상태였다.

사샤는 시시각각 붉어져가는 서쪽하늘을 멍하니 보았다. 저녁의 용광로 속에서 하루의 기억이 불붙은 쇳덩이처럼 녹아내리고…….
밤이 되었다.
"추워."
지지에는 자기가 한 말에 스스로 고개를 끄덕끄덕했다. 대답할 사람은 없었다. 아라비카는 낮에 여러 가지 일을 해서 피곤했는지 일찍 곯아떨어졌고 사샤도 아이답게 푹 잠들었다. 자는지 아닌지 모를 키릴은 눈을 감고 구덩이 벽에 비스듬히 기대 앉아 있었다.
지지에는 눈을 약간 치프면서 키릴 쪽을 보았다. 이렇게 눈을 치프는 것은 그녀의 오랜 버릇이었다. 어려서 그런 눈을 하면 아버지에게 따귀를 얻어맞았다. 계집애가 건방져 보인다는 것이 이유였다. 아버지가 곁에 없는 지금, 그녀는 종종 이렇게 눈을 치프고는 자신이 그 시절의 어리석은 계집아이, 그레첸이 아님을 즐기곤 했다.
그레첸.
이름만 들어도 알 수 있다시피 지지에는 노르마크 태생이었다. 이스나미르 사람들은 같은 엘라비다 족이라고 여기지만 그들 스스로는 결코 그렇게 생각하지 않는 담대하고 호방한 노르마크 인이었다. 지지에라는 출처도 모를 이상야릇한 이름에 비해 그레첸은 평범하고 정겨운 이름이었다. 하긴 지지에도 근본 없는 이름은 아니었다. 아르마티스 족의 미궁에서 만났던 에르나비크가 말해 주지 않았던가. 네냐 족의 어머니인 고대 이스나미르의 여인, 카니크 지지에의 것이었다고. 그렇게 생각하면 지지에처럼 민족에 대해 거의 모르는 여자한테는 과분한 듯했다.

빨강도 아니고 금발도 아닌 오렌지빛 머리도 평범하지 않기는 마찬가지였다. 마브릴들의 나라에 온 후로 엇비슷한 빛깔을 보긴 했지만 어쨌든 지지에가 태어나고 자란 노르마크에서는 별난 빛깔이었다. 금빛 눈도 마찬가지였다. 흔히들 그 눈은 정령의 것이라고들 했다.

그런 특이한 외모 탓에 지지에는 어려서 요정이 바꿔치기 한 아이라는 쑥덕거림에 심하게 시달렸다. 그런 소문이 신비로운 용모의 소녀에 대한 질투에서 나왔음을 깨달은 건 훨씬 나이가 든 후였다. '요정이 바꿔치기 한 아이(Changeling)'라는 말은 보통 작고 못생긴 아이들에게 붙이는 별명이었던 것이다.

하지만 그런 지분거림도 열 살 전에 끝장나 버렸다. 머릿수건을 씌워 머리카락을 가리고 누덕누덕 기운 옷에 초라한 앞치마, 꾀죄죄한 맨발이 일상이 된 후로 누구도 지지에를 시기하지 않았다. 열다섯 살이 되어도 마을 잔치에 입고 나갈 고운 옷 한 벌이 없는 아이를 아랑곳할 사람은 없었다.

그 시절 지지에는 남들이 밤새워 사과주를 마시며 춤추는 동안 혼자 다락방에 앉아 어머니의 유일한 유품이던 카드를 만지작거리고 있었다. 그때의 카드는 지금 그녀가 가진 금박 줄을 두른 화려한 카드와 비교하기도 어려운 초라한 물건이었다. 당시에는 카드의 의미도 전혀 몰랐고 각 카드의 그림이 누구를 그린 건지도 몰랐다. 점을 치는 카드라는 것도 물론 몰랐다.

그러나 그림들만은 어린 지지에의 마음을 끌었다. 그중 1번 카드에 그려진 젊은 청년이 가장 좋았다. 검푸른 머리를 하고 하늘을 바라보는 아름다운 젊은이 밑에는 '마법사(Magician)'라고 쓰여 있었다. 마법사라니 정말 멋지지 않아, 하고 그녀는 생각했다. 소년들에게 관심이 가는 나이가 됐지만 누가 손을 내밀어주지도, 내밀어 줄 수도 없었으므로 소녀의 마음은 자연히 젊고 이상적으로 보이는 남자의 그림에 끌렸다. 그림 속의 남자를 멍하니 보고 있노라면 언젠가 그런 사람이 나타나 줄 것만 같아 괜히 가슴이 두근거리기도 했다.

낡은 카드에 그려졌던 아름다운 그림들⋯⋯. 그것들을 늘어놓으며 이야기를 만들었다. 젊은 마법사는 때로 17번 카드에 그려진 분홍빛 물병의 아가씨, 다른 때는 7번 카드 속에서 은발을 휘날리며 전차를 모는 여전사와도 짝이 되었다. 그러나 어린 지지에는 자신이 만든 이야기 속에서 늘 그들을 헤어지게 했고, 혼자가 된 마법사에게는 새로운 여인이 나타나리라는 암시를 주었다. 그건 물론 그녀 자신이었다. 지금은 초라하지만 어른이 되면 굉장히 아름다워질 것이 틀림없는 다락방의 공주가 그를 기다리고 있는 것이다.

유치하기 짝이 없는 이야기들.

세월이 흘러 다락방의 어린 공주 그레첸은 사라지고, 이제 이곳에는 교활하고 돈푼에 민감하며 젊은 남자를 동경하는 일 따위는 없는 지지에 카니크가 있을 뿐이었다. 쓴웃음이 일어나 입가가 실룩거렸다. 다시 잠을 청하려 구덩이 속에서 머리를 옮기던 그녀의 눈에 키릴의 머리카락이 보였다. 파란 달빛 때문에 검푸른 물줄기처럼 보이는 머리였다.

하얀 눈꺼풀에도 푸르게 달빛이 내려 있었다.

카드 속의 마법사를 닮았던 당신.

지금의 카드에 그려진 마법사 역시 멋진 모습이었지만 어린 시절 낡은 카드 속의 젊은이처럼 마음을 움직이지는 않았다. 그리고 낡은 카드는 지지에의 손에 없었다. 아버지의 손에 발견되었던 날 난롯불 속에서 한줌 재가 되어버렸던 것이다. 울부짖으며 매달렸지만 돌아온 것은 무자비한 구타뿐이었다. 카드들을 꺼내려 불길 속에 손을 집어넣자 아버지는 더욱 화를 내며 심하게 때렸다. 이해는 못해도 이제 이유는 알고 있다. 아버지는 지지에를 낳았던 네냐 족 여인의 손이 닿았던 물건은 단 하나도 보고 싶어 하지 않았다. 심지어 그 여인이 낳은 아이조차도.

재가 되어버린 연인.

괴로운 나머지 피멍이 들도록 손등을 꼬집고 또 꼬집었다. 그러면 아픈 마음이 잊힐 것 같아서 혼자 있을 때마다 눈물을 흘리며 그 짓을 되풀이했다. 얼마나 심했던지 지금도 그때의 흔적이 어렴풋이 손등에 남아 있었다.

이윽고 설핏 잠이 들었을 무렵, 인기척이 느껴져 지지에는 도로 눈을 떴다. 달빛 아래 움직이는 그림자가 있었다. 재빨리 눈을 굴려 보니 잠들었던 사람들은 모두 그대로였다. 뒤따라올지도 모를 자들의 습격이 아니라면 올 사람은 한 명뿐이었다. 그림자는 키릴이 누운 쪽으로 다가왔다. 신발 대신 발을 감싼 천이 보였다. 예상했다시피 비주였다.

지지에는 다시 눈을 감으려다가 무언가 모를 것에 끌려 실눈을 떴다.

날씬한 소녀의 윤곽이 키릴의 머리맡에 앉아 있었다. 팔을 올리는가 싶더니 땋은 머리가 풀려 흩어졌다. 달빛이 후광을 그렸다.

머리빛깔이 서서히 변했다. 키릴과 같은 검은색으로. 달빛 때문에 비주의 머리도 검푸르게 보였다. 손이 키릴의 이마에 내려앉더니 연인을 걱정하는 것처럼 가만히 그 위에 머물렀다. 그녀는 전부터 작은 동작도 아름다웠다. 다른 손이 뺨을 감싸며 쓰다듬었다.

잘 어울리는 두 사람이다.

지지에는 문득 심술궂게 생각했다. 둘 사이에는 통역이 하나 필요하겠지만 말이야.

눈을 감는데 오랜만에 낡은 카드에 그려진 마법사의 모습이 환하게 떠올랐다. 만약 다시 본다면 몹시 조잡한 그림일지도 모른다. 그렇지만 마음의 각인이란 무서운 것이다. 그녀는 마음속으로 속삭였다. 당신이 가장 아름다워.

서서히 잠에 빠져드는 가운데 귓가에 속삭임이 들려왔다. 그 사람이 정말 존재한다면 그 앞에서 솔직해질 수 있을까?

"우와, 기적 같은 일이야."

사샤가 일어나자마자 본 광경에 눈이 휘둥그레져서 외쳤다. 키릴이 일어나 앉아 있었다.

이렇듯 쉽게 일어나리라고는 아무도 예상하지 못했다. 키릴이 스조렌 산맥을 오르다가 정신을 잃고, 얼마 후 마법이 사라진 뒤부터 종종

뼈의 도시 **293**

찾아오던 실신 상태는 날이 갈수록 길어졌다. 처음에는 몇 분에 불과했지만 어느새 한나절이었고, 이번에 쓰러졌을 때는 며칠쯤 가지 않을까 생각했었다. 탈수와 피로까지 겹쳤으므로 특히 걱정이 되었다. 그런데 뜻밖이랄 정도로 빨리 평소의 모습으로 돌아왔던 것이다.

완전히 좋아졌는지는 키릴 자신도 알지 못했다. 키릴은 전날 밤 잠든 사람들과 함께 다음 날 아침 일찍 깨어났다. 눈을 뜨니 비주가 무릎을 세운 채 앉아 있다가 물주머니를 건넸다. 그 속에는 어제까지만 해도 바닥을 드러냈던 물이 다시 가득 차 있었다.

아라비카가 일어나 기지개를 켜다 말고 그 모습을 보더니 싱긋 웃었다.

"내가 어제 말했잖아. 다 잘 될 거라고."

잠이 부족한 지지에까지 흔들어 깨운 후 일행은 비주가 발견한 샘을 향해 갔다. 그곳은 사막의 샘치고 조금 이상했다. 필시 지하에서 솟아났을 텐데 마치 비라도 와서 생긴 것처럼 널찍하고 야트막한 웅덩이에 고인 물이었던 것이다.

시원한 물에 풍덩 뛰어들고 싶었던 사샤는 샘의 모습에 조금 실망했지만 실컷 마시고 물주머니를 가득 채우고 나니 다시 행복해졌다. 그런 다음에는 모두 발을 담그고 쉬었다. 물 깊이는 사샤의 종아리가 절반쯤 잠길 정도였다.

"살 만한데."

지금껏 황무지를 헤쳐 오면서도 고생스러운 기색을 보이지 않던 아라비카였지만 발을 물에 담근 이 순간만은 어느 때보다 느긋하게 풀린 표정이었다. 그 얼굴을 보고야 알았다. 지금까지 일관되게 보여 준 밝은 모습은 정말로 힘들지 않아서가 아니라 의지력이 만든 태도였음을. 축적되어 있던 에너지를 써서 평소의 모습을 잃지 않는다는 것은 보통 일이 아니었다. 뜻밖의 거친 환경에 던져지면 누구나 괴로운 법이고 그걸 누군가를 위해 참아야 한다고는 생각하지 않는다. 그러나 그간 그들 모두는 홀로 힘을 잃지 않는 아라비카를 보며 저도 모르게 위로를 받았다. 어려운 상황에서도 자신을 지배해 오던 원칙을 놓지 않고 평소 모습을 유지하기란 얼마나 힘든 일일까.

지지에는 미궁 속에서 망설이다가 뽑아들었던 힘 카드의 그림을 떠올렸다. 흰 발의 거인이 자신의 방패에 달리기를 원한 괴물 크로노모드의 머리를 들여다보는 모습이었다. 모든 사람 속에는 괴물이 있다. 더 견딜 수 없는 때, 껍질을 뚫고 나올 때를 기다리는 비늘 꼬리의 괴물이. 힘 카드는 그 괴물과의 대결을 나타낸다. 결코 끝나지 않을, 그러나 영원히 승리하고 있는…….

첨벙!

짧은 생각이 끊어졌다. 사샤가 물속에서 공중제비를 넘었던 것이다. 사방으로 물이 튀었지만 누구도 싫은 기색을 보이지 않았다. 뺨에 흘러내리는 물을 닦아내는 비주의 얼굴조차 여느 때보다 평화로워 보였다.

사샤는 온몸이 젖자 아예 물속에 누워 버렸다. 얕은 수면 아래로 검은 머리가 해초처럼 너울거렸다. 잠시 후 번쩍 머리를 쳐들자 수백 개의 물방울이 흩날렸다. 사샤는 잘 지치지도 않거니와 잠시 지치더라도 금세 기운을 되찾는 신기한 녀석이었다. 아르나브르 황야에서 지치지도 않고 키릴을 따라오던 때처럼.

"얼마나 왔을까?"

흠 없는 하늘에서 흠을 찾기라도 하듯 올려다보던 지지에가 문득 중얼거렸다. 무슨 말을 하는지도 모르면서 무심코 하고 만 말이었다. 키릴이 고개를 드는 듯했지만 대답은 나오지 않았다. 수면 아래 흐릿하게 보이는 그의 발목이 지나치게 희었다.

한 달, 아니 그보다 훨씬 길지도 모를 나날을 모래와 잡풀뿐인 황무지를 걸어왔다. 누구도 가고 싶어 할 리 없는 그런 길을 계속 나아가는 이면에는 누군가가 입 밖에 내는 순간 끊어져 버릴, 아슬아슬하고 암묵적인 무언가가 있었다. 그들이 처음 미궁을 빠져 나왔을 때는 추적자가 언제 따라올지 모를 상황이었으므로 흩어지기보다 함께 달아나는 편이 좋았을 것이다. 곧 되돌아간다는 당연한 전제 아래서.

서로 말은 하지 않았지만 처음에는 '아주 잠시'였던 그 전제가 새로운 합의를 하지 않는 동안 차츰 길어지고 있음을 모를 사람은 없었다. 그런데도 그들은 지나치게 오랫동안 그 점을 언급하지 않았다.

아무도 날짜를 세지 않았으므로 그들은 지금이 무슨 아룬드인지도 몰랐다. 그래도 키릴에게는 목표가 있을 것이다. 미궁을 빠져 나와 끝없이 펼쳐진 모래언덕을 처음 보았을 때, 지지에가 달라고 졸랐지만 주지 않았던 미궁의 지도 마지막에 그려져 있던 그림이 있었다. 사막 속의 도시였다.

 그것이 정말로 도시인지 또는 조그마한 마을에 불과한지, 그도 아니면 누런 돌 몇 개만 남은 유적일지 몰랐지만 키릴에게는 문제될 것이 없었다. 택할 다른 길이 없기 때문이었다. 속을 알 수 없는 비주나 목적 없이 키릴을 따라가고 싶어 하는 사샤, 두 사람도 마찬가지였다. 그러나 아라비카와 지지에게는 이 황무지를 걸을 이유가 없었다.

 어쩌면 되돌아가기엔 너무 늦었는지도 모른다. 두 사람이 언제든 그만 돌아가겠다고 한다 해서 가지 못하게 붙잡을 키릴이 아니란 것쯤은 그들도 알고 있었다. 지지에는 아라비카를 이해할 수 없었고, 아라비카는 지지에게 종종 물었지만 '언제까지나 함께 갈 생각은 아니야' 정도의 대답만 되풀이해 들었을 뿐이었다. 그리고 키릴은 둘에게 아무것도 묻지 않았다.

 그랬다, 아무것도 묻지 않았다. 그들은 어느 모로 보나 함께 있긴 해도 마음으로 합친 동료들은 아니었다. 키릴은 점차 죽어가고 있다……. 누구나 그 사실을 알지만 아무도 심각하게 언급하지 않았다. 그들은 마치 우연히 방향이 같아 함께 걷고 있을 뿐인 사람들 같았다.

 오랜만에 다다른 물가였지만 계속 머무를 수는 없었다. 몸 안과 몸 밖의 물주머니들을 가득 채우고 일행은 몸을 일으켰다. 그리고 줄곧 그래왔듯 가는 곳을 묻지 않은 채 다시 걷기 시작했다.

 서쪽으로 갈수록 더 메마른 길이었다. 돌이켜 보면 미궁의 출구 언저리는 이 정도로 덥지도 않았고 관목이나 고인 물 등도 심심찮게 보이곤 했었다. 이제는 모래와 태양뿐이었다. 모래조차 슬슬 줄어들어 바닥은 종종 울퉁불퉁했다. 바람이라도 일어나면 걷기를 포기하고 주저앉아 얼굴을 가려야 했다. 모래 섞인 바람은 거친 사포처럼 몰아쳐서 피부에 긁힌 상처를 무수히 남겼다.

며칠이 지났을까. 다시 물이 떨어지고도 꼬박 이틀을 걸었을 무렵이었다. 지평선에 새로운 것, 줄곧 보아 오던 노란 흙과 파란 하늘이 아닌 무언가가 어렴풋하게 보이기 시작했다. 머리 위에서 내리쬐던 해가 반 뼘쯤 기울어졌을 무렵이었다.

탑과 집들의 모습이 뚜렷해졌을 즈음 일행은 걸음을 멈췄다. 사람의 손이 닿은 흔적은 황무지에 접어든 이래 처음이었다. 사샤는 눈을 비볐다. 아라비카가 말했다.

"신기루는 아니겠지?"

"신기루는 아닐지 모르지만 구원의 손길로도 보이지 않는데."

지지에가 냉정하게 말하며 손으로 차양을 만들어 자세히 보려 애썼다. 그녀의 말이 맞았다. 사방이 황무지인 가운데 난데없이 나타난 도시였다. 사람이 살고 있을까? 사람이 드나드는 곳이라 하기에는 지나치게 그림처럼 동떨어져 있었다. 도시란 하늘에서 뚝 떨어지는 것이 아니었다.

"오래 전에 모래에 파묻혔던 도시일지도 모르지."

아라비카는 자기가 말해 놓고도 고개를 저으며 부인하는 듯한 태도를 취했다. 그러더니 이어 말했다.

"어쨌든 저기로 가보는 걸 반대할 사람은 없겠지?"

다가갈수록 놀라운 풍경이 나타났다. 분명 그건 탑이고 집들이었다. 그러나 무료한 사람이 나뭇가지를 교묘하게 쌓아 만든 공예품 이상의 무엇은 아닌 듯 보였다. 적어도 사람은 살 수 없을 것이다. 사람이 살려고 만들었다면 저렇게 생겼을 리가 없다. 그러나 황무지 한가운데에서 이만한 규모의 장난을 할 무료한 사람이 존재할 수 있을까? 테이블 위에 지은 카드 집 따위가 아니었다. 진짜 마을과 다를 바 없는 규모였다. 있을 것은 다 있었다. 크고 작은 집들, 마른 우물, 종루, 대장간, 주점, 헛간……

그러나 그 모두가 비현실적인 새하얀 조각들로 만들어져 있었다. 모두들 그게 무엇인지 짐작했지만 입 밖에 내지 못했다. 햇빛에 탈색되지도 않고 오히려 표백된 듯 뽀얗게 반짝이는 그 조각들은…….

뼈였다.

"이건……"

대낮이었다. 지긋지긋한 태양이 변함없이 빛나고 있었다. 조금 전까지만 해도 더웠다. 그러나 지금은 아니었다. 차가운 손이 등을 더듬기라도 한 것처럼 일행은 그 자리에 서서 말을 잃었다.

지지에가 어깨를 움츠렸고 사샤가 소름을 없애려는 것처럼 뺨을 문질렀다. 키릴은 어둡게 그늘진 눈으로 눈앞의 광경을 바라보았다. 이 기분을 무엇이라 말해야 할까. 초월적 존재가 있어 자신을 놀리기 위해 이토록 정성스러운 놀이터를 만들어 놓았다면 그자에게 필요한 것은 감탄과 찬사인가? 이쪽에서는 조롱당한 기분인데도?

키릴이 가장 먼저 걸음을 떼 놓았다. 그가 뼈의 도시 안으로 들어가자 다른 일행도 사이를 두고 뒤따랐다. 작열하는 태양 아래 뼈의 도시는 점차 자라나 그들의 그림자를 삼킬 듯했다. 노란 땅에 새겨진 장려한 그림자만이 남았다.

"오, 하늘이시여, 우리가 더위로 허덕이는 것을 보시고 이렇듯 손수 예비하신 납량 특집을 내려주십니까!"

아라비카가 두 손을 하늘로 쳐들면서 희극적으로 외쳤기 때문에 사샤는 저도 모르게 키득키득 웃음을 터뜨렸다. 따라하는 것은 언제나 녀석의 특기였다.

"감사합니다! 감동으로 등골이 다 저립니다!"

그 말은 절반쯤 진담이었다. 정체 모를 냉기로 등허리가 시큰했다. 일행은 잘게 쪼개진 뼛조각들이 자갈처럼 깔린 길을 따라 뼈의 도시를 가로질러 반대편 끝까지 왔다. 그곳에서 아무리 덥더라도 으슬으슬 떨 수밖에 없는 광경을 목격했다.

움푹 팬 모래 협곡에 수억 조각에 달할 뼈들이 쌓여 있었다. 큰 뼈, 작은 뼈, 하얗게 탈색된 뼈, 거무스레하게 변색된 뼈……. 한때 살아 있던 누군가의 머리와 팔다리와 등과 손가락을 이루던 저것들이 언제부터 저곳에 있었고, 어디서 저렇게 모였을지 상상하는 것만으로도 어지럽고 오싹해졌다.

더구나 이곳은 세상과 격리된 황야였다. 누가 이 많은 생명을 죽였을까. 그래놓고 기념비라도 만들 듯 이 자리에 모아 각각의 죽음들을 혼돈 속에 뭉쳐버린 자는 누구일까. 만일 이곳에 사랑하는 누군가의 유해를 찾으러 온 사람이 있다면 기분이 어떨까.

언제부터인지 몰라도 계속되어 온 세상에서는 아주 많은 것들이 죽어갔는데 한 사람이 목격할 수 있는 죽음은 겨우 서넛에서 많아야 수백에 불과하다는 사실을, 마치 오늘 처음 깨달은 듯했다. 세상에는 아주 많은 것이 살았고 또 죽었다.

하지만 이것이 정녕 죽음을 추모하기 위한 기념물이란 말인가.

"정말이야. 우리의 인지로 깨달을 수 없는 신은 우리가 언제 뭘 필요로 하는지 너무도 잘 알고 계시네."

아라비카의 말에도 진심이 섞인 듯했다. 사샤가 고개를 끄덕이다말고 돌아봤다.

"그런데 신이 뭐야?"

"어, 그건 설명하기가 참 곤란한데."

아라비카는 그렇게 운을 떼 놓고 결국 한마디로 마무리를 지어 버렸다.

"이스나에 중에서 왕이라고 생각하면 될까."

지지에가 콧방귀를 뀌었다.

"말 같은 설명을 해라. 세 살짜리 어린애한테라면 몰라도 이스나에

한테 무슨 왕 따위가 있다는 거야? 이스나에가 지상의 인간들처럼 왕국이라도 세울 것 같아?"

"지상에 함께 살지만 엘프나 드워프에게도 왕국은 없잖아."

"드워프한테는 왕이 있다던데?"

"좀 다르대. 에이, 나도 몰라. 하여간에 세상 만물을 모두 만들어낸 창조자라고 생각하면 돼."

이번에는 사샤가 콧방귀를 뀌었다.

"체, 이 세상에 얼마나 많은 게 있는데 그걸 어떻게 신인가 뭔가 하는 존재가 혼자 만들 수가 있어?"

"그러니까 신이지. 신은 뭐든지 해낼 수 있어."

말이 안 된다고 생각하자 사샤는 신나게 예를 들기 시작했다.

"그렇다면 그 신인가 뭔가는 취향이 대단히 이상해. 그런 대단한 능력이 있다면 왜 이렇게 세상에 모자란 게 많게 만들었지? 당장 우리만 해도 이렇게 목이 마른데 여기 샘 하나 딱 만들어 놨으면 정말 적절하잖아. 도대체 이 길을 사람이 지나갈지도 모른다는 생각을 해 보기나 한 거야?"

"글쎄. 어쩌면 신은 여기에 너의 죽음을 예비해 놓았을지도 모르지. 그래서 이토록 넓은 황무지를 만들고 거기에 샘 하나도 박아 놓지 않았을지도."

사샤가 한층 어이 없어하며 목소리를 높였다.

"뭐야? 그러면 겨우 나 하나를 죽이려고 이렇게 엄청난 것들을 만들었단 말이야? 낭비도 보통 낭비가 아니잖아! 날 죽이려면 수프에 탄 독약이나 하다못해 코하고 입을 꽉 막고 놔주지 않을 손 하나만 있어도 충분한데. 이런 식으로 산 걸 보니 그 신은 지금쯤 가난뱅이가 되었을 게 틀림없어."

도무지 이야기가 되지 않았다. 아라비카는 허탈하게 웃더니 대꾸를 중지했다. 그때 키릴이 물었다.

"그 신이라는 자는 단 한 명의 인간의 운명이라 해도 이렇듯 정성스럽게 예비해 놓는가?"

자라서 어깨를 넘어버린 머리를 불만스레 매만지던 지지에가 문득 그쪽을 보았다. 아라비카는 잠시 대답할 말을 찾는 듯 보였다.

"신은…… 한 명 한 명을 세상에 단 하나뿐인 생명인 것처럼 보살피고 굽어보네. 그 한 명의 삶을 위해 아침의 빵과 물부터 파괴되어 불타는 도시에 이르기까지 모든 것을 다듬어 차례로 늘어놓으시네. 사람이 태어난 순간부터 지금에 이르기까지 보고 겪은 모두가 실은 그를 위해 만들어진 것들이었네. 기억하지도 못하는 순간 스쳐갔던 행인 한 명조차도. 그 자신 역시 다른 누군가를 위해 만들어진 존재이듯."

"그렇다면 신이 그렇게 하는 데는 이유가 있나?"

"그거야말로 알기 어렵지. 하나 분명한 건 이유가 있더라도 우리가 그걸 알아낼 수는 없다는 거야. 드물게, 아주 어렴풋이 엿보는 순간이 있다고도 하지만 난 경험해보지 못했어."

"그럼 그런 이유는 없다고 여기면 되나?"

아라비카는 강하게 고개를 저었다.

"아니."

"왜지?"

"우리가 알지 못하는 것과, 없는 것은 전혀 다르니까."

키릴은 예전에 노틀칸과 나눴던 대화를 떠올렸다. 그때 자신은 태어난 이유가 있어서는 안 된다고 말했다. 자신에게 이런 일이 벌어진 이유도 있어선 안 된다고 말했다. 아라비카는 이유는 있되, 알아낼 수 없다고 했다. 어쩌면 그 이유는 문제의 삶을 직접 겪는 자에게는 결코 보이지 않는 것일까?

우루루루…….

비라도 쏟으려는 것처럼 하늘이 우는 소리를 냈다. 일행은 고개를 쳐들고 두리번거렸다. 이런 곳에 비가? 아직까지 흐려지는 기색조차 보인 일이 없던 유리 거울 같은 하늘인데?

파란 하늘에는 어떤 변화도 없었다. 그러나 소리는 멈추지 않았다. 사방을 살피다가 마침내 정체를 깨달은 그들의 눈이 커졌다. 모래 골짜기 속의 뼈들이 서서히 움직이며 흘러내리는 것이 아닌가!

지진일까? 하지만 그들이 딛고 선 바닥은 미동조차 없었다. 뼈 더미 속에서 무언가가 나타난 것도 아니었다. 흘러내리는 뼈들 속에는 또 다른 뼈들 뿐, 좀 더 크고 한층 희번덕거리는 뼈들이 계속 솟아오를 뿐이었다. 아니…… 솟아오른다고?

"저게…… 뭐지?"

사샤의 목소리가 더듬거렸다. 지지에는 제 손으로 입을 막아버렸다. 믿을 수 없는 광경 앞에서 할 수 있는 행동이라고는 그것뿐이었다. 뼈 더미 속에서 희한한 것이 솟아올랐다. 여러 개의 마디를 가지고 부챗살처럼 펼쳐진 그것은 흡사 손처럼 보였다. 그러나 규모가 어마어마했다. 뼈 자체가 종족들의 것이 아니었다. 육중하고 두터웠다.

사샤의 입술이 간신히 달싹거렸다.

"……꿈을 꾸는 것 같아."

그렇다면 백주 대낮의 악몽일 것이다. 뼈로 된 손, 또는 앞발은 잠시 우뚝 서 있었다. 골짜기 아래 얼마나 많은 뼈가 묻혀 있는지 짐작할 수 없듯, 그 밑에 저 손의 주인이 있다면 얼마나 거대할지도 상상하기 힘들었다.

그때 키릴이 말했다.

"넌 정체가 뭐지?"

목소리는 크지 않았다. 잠시 후 손을 이룬 뼈마디들이 오랜만에 몸을 푸는 것처럼 하나씩 구부러졌다가 펴졌다.

"누구를 기다리고 있었지?"

뼈마디들이 모두 움직이고 나자 다시 움직임이 시작되었다. 팔이 나오고, 갈빗대처럼 보이는 뼈들이 절걱대며 솟아올랐다. 그 과정에서 작은 뼈들이 헤아릴 수 없이 흘러 떨어졌다. 아직도 머리는 보이지 않았다.

아라비카가 불쑥 말했다.

"동작 느리네."

다음 순간, 골짜기를 메웠던 뼈들이 일제히 들썩대더니 허공으로 날아올랐다. 주먹만 한 흰 새들처럼 한꺼번에 치솟자 뼈와 뼈가 부딪쳐 자그락거리는 소리가 지축을 울렸다. 이윽고 뼈들은 레이스 커튼처럼 휘감겨 윤무(輪舞)를 추었다.

그 광경에 놀란 나머지 아래를 내려다보는 것조차 잊었을 때 목소리가 들렸다.

너는 와야 했고, 와서는 안 되었다.

바람 소리가 섞인 긴 휘파람 같았다. 그러나 동시에 깊은 저음이었다. 지지에는 대경실색한 나머지 저도 모르게 아라비카의 팔을 붙잡았다. 사샤는 아까부터 쥐고 있던 비주의 손을 한층 꽉 움켜쥐었다. 비주가 사샤를 끌어당겨 두 팔로 감쌌다.

둥글게 휜 등뼈와 앞발, 길쭉한 턱뼈와 퀭한 눈구멍을 가진 머리가 있었다. 등을 따라가며 솟은 돌기의 흔적들까지 본 이상 더 의심할 필요가 없었다. 한때 널리 퍼져 살았지만 이제는 드물어져 버린, 이 세상에서 가장 불균형적인 생물이며 그래선지 이해하기 어려운 성격으로 알려진 잊힌 자들. 드래곤의 뼈였다.

일행은 키릴이 즉각 대꾸하는 말에 흠칫했다.

"나는 내가 가고자 하는 길이라면 어디고 가지."

키릴은 '나' 라고 말했다. 그는 이 기묘한 일행을 '우리' 라고 표현하는 법이 없었다.

"저……."

사샤는 뭐라 참견하려다가 입을 다물었다. 객관적으로 생각할 때 마법을 잃었고 몸도 약해진 키릴은 저런 뜻밖의 존재에게 오만하게 굴 입장이 아니었다.

이곳은 산 자가 오는, 올 수 있는, 와야 하는 장소가 아니다.

이번의 목소리에는 금속을 울리는 듯한 반향이 스며들어 있었다. 감정의 변화 탓인가? 키릴은 여전히 거침없는 눈으로 상대를 바라보았다. 수억 개의 뼈가 만든 작은 폭풍으로 머리카락이 흩날렸다. 키릴은 마법사였으므로 저것이 어느 정도의 마력을 요구하는 일인지 잘 알았다. 그러나 그걸 안다고 두렵지는 않았다.

키릴은 두려워할 필요가 없었다. 그의 삶은 항상 끝을 향해 한 발짝씩 다가가는 과정이었다. 다음 걸음 앞에 죽음이 있을지도 모르는데 새삼스럽게 무엇을 보고 떤단 말인가. 두려움은 도망칠 생각이 있는 자에게만 구체적인 감정이었다. 그러지 않을 거라면 원초적인 공포쯤은 잠시 느낀다 해도 부끄럽지 않았다.

"산 자가 가지 못할 곳이란 없어. 죽은 자가 갈 곳은 땅속뿐이지. 땅속에 들어가야 할 것들을 장난감으로 삼는 걸 좋게 봐달라고 하지는 않겠지."

"이, 이것 봐……."

키릴의 냉랭하고 심지어 거만하기까지 한 말투에 당황한 지지에가 입을 떼려다가 다시 다물어 버렸다. 이어 한 걸음 물러섰다. 그녀가 말린다고 들을 사람이 아니었다. 그들은 그런 사이가 아니었다.

작디작은 인간이면서 무엇의 권위를 빌어 그토록 당당한가.

"빌릴 필요는 없어. 죽은 자 앞에 산 자가 당당한 것은 당연하니까."
키릴과 뼈로 된 드래곤은 잠시 침묵을 지켰다.
커다랗게 뚫린 구멍뿐인 해골에서 표정을 느낄 사람은 없을 것이다. 그러나 키릴의 얼굴 역시 그에 못지않았다. 이윽고 뼈 드래곤은 수면에서 솟아오르는 바다뱀처럼 점점 더 몸을 드러냈다. 솟은 뿔에서부터 긴 꼬리에 이르기까지 완벽한 모습이 되고 나자 규모는 실로 어마어마했다. 인간의 키로는 머리에 뚫린 눈구멍에도 걸어 들어갈 수 있을 정도였다. 드래곤의 머리 위에서 뼛조각들이 반짝이며 빙글빙글 돌고 있었다.

굴복하지 않는구나. 굴복하게 해 주마.

아라비카가 손끝으로 머리카락을 꼬았다. 곤란한 표정이었다.
"상냥하게 인사를 건네는 법 따위는 모르는 전직 마법사께서 적당히 하시는 편이 좋았을 텐데. 죽은 드래곤의 비위란 짐작하기가 어렵단 말씀이야. 아무래도 난감한 일이 벌어질 것만 같은데."

지지에의 얼굴이 한층 창백해졌다. 더 기다릴 필요도 없이 그들은 눈을 크게 떴다. 허공에서 돌고 있던 뼈 조각들이 갑자기 저절로 발화해 타올랐다. 계곡은 유성 같은 불덩이들로 휘황해졌다. 동시에 바람이 몰아쳐 불티를 쏟아냈다. 그들이 선 자리에 불꽃의 비가 내렸다.

지지에는 주저앉으며 얼굴을 가렸다. 불티들이 옷 구석구석에 닿아 연기를 냈다. 아라비카는 지팡이를 획획 돌려 날아오는 불이 사샤에게 닿지 않도록 했다. 그러나 그도 심각하게 찌푸린 얼굴이었다. 어떻게 하면 좋을지 갈피가 잡히지 않는 모양이었다.

조금 다치는 것 따위는 아랑곳 않는 비주가 피하지도 않고 키릴이 선 쪽을 바라보고 있었다. 계곡 입구에 선 키릴에게도 예외 없이 불비가 몰아쳤는데 놀랍게도 그의 몸에는 한 조각도 닿지 않았다. 마치 자력에 밀려나는 것처럼 다른 곳으로 비껴 날아갔다. 그는 팔을 늘어뜨린 채였고 무표정하게 아래를 내려다보는 눈에도 특별한 빛은 없었다. 마법은 돌아오지 않았다.

다음 순간, 키릴은 보이지 않는 손에 멱살이라도 잡힌 것처럼 턱을 올리며 허리를 꺾었다. 사샤가 놀라 외마디 소리를 질렀다.

"아!"

이어 발끝이 들렸다. 키릴의 몸은 아무 저항도 없이 허공에 떠올랐다. 몸부림도 없었다. 팔다리가 축 늘어지고 눈은 감겨 있었다. 눈가에 미세한 경련이 일었지만 그뿐이었다. 몸은 점점 높이 들려 올라가 고개를 젖히지 않고는 올려다볼 수 없는 곳에 이르렀다. 불비가 몰아치는 허공에서 옷자락과 머리카락이 이리저리 휘말렸다. 그의 몸에서 뭔가가 툭 떨어졌다. 긴 끈으로 돌려 맸던 가죽 가방이었다.

짧은 순간 일어난 일이었다. 모두가 무기력한 가운데 머릿속으로 수많은 생각이 스쳤다. 드래곤이 다시 말했다.

산 자는 산 자의 땅에 살아라. 이곳은 산 자에게 닫힌 땅이니 존재함은 곧 죽음.

"당신이 멋대로 닫았겠지……."

키릴이 눈을 떴다. 목이 졸리던 느낌은 사라졌다. 허공에 떠 있는 기분은 그에게 낯설지 않았다. 불타는 뼈들이 주위에서 날고 있었다. 뜨거운 기운이 너울거렸다. 새삼스럽게 정신이 맑아졌다. 할 말을 참을 생각은 없었다. 그는 놀랄 만큼 또렷한 목소리로 말했다.

"이왕이면 깨끗이 태워서 죽은 뒤에 네 손에 희롱당하는 일은 없었으면 좋겠군."

갑자기 숨이 막히더니 허파 깊은 곳에서 심한 기침이 쏟아졌다. 동시에 정체 모를 마력이 그의 몸으로 밀려들었다. 침투해 찾고 있었고, 움켜잡아 꺼내가려 했다. 힘을, 또는 정보를. 수천 개의 손가락들이 핏줄 속을 더듬는 듯했다. 인간이 버틸 수 있는 힘이 아니었다. 입가에 침이 흘렀다. 몇 시간이나 구타당한 것처럼 정신이 혼미해졌다.

"그 사람을 놔줘!"

허공을 찢는 외침이었으나 키릴의 귓가에는 약한 소음인 듯하다가 이윽고 꺼져 버렸다. 소리친 사람은 사샤였다. 소년은 미친 것처럼 계곡 쪽으로 달려가더니 떨어진 키릴의 배낭을 움켜쥐었다. 그 안에서 뭔가를 끄집어내어 앞으로 내밀었다. 온 몸이 부들부들 떨렸지만 목소리만은 아니었다. 갑자기 떠오른 중대한 생각이 그를 온통 사로잡았다.

"당신이 혹시 그 사람이 말하던…… 천둥과 벼락보다 두려운 자라면…… 이 표지를 보고 생각을 바꾸라는 거야……."

이어 소년은 참지 못하고 발을 굴렀다.

"그 사람은 아프단 말이야! 잘못해서 죽기라도 하면 어떻게 할 거야? 그러면 가만히 있을 줄 알아? 가만히 있을 줄 알아? 절대로, 절대로, 절대로 가만히 있지 않을 거야!"

"사샤!"

소년은 조금 전까지의 두려움을 모조리 잊기라도 한 듯 이제는 떨지도 않았다. 키릴의 몸이 허공에서 축 늘어지는 것을 보더니 얼굴이 새빨갛게 달아올랐다. 저도 모르게 온갖 말이 쏟아졌다.

"이 빌어먹을 뼈다귀야! 더러운 뱀장어야! 할 수 있으면 나도 죽여 봐! 왜, 못해? 너 따위 몸집만 커다란 놈쯤은 하나도 무섭지 않단 말이다! 당장에 콱 죽여 봐! 겁나냐? 망설이냐? 지금 네가 날 안 죽이면 내가 널 죽여 버릴 거니깐, 벼락이라도 쳐서 확 죽여 보시지!"

그때 비주가 움직이더니 사샤를 껴안았다. 이상한 일이었다. 키릴의 일이라면 누구보다도 먼저 달려드는 그녀가 이번에는 단지 사샤를 보호할 뿐이었다.

아라비카가 한숨을 내쉬더니 말했다.

"대단해서 말문이 막히네. 예의라고는 눈곱만치도 모르는데 어째서 혼들은 저렇게 강한 거지. 대륙의 인간들이란."

아라비카는 겉저고리를 벗고 소매 없는 웃옷 차림이 되어 앞으로 나섰다. 지지에는 그의 드러난 두 팔에 빛으로 된 문자들이 나타나는 것을 보고 놀랐다. 그녀의 실력으로는 알아볼 수 없는 언어였다. 어깨에서 팔꿈치를 지나 손목까지, 마치 은으로 된 문신이 새겨진 것 같았다.

아라비카는 팔을 올려 손목을 허공에서 교차시켰다. 그러더니 입을 열었다.

"……."

분명 아라비카는 무어라고 말했다. 그러나 목소리는 아무에게도 들리지 않았다. 지지에는 뭔가 이상한 진동이 귀를 찌른다고 생각했다. 인간이 들을 수 없는 소리, 또는 그 이상의 특별한 무언가가 주위를 울리고 있었다.

잠시 후 뼈 드래곤이 대답했다.

말의 권능을 지닌 자로군. 고대 이스나미르의 힘이 아직 인간에게 존재한단 말인가.

잠시 후 다시 말했다.

알겠다.

불타던 뼈들이 순식간에 까맣게 사그라지며 사라져버렸다. 동시에 키릴의 몸 주위에 흰 막이 생겼다. 사샤는 화끈거리는 눈가를 비비며 위를 올려다보았다. 밑에서 보아서는 키릴의 상태가 어떤지 알 수 없었지만 죽지는 않았을 것 같다는 확신이 생겼다. 그렇게 생각하자 오히려 말문이 막혀버렸다. 손에 쥔 것을 내려다보는데 다시 드래곤의 목소리가 들렸다.

좋다. 약속을 지키지. 손에 든 것을 아래로 던져라, 인간.

사샤가 꺼내든 것은 미칼리스가 이진즈 숲에서 헤어질 때 주었던 부러진 화살이었다. 그때는 건성으로 듣고 있었지만 중요한 순간이 되자 기억해 냈다. 미칼리스가 화살을 꺾어 내주면서 했던 말을. 사샤는 뒤를 돌아보았다. 빛나는 팔을 한 아라비카가 고개를 끄덕여 보였다. 사샤는 계곡으로 다가가 화살을 떨어뜨렸다.
　화살은 조금 떨어지다 말고 허공에서 빙글빙글 돌았다. 화살촉에 새겨졌던 무늬들이 짧은 빛을 계곡에 뿌렸다. 그 다음부터는 마치 나뭇잎처럼 천천히 떨어지더니 시야에서 사라졌다.

친구의 전언은 잘 들었다.

바람이 서서히 멎었다. 키릴은 허공에 뜬 채였지만 다른 일행은 두려움이 가라앉는 것을 느끼며 한 자리에 모였다. 계곡 아래를 메웠던 뼈들이 점차 늘어나는가 싶더니 드래곤의 몸은 높이 솟아올랐다. 이윽고 그들과 눈높이가 같아졌다.

서쪽으로 가는 자들이여.

지지에는 깜짝 놀라 아라비카를 보고 다시 허공의 키릴을 올려다보았다. 어째서 저 괴물이 그걸 알지?

그리고 잃은 힘을 되찾을 자여.

키릴을 감싼 흰 막이 깨어지더니 그의 몸이 서서히 바닥으로 내려왔다. 사샤가 달려갔지만 비주가 먼저였다. 그녀는 키릴의 머리를 자신의 무릎에 올리고 얼굴을 들여다보았다. 보통 사람들처럼 맥을 짚거나 하지 않고도 그가 어떤지 알 수 있는 모양이었다. 사샤는 키릴의 싸늘한 손을 잡으면서 아르나브르에서 루아얄 궁전 앞에 누워 있던 그를 발견한 때 같다고 생각했다.

"어때? 괜찮아?"

비주가 사샤를 보지도 않은 채 고개를 끄덕여 주었다. 아라비카가 다가와 키릴의 이마에 손을 내려놓았다. 그때까지도 그의 팔은 여전히 빛나고 있었는데 이마를 짚어보다가 뭔가 알았다는 듯 고개를 끄덕이는 것을 기점으로 약해지기 시작해서 곧 사라져 버렸다. 그는 사샤를 보며 말했다.

"저 드래곤은 조금 전에 키릴에게서 정보를 꺼내 갔어. 아무것도 설명하지 않아도 이미 다 아는 거야. 듣는 일만 남은 셈이지."

"넌 그걸 어떻게 알아?"

"글쎄, 나중에 설명해 줄게."

지지에가 다가왔다.

"아라비카 당신, 마음과 대화하는 능력이랄까, 그 비슷한 힘이 있군. 그런 재주가 있으면 왜 진작 발휘하지 않았어? 우리 모두 당황할 때까지 기다릴 필요는 없었잖아."

아라비카는 웃었지만 망설임이 든 미소였다.

"나중에 말해 주겠다고 했지. 그대로야. 아니, 나중에도 설명하지 않을지도 모르지. 내 존재나 상황을 항상 당신한테 설명해야 하는 건 아니니까."

"……그래. 좋을 대로 해."

지지에는 어깨를 으쓱하며 물러나버렸다. 아라비카는 드래곤을 향해 말했다.

뼈의 도시 **315**

"우선 무례를 용서하시기 바랍니다. 그대에게도 무례로 느껴졌다면 말이지요. 또한 제 하잘것없는 능력에 답해 주셔서 고맙습니다."

바람 소리조차 멎고 나니 침묵하는 햇빛뿐이었다.

"어쨌든 자기소개를 할 필요가 없으니 저희도 편하게 되었습니다. 저희가 위대한 자의 소개를 들을 자격이 있다면 해 주시고 그렇지 않다면 그만두십시오. 저는 본래 그대에게 드릴 말씀이 없는 사람입니다. 아시겠지만 저 같은 비카르나 족에게 드래곤을 비롯한 고대 생물과의 접촉은 금기에 가깝습니다. 스조렌의 드워프들이 드래곤을 두려워하고 증오하는 것과는 또 다른 감정이지요. 다 아실 테니 더 설명하지는 않겠습니다."

금기라 했으나 아라비카는 이 두려운 존재 앞에서 놀랄 만큼 솔직하고 당당하게 말했다. 마치 인간 본연의 공포조차 잊은 것처럼.

"그러나 저기 누워 있는 저자는 그렇지 않을지도 모르겠습니다. 저자와 그대는 아마 할 말이 있을 것입니다. 비록 지나치게 오만하긴 하지만 저자의 목표는 뚜렷한 의지로 이뤄졌다고 생각해 왔습니다. 그런 까닭에 저 역시 불필요한 여분의 인생을 그에게 잠시 걸고 있습니다."

그것은 일행 모두 처음으로 듣는 아라비카의 이야기였다. '불필요한 여분의 인생'이라는 말은 무슨 뜻일까?

"이런 이야기는 저자에게 듣지 못하셨을 겁니다. 어찌 되었든 저는 그대가 저자를 도와주길 바라며, 어쩌면 그대가 이곳에서 지나치게 긴 세월을 보내고 있는 것도 그의 삶과 조우하기 위해서가 아닌가 생각하기도 합니다."

 너는 나를 위해 오고, 나는 너를 위해 기다린다. 모래와 뼈는 시간을 희롱하기 위해 내 손에 쥐어진 유흥거리였다. 이 넓은 황야에서 너희가 하필 나와 이곳을 발견해야 할 이유가 있다면, 그것은 나조차도 따라야 할 손의 인도였을 것이다.

 그때 비주의 무릎 위에 누워 있던 키릴의 목소리가 들렸다.
 "고맙군요."
 비아냥거림이었을까, 또는 진심으로 한 감사였을까. 키릴은 몸을 일으켜 앉았다가 곧 일어섰다. 몸은 여전히 수많은 구멍이 뚫린 것처럼 불안정했다. 그럼에도 불구하고 그는 처음으로 드래곤에게 존대를 했다.
 "죽은 자의 피를 갚기 위해 살아온 자로서 당신이 죽음의 흔적을 희롱하는 것이 마음에 들지 않았습니다. 하지만 그대처럼 강하고 불가해한 자에게 무리하게 인간의 잣대를 들이댔던 것 같군요. 그대가 그대의 잣대로 저를 평가하지 않는다면 저도 그렇게 하지 않는 것이 옳겠죠."
 죽은 자의 피?
 키릴과 상당한 시간을 함께 해왔지만 모두가 처음 듣는 이야기였다. 사샤는 키릴이 유난히 과거의 몇몇 사람들에게 집착하는 것을 본 일이 있었지만 그 역시 키릴의 목표가 복수임은 알지 못했다.
 드래곤은 키릴의 몸을 통해 모든 사실을 알아냈는지 더 묻지 않았다.

동굴만큼이나 큰 구멍이 그를 보는 듯했다. 덜그럭거리는 소리와 함께 꼬리뼈가 움직이며 드래곤은 자세를 고쳤다. 뭔가를 자세히 보려 하는 듯했다.

네가 잃은 강대한 힘은 돌아올 것이다.

키릴의 눈이 떨리다가 가라앉았다. 사샤가 더 흥분해서 외쳤다.
"키릴의 마법이 돌아오는 건가!"
키릴의 목소리는 한참 만에, 심연을 헤매다 돌아온 것처럼 울렸다.
"그게…… 정말입니까?"

드래곤은 예언하지 않으나 진실은 알고 있다. 힘의 공백은 완전하지 않았다. 그러나 영역이 넓어 그곳을 통해 체력이 급격히 소진되고 있다. 공백은 네 힘이 완성되어야 할 장소에 도달하는 순간까지도 채워지지 않을지 모른다. 시기를 맞추지 못하면 몸이 먼저 다할 것이다.

드래곤이 말한 곳은 태양의 탑이었다. 수명을 짐작할 수 없는 드래곤은 모르는 것이 없었다. 저렇게 뼈뿐인 모습이니 지난 생애만 해도 얼마나 길었을 것인가.

그러나 지금껏 온 길보다 가야 할 길이 멀다.

"그, 그게 정말이에요?"

저도 모르게 말해 놓고 지지에는 지레 겁을 먹었다. 조금 전부터 여러 사람과 하는 대화를 듣고 있었지만 직접 말을 건 것은 처음이었다. 게다가 그녀는 드래곤에게 대답 같은 것은 듣고 싶지 않았다. 그러나 그녀의 희망은 좌절되었다.

그렇다. 두 배는 가야 하리라. 너희가 갈 수 있는 길이라고 믿지 않는다.

"그러면……."

어떻게 해야 되느냐, 라고 물으려다가 지지에는 입을 다물어 버렸다. 대신 아라비카가 입을 열었는데 그는 생각하는 방향이 달랐다.

"그런데 만약 갈 수만 있다면, 무언가가 있습니까? 저자가 찾는 그것이 확실히 있긴 합니까? 다시 말해 갈 가치는 있습니까?"

거기서 너희는 꿈에도 보지 못한 큰 땅과 큰 물결, 많은 형제를 보게 될 것이다. 한때 갈라졌던 형제들은 서로를 잊어버렸다. 그들 역시 너희의 존재를 상상조차 하지 못하고 있을 것이다.

도시나 마을이 아닌, 나라의 존재를 암시하는 말이었다. 키릴의 눈가가 가늘게 떨리더니 드디어 물었어야 할 질문이 나왔다.
"탑에는 '힘'이 있습니까?"
그 말이야말로 그간 키릴이 알고 싶었던 것을 총체적으로 가리키는 말이었다. 의심하지 않았으나 동시에 궁금했다.

네 기대와 같지 않을 수 있으나 힘의 장소임에 분명하다. 고대 이스나미르의 흔적은 지금의 세상을 가둔 자물쇠를 풀어줄 무한한 열쇠지.

"탑은 어디에 있습니까?"
드래곤의 머리가 들렸다. 모래땅에 솟은 백악의 뼈가 눈이 아플 정도로 번쩍거렸다.

가기에 적합한 자라면 인도자를 만나리라. 자격이 없다면 길은 숨으리라. 탑은 직접 방문자를 선택한다. 나는 탑의 안내자가 아니다.

키릴이 턱을 당겼다가 들며, 다시 말해 고개를 까딱해 보이며 말했다.
"제가 실례했습니다."
아라비카가 갑자기 놀라며 눈을 크게 떴다.
"감히 기대하지 못한 일이군요. 드래곤의 웃음소리를 듣다니요."
"뭐라고?"
"뭐야?"

지지에와 사샤가 동시에 물었지만 아라비카는 당혹스러운 미소만 지을 뿐 침묵을 지켰다. 다시 목소리가 들렸다.

그러나 내 존재가 네게 나타난 길의 일부분인지도 모르지. 좋다. 친절을 베풀 마음이 내키나 그 전에 대가를 치를 마음이 있는지 들어보자.

키릴은 한참 동안 드래곤의 뼈를 구석구석 바라보더니 물었다.
"대가는 어떻게 치릅니까?"

나와 내기를 해 보지 않겠나. 여기를 보았으니 알겠지만 나는 몹시 무료하다. 내게 즐거움을 준다면 너에게 길의 일부를 내줄 생각이 있다. 정확히 말한다면 너희가 이 사막을 건너도록 해 주겠다. 황무지 너머로 보내 주마.

아라비카, 지지에, 사샤의 얼굴에 환희의 빛이 떠오르고 나서도 키릴은 입을 다물고 있었다. 결국 아라비카가 소리쳤다.
"굉장히 멋진 제안인데요! 그런데 내기 내용은 무엇입니까?"
드래곤의 뼈가 키릴을 가리키며 말했을 때, 일행은 그렇게 당황한 키릴의 표정을 처음 보았다. 그는 잠시 대꾸하지 못한 채 입술만 빨았다. 이게 웬 재난이란 말인가?
드래곤은 이렇게 말했다.

스노플 즐기나?

클라리몽드는 흔들리는 촛불 아래 편지를 쓰고 있었다. 흐린 새벽녘이었다. 밤새 비가 내렸던 모양이었다.

평소 늦게 일어나곤 했는데 오늘은 이상하게 날이 밝기도 전에 깨어났다. 클라리몽드는 자신이 누군가를 기다리고 있구나 하고 생각했다. 멜헬디 학교에서 공부하던 시절 마법에는 관심도, 이해도 가져본 일이 없었지만 그럼에도 불구하고 그녀는 미래가 다가오는 소리를 쉽게 알아들었다. 예언자가 갖는 것과는 다른, 본능에 가까운 예지가 그녀의 귀를 밝게 했다.

문을 두드리는 소리가 들렸다. 렌이었다.

"아가씨, 불이 켜진 것을 보고 깨셨을 거라고 생각했어요. 손님이 와 계십니다."

클라리몽드는 하나, 둘, 그리고 세 번째 사람을 떠올렸다. 그 사람이었다. 가운만 걸치고 나간 거실에는 수일 전에 실로 떠났던 일츠 브릴모가 앉아 있었다.

밤새 비를 맞으며 말을 달린 듯 망토와 후드가 젖었고 바짓단에도 진흙이 튀어 있었지만 그리 피곤한 기색은 아니었다. 집에도 들르지 않고 곧장 이리로 온 모양이었다. 클라리몽드는 가끔 이런 식으로 일츠의 방문을 받았지만 그리 놀란 일은 없었다. 그녀는 일츠의 머리에 맺힌 빗

물이 반짝거리는 것을 잠시 바라보고 있었다.

"잠깐 돌아왔어. 선물이 있지."

일츠가 품속에서 편지를 한 통 꺼냈다. 봉인은 이미 뜯어져 있었다. 봉투를 건네받은 클라리몽드가 내용물을 내어 읽는 동안 그는 직접 탁자에 놓인 초의 심지를 돋웠다.

"후우……"

아가씨를 방해할 생각이 없는 렌이 사라지고 나자 거실엔 둘뿐이었다. 편지를 받는 사람은 궁정 수석 마법사 칼드, 끝에는 클라리몽드도 아는 사람의 이름이 서명되어 있었다. 빌리반드 라고트, 멜헬디 학교의 상급생이었던 인물이다.

편지는 길었다.

……제 눈으로 보지는 못했지만 그들이 초자연적 존재의 도움을 받았음은 분명합니다. 아스트로는 그 일에 관해 말하기를 싫어합니다만, 마이프허 경이 데리고 온 마법사 오일란드가 대신 상황을 전해 주어 저 역시 소상히 알게 되었습니다. '열쇠의 소녀' 도 인간인 만큼 자기 힘으로 허공을 날 수 있다고는 생각되지 않습니다. 그 점을 생각하면 무모하게 용암이 끓는 계곡으로 뛰어든 것이 이해되지 않지만, 어쨌거나 마법사인 오일란드의 눈으로 보기에 보이지 않는 손이 소녀와 키릴로차를 구해 데려간 것만은 분명했다고 합니다. 저는 그것이 혹 정령의 힘이 아닐까 의심하고 있습니다. 지하 미궁에 살 만한 정령이라면 나스펠

이겠지만……

……비카르나 족 사내 역시 뜻밖의 재주를 가지고 있었습니다. 그는 '말의 권능'이라고 불리는 초자연적 존재와의 교감 능력을 가지고 있는 듯합니다. 그는 심지어 제가 불러낸 그림자 시체들과도 소통할 수 있었는데 이는 비카르나 족 가운데서도 제사장들만이 가지고 있다는 권능입니다……

……그리하여 결국 그들은 우리의 손에서 벗어나 버렸습니다. 다리가 끊어지는 바람에 저희가 미궁을 빠져나가기까지 상당한 시간이 걸렸기 때문에 미궁 밖에 펼쳐진 모래 황무지에서 그들이 남긴 흔적을 찾아낼 수는 없었습니다. 이 황무지가 얼마나 넓은지, 또 어디로 이어지는지는 아무도 알지 못합니다. 추적을 계속할 것인가를 놓고 마이프허 경과 많은 의견을 주고받았습니다만, 결국 돌아갈 수는 없다는 결론을 내렸습니다. 황무지를 건너기 위해 시한이 긴 환각 마법을 써서 보급을 해결하는 방법을 구상하고 있습니다. 잘못했다가는 저 자신을 비롯해 수많은 사람을 제 손으로 죽이는 결과가 될 테지만 말입니다…….

클라리몽드는 천천히 편지를 접었다. 일츠의 목소리가 들려왔다.
"어때. 기쁜 소식이 아닌가?"
"글쎄."
클라리몽드는 편지를 도로 넣고 봉투를 테이블에 내려놓았다. 일츠는 의자에 비스듬히 기대앉은 채 턱을 매만지고 있었다. 밤새워 오느라

면도할 새가 없었는지 턱에 수염이 약간 자라 있었다.

"안전하게 도망쳤다잖아. 훌륭한 동료도 있고, 또 알 수 없는 존재로부터 도움도 받고 있다는데 기쁘지 않아?"

희고 긴 가운 위로 손질하지 않은 금발이 굽이치는 클라리몽드는 희미한 환영처럼 앉아 있었다. 그녀의 시선은 멀지도 가깝지도 않은 탁자 근처에 머물렀다. 일츠는 그 시선을 곁눈질했다. 그는 알고 있었다. 누구도 함께 갈 수 없는 먼 곳, 심지어 그녀조차 갈 수 없는 그곳만을 바라본다는 것을. 몸은 갇혀도 시선마저 가둘 수는 없었다.

일츠는 당연하게 여겼다. 그곳의 존재는 두 사람 모두에게 신성한 의미였다. 둘 사이를 가로막으며 결코 사라지지 않는, 그러나 실제로는 영원히 지워져 버린 한 사람의 기억에 대한 예배일지도 몰랐다.

클라리몽드가 침묵을 깼다.

"어쨌든 고마워, 일츠."

"그러면 오늘은 내 질문에 몇 개만 대답해 줄래?"

"말해."

일츠가 자세를 고치며 바로 앉았다.

"너, 처음에 네 쪽에서 키릴츠를 유혹하지 않았어?"

그들이 아직도 멜헬디 학교에 있었다면 자연스러운 풍경이었을지도 모른다. 친구의 연애 사건에 대한 짓궂은 호기심, 그리고 주위를 두리번거리며 방어적으로 답하는 친구의 연인. 장소와 상황 모두가 달라졌는데도 그들은 그 시절에 머물고 있듯 묻고 답했다.

"그래."

"역시 그 녀석은 매력이 있었지?"

"응."

클라리몽드의 대답에는 망설임이나 수줍음이 없었다. 이제는 학교에 다니는 아름다운 소녀가 아니니까……. 당연한 사실을 확인하듯 하는 말투였다. 일츠가 빙그레 웃으며 응답했다.

"그 녀석은 함께 시간을 보낼 가치가 있었지. 난 네가 그 녀석을 택해서 기뻤어. 우리 모두의 좋은 시절이었지."

그러자 클라리몽드가 반문했다.

"그때가 네게 좋은 시절이었다고? 지금이 아니라?"

"지금이 나쁘다는 건 아니지만 역시 그때가 가장 좋았다는 말이야."

"왜?"

일츠의 얼굴에 그림자와 미소가 동시에 스쳤다.

"그땐 키릴츠가 내 세계에 있었지만, 지금은 없거든. 점점 더 멀리 갈 모양이야."

"대신 가진 것이 있잖아."

"그 말은 맞지만, 난 그 녀석 자체가 가장 좋거든. 분신이나 추억담보다는. 그땐 내 세계도 지금보다 살 만했지. 그 녀석도, 너도 있었고. 지금은 좀 황폐해."

"왜 내가 그때 네 세계에 있었다고 생각해? 그이를 통해 날 간접적으로 가져서?"

잠시 침묵이 흘렀다. 이윽고 일츠가 웃었다.

"넌 나와 동류지. 그래서 네가 무서워."

클라리몽드는 답하지 않았다. 가운 밖으로 나온 자신의 손을 쓰다듬었을 뿐이었다. 푸른 눈은 어둠을 뒤쫓았다. 어쩌면 자신의 파멸에서도 미(美)를 느낄 수 있을지도 모른다. 스러지기보다 아름다운 박제가 되는 편이 나을지도 모른다. 그러면 아마 오래 기다릴 수 있으리라. 오십 년도, 백 년도. 방부제가 든 눈으로 떨어지는 꽃잎을 세어보리라. 하나, 둘…….

"이제 돌아갈 순 없겠지. 오늘처럼 문득 돌이켜보는 수밖에. 돌아오지 않으니 더 근사해 보이는 건가? 점점 더 멀어지기 때문에?"

혼자 뇌까리던 일츠가 등받이에 몸을 기대며 한 손으로 눈을 비볐다.

"심지어 신성한 기억이다……."

무릎에 놓였던 일츠의 손을 잠시 후 다른 손이 끌어당겼다. 클라리몽드의 손이었다. 곧 일츠도 그 손을 오므려 쥐었다. 둘은 손을 마주 쥔 채 아무 말도 하지 않았다. 심지어 서로를 바라보지도 않았다.

촛불이 흔들렸다. 그림자가 따라 흔들렸다.

촛농이 흘러 야트막한 그릇을 메웠다.

많은 말을 품은 침묵이 숨은 강처럼 흘렀다.

일츠는 고개를 젖힌 채 이마를 짚고 있었다. 클라리몽드는 닿을 수 없는 곳에서 여전히 시선을 떼지 않았다. 그들은 그 상태를 긍정했다. 둘 중 누구도 깨뜨리기를 원하지 않았다.

뼈의 도시 **327**

영원토록 잃고 싶지 않은 한 사람의 그림자.

일츠가 떠나고 클라리몽드는 방으로 돌아왔다. 그녀는 테이블로 다가가 쓰던 편지를 마무리했다.

이것으로 또다시 당신이 없는 긴 하루를 시작합니다. 편히 주무세요, 나의 키릴츠.

〈5권에서 계속〉